大親友が女の子だと
思春期《ししゅんき》に困る
ようこそ1000分の1秒の世界へ!
赤福大和 画 さばみぞれ

回し飲み
平然と目の前で着替え出す

プロレス技
連れション
薄着
OYAMA
――小学生の時とまんま同じことやってたら色々とまずいだろうが……！

「はい、奏治。あーん♪」

「あーんって……おい、何のつもりだ桃亜。
つかこれ、人参じゃねえか……。
まさかお前、未だに苦手なのか？」
「しょーがないじゃん。
だって人参って人参の味するんだもん……」
「いいからほら、はやくしろ」
『わかった。あーん♪』

（やばい、やばい……やばいやばいやばい……——やばい！）
（落ち着け……さっきまではちゃんとできてただろうっ）

「奏治ファイト――ッ!!」

目　《もくじ》　次

大親友が女の子だと思春期に困る
ようこそ1000分の1秒の世界へ!

赤福大和

MF文庫J

口絵・本文イラスト●さばみぞれ

瀬を早《はや》み
岩にせかるる
滝川の
われても末に
逢《あ》わむとぞ思う

崇徳院

◆序歌

世の中で語られる迷信にこんなものがある。
——男女の間で友情は成立しない。

恐らく誰もが一度は耳にしたことがある言葉だろう。
真偽の程は不明だが、脳科学的には異性間で友情が成り立たないのは実証済みらしい。
何でも、本人たちは相手を友人だと思っていても、脳は異性として捉えているんだと。
だからこそ、この命題に関してはこんな意見が目立つ。
……自分はずっと友達だと思っていたのに、急に向こうから告白されて関係が崩れた！
……友人と思っていた異性には何度も裏切られたし、結局人間は雄と雌ってこと。
……長年一緒にいたら嫌でも異性と意識しちゃって、友達とは違うかなって。
…………エトセトラ、エトセトラ——。
まあ、無理もない。
そもそも、男女では見た目が違う。
例えば幼少の頃は異性と見ていなかったとしても、思春期の成長に伴って体は変化し、頭では友人と分かっていてもどうしても強く異性と認識してしまう。

小学校まで仲良くしていた異性と、中学に上がって急に疎遠になったなんて話が多いのはこの外見的要素が原因だろう。人は視覚から八〇％強の情報を得るとされているので、こうなるのは仕方がないのかもしれない。

……でも正直、何だよそれって思うよな。

昔からどれだけ仲のいい友人だったとしても、その相手が異性なら、人間の規格的に距離を置く宿命にあるなんて……。

積み上げた心地よい関係が無に帰すだなんて、本当にバカげてる。

くだらない迷信と思いたいが、どうやらそれが事実のようだ。

しかし、俺『臣守奏治《とみもりそうじ》』は世に流布するイデオロギーに背き、こう断言する。

——男女の間で友情は成立する！

……と。

唯一無二の友人にして大親友、『巴桃亜《ともえとあ》』と俺においては例外だと。

なぜなら、俺たちはこの春高校生になるっていうのに、未《いま》だに小学生時代と変わらぬ関係を続けているんだ。

思春期真《ま》っ只中《ただなか》でありながら、毎晩電話するほどに仲がいい。にもかかわらず、特に男女の関係や雰囲気になることもなく、今まで平穏にきている。

もうここまできたら、一生大親友でいる自信があるってもんだ。

まあただ……桃亜《とあ》は小学校五年に上がる際に遠くへ引っ越して、俺ともう五年も会っていないからこそ、関係を続けられている可能性は否めないけど……。

俺と桃亜は、この春から同じ高校に通うことが決まっていて明日再会を果たす。

あいつは受話口からの声や性格が一切変わっていないように、きっと見た目もそんなに変化がないはずだ。だから俺は視覚的な影響を受けずに関係を続けられると思う。

でも対して俺は背が高くなったりでけっこう変わったし……もしかしたらあいつ、実際に会ったらよそよそしくなったりして……——。

……い、いや、長年友情を温めてきた俺たちなら大丈夫なはずだ！

…………………。

……っ………でも待て。昔は俺にべったりだった妹も変わらないと思っていたけど、今年中三になる今はまともに口を利いてくれなくなったし……。

……親友のあいつを疑うなんてありえない。なのにっ。

ああぁくそっ、いざ再会と思うと不安になってきた！

……お前に限って大丈夫だよな、桃亜？

◆一首目　五年ぶりの再会！

そして、一夜明けた入学式当日。

俺は昨夜の心配が杞憂《きゆう》だったことを思い知ることになる。

「奏治《そうじ》〰〰〰〰〰〰〰〰っっっ!!」

（水兵リーベ僕の船！　水兵リーベ僕の船！　水兵リーベ僕の……は？）

俺は勉強特待生として新入生代表の挨拶をするため龍国《りゆうこく》学園ステージ壇上に登壇していたのだが、聞き覚えのある声がして振り返っていた。

この時、人前が苦手で緊張しまくっていた俺は気づかなかったが、後から聞いた話によると、桃亜は部活動特待生の代表として挨拶するために名前が呼ばれていたらしい。

そう、どういう巡り合わせか俺と一緒に壇上に登ることになっていたのだ。

「……桃亜っ？」

俺は面食らうと同時に黒縁眼鏡がずれてしまう。

ざわめく生徒たちをかきわけて姿を現したのは、紛《まぎ》れもなく俺の大親友だった。

遠目からでも一瞬であいつと分かるほどに、桃亜は何も変わっていないように映った。

「わっ！　本当に奏治だ！　奏治！　奏治！　奏治〰〰っっ♪」

桃亜がバカみたいに明るい笑顔を浮かべてこちらへ駆けてくる。

俺はこのハプニングを受けて余計緊張と混乱をきたしていたが、やはり五年ぶりに大親友と再会できた喜びは大きいようで、あいつから一瞬たりとも目を逸《そ》らせない。

──……桃亜《とあ》……………桃亜……………桃亜……っっ!!

「はは」

何だよあいつ、やっぱり何も変わってないじゃないか！

俺の外見が昔と変わって逞《たくま》しくなっているのは一目瞭然のはず。なのに、あんなにはしゃいで、よそよそしくなるどころかむしろ逆で昔のままだ。

それに外見だって、以前は穿《は》かなかったスカート姿が違和感あるくらいで、身長も相変わらず低くて一五〇前後に見えるし、少年のように短い髪型も、色素が薄くて輝いてるように見える前髪の一房もそのままで、ホント何から何まで昔の──

「……………昔の……まま………………で？」

迫って来る桃亜に違和感を覚え、思わず語尾が疑問形になっていた。

一瞬見間違えかとも思ったが違う。

桃亜が俺に迫るに従い、その存在はどんどん大きくなっていく。

──ばるんっ、ばるんっ！

「なっ⁉」

規則性なく制服の中で元気に暴れ回り、整列する男子の視線を一瞬で集めるだけの質量。

それは男が女を異性と最も強く認識するシンボル的な部位だ。

街中を歩いてもそうそう巡り合えないレベルのサイズで、かなり立派だった。

「ウソだろ……。と、桃亜《とあ》、お前っ……いつの間にそんな……！」

「そ・う・じ――――っ☆」

だが動揺する俺をよそに、階段を一気に駆け上がった桃亜はそのまま顔に覆《おお》い被《かぶ》さるように飛びついてきた。衝撃と共に、顔面がずんむりと柔らかい膨らみに覆われる。

「ちょおまっ……く、くるしっ！」

「すげえすげえ！　昔より背も伸びて逞《たくま》しくなってるけど、本当に奏治《そうじ》だ！　ずっと会いたかったぜ友よ～～～！　あはははははっ♪」

（ぎゃあああああああ！　顔に胸をすりすりすな――っ!!）

ばるばるばるんと暴れる乳が俺の頬《ほお》に幸せな往復ビンタを繰り返していた。

おかげで顔が瞬時に沸騰する俺は桃亜の両肩を押して圧迫から逃れる。

「ぷはっ！　お、お前な、今がどういう状況で自分が何してるか分かって……っ」

「んぁ？　おいおいどうしたよ奏治。ボクの顔、何かついてる？」

「あ、いや……別に、そういうわけじゃ」

本当なら俺は、こんな大勢の人間に注目されるような場で雑談ができるほど精神が図太くはない。でも、自分たちを見て騒ぎ立てる生徒の声や、何やら叫んでいる教師の声がどうでもよくなる程に、俺は桃亜を見て驚いていた。

……こいつ……俺への接し方や性格は何一つ変わってないっていうのに。

……胸以外の部分も、とてつもなく女らしくなってるじゃないか……。

胸やスカート効果のせいで全体的にそう感じるのかもしれないが、しっかりとくびれだってあるし、昔より睫毛《まつげ》も長くてふさふさしている。そのせいで元から色白だった肌や整っていた容姿がどうしようもなく引き立てられており魅力的に映ってしまう。

これって間違いなく……一般的にいう可愛《かわい》い女子の部類だよな？

俺はそんな桃亜と、今まで毎晩電話して……──

………あれ？　なんだよこれ？　急に胸がドキドキとうるさくなってきやがった。

それに……桃亜と目を合わすのも何だか気恥ずかしい気が……。

──ハッ⁉

なんてことだろうと思った。

桃亜によそよそしくされることを心配していた俺の方が、強烈な視覚的要因を受けるせいでよそよそしくなりかけていた。

俺は全身が急激に冷えるような嫌な感覚を覚えて頭を振る。

（待て待て違う！　こいつは女っていうより俺の男友達だ！）

唯一無二の友人にして大親友！

最低限女扱いはするけど、必要以上にはしない！　じゃないと――

「くっ……！」

強い意志の下、桃亜《とあ》へと視線を戻す。

だが待ち受けていたのは、俺の首元へと両腕を回し、

「えへへ～♪」

と、わんぱくながらも恋人に向けるような無防備極まりない笑顔を浮かべる桃亜で。

しかも俺の腰に締まりのいい太ももを絡ませてしっかりホールドしてきており、そんな温《ぬく》もりを感じる密着状態で女として意識するなという方が無理だった。

余計に顔が熱くなっていく俺だが、桃亜は構わずに言う。

「あ、そうだ奏治《そうじ》っ。せっかく壇上にいるんだし、自己紹介しとこうぜ！」

俺と予期せぬタイミングで再会できてテンションが上がっているのか、桃亜はそのままの状態で全校生徒に向けてチャームポイントである八重歯を見せながら手を振る。

「ボクの名前は巴《ともえ》桃亜！　競技かるたの選手としてスカウトされた、部活動特待生だ。三年間よろしくなっ。あと、こいつはボクの友人で大親友の臣守《とみもり》奏治！　人見知りなやつだから、みんなも仲良くしてやってくれ！　わはははは！」

ばしばしと肩を叩《たた》かれる。

「……っ」

会場全員の視線が桃亜から自分に集まる気配を感じ、急激に息がつまる感覚を覚えた。

俺は苦手な人前に立つ状況で色々あるせいでもう訳が分からず、緊張や焦燥やらで何だか息苦しくなってきており、急に視界がぐらりと揺れた。

「わわっ……!?　おい、どうした奏治!?」

天井を仰いで世界が反転した後、背中に衝撃が奔《はし》って目の前が真っ暗になる。

（はぁ……桃亜のやつ、バカかよ）

これだけベタベタしてきておいて、誰が友人だなんて信じられるんだ？　その証拠にここにいるやつら、ありえねえって顔してたじゃねえか。まったく……この学校には俺の憧れの先輩もいるっていうのに、これじゃ絶対誤解されて……。

（――ん、誤解？）

……待てよ、この状況ってちょっとまずくないか？

無音の世界でようやく冷静さを取り戻す俺は、ふと危機感を覚える。

きっと桃亜はさっきの調子で、あの容姿と体で小学生時代と同じようにベタベタしてくるに違いない。あいつ、基本的に物事を深く考えてないバカだからな……。

でもそうなると、周囲からの誤解は免れない。

今の桃亜はいかにも可愛《かわい》い女子という風貌に抜群のプロポーションだ。恐らく異性にモテるだろうし、あまりに仲がいい俺は面倒なことに巻き込まれそうな気がする。いや、異性だけじゃなくて同性にもモテるかもな……今なお中性的な雰囲気はあるし。

あと問題はそれだけじゃなくて――何よりそもそも俺は、桃亜《とあ》を一人の親友として見ることができるんだろうか？

もし、あの調子でベタベタされ続けたとしたら……。

（――……。いや、そんなことありえない。そもそも俺と桃亜は今まで固い絆《きずな》と友情を育んできたんだっ。こんなことで絶対に関係は揺らがない！）

そう……友情は――

おっぱいに負けたりしないっっ!!

……………。

…………………。き、きっと、そのはずだ。

結局言い淀《よど》んでしまうのは…………

あの時にやられたことを今そのままされると思うと、否応《いやおう》なしに桃亜を異性と認識してしまうに違いないのだから……。

異性の大親友を持つせいで、波乱含みの高校生活が幕を開けようとしていた。

◆二首目 一〇〇〇分の一秒の想《おも》い出《で》・上

小学三年の春、桜舞う季節。

桃亜が転校してくる直前のクラスでは、一部でこんな噂《うわさ》が囁《ささや》かれていた。

「ねえねえ。明日うちのクラスに転校してくる子、かるたがすっごく強いんだって」

「かるた？ 何それ？　うーん……よくわかんないけど、どれくらい強いの？」

「なんかね、全国大会女子の部で史上最年少で一位になるくらい強いらしいよ。今年の一月に二度目の防衛に成功して三年連続クイーンって称号をとってるみたい」

「その話、私も聞いた。大の大人相手に無敵の強さを誇ってるから、怪物って呼ばれてるみたいだよ。でも……今年防衛を果たして少し経《た》った後、なぜか急に引退宣言したから軽くメディアの間でも騒がれてたっぽいね」

「メディアってすごっ。でも引退か。私、普通の女の子に戻ります！ 的な？」

「ふふ、それってかなり昔の芸人さんのネタだっけ？ ……あ、それより見て見て。有名人だから、ぐぐったら写真出てきた。なんか、男の子っぽい見た目だぁ」

「怪物なんだし、そんなこと言ってたら食べられちゃうかもよ～」

「きゃーっ、こわーい。でも正直さ、かるたとか地味だしよくわかんないよね」

「わかるー。いまいちすごさもわかんないし、全然興味ないっすわー」

当時の俺はそんな小話を耳に挟み、転校生が自分と同じでかるたをやっていることを知っていた。だけど、誰が転校してきたって自分の立場が変わるわけじゃない。そう思っていたからこそ、ほとんど興味を示さなかったんだ。

その興味のなさを象徴するように、俺は桃亜《とあ》が転校してくる日に風邪《かぜ》で学校を欠席してしまい、そして翌日学校に来ると、なぜかあいつは既に孤立していたのだった。

それから数日が経《た》ち、やはり俺は変わらない日々を送っていた。

「やめろ……！　くそ、返せっ!!」

俺はクラスのガキ大将グループにひょんなことで目をつけられ、ランドセルを回されていた。校庭の隅にある雑木林の近くなので教師の助けなど得られない状況だった。

「うわー、臣守《とみもり》のランドセルぼっれー。さすが近所の兄ちゃんのおさがりなだけあるぜ！」

「ぎゃははっ。眼鏡ザルにはお似合いだな！　にしてもきったねー。ほれよっと」

「ほらほらどんどん回せ！　さっさとしないと貧乏菌がうつっちまうぞ～！」

俺の実家は時代と共に需要が減って経営が傾いたしがない畳屋だ。

親父《おやじ》で五代目で老舗だったが生活は苦しく、同じ服を着る日も多かった。

そのせいで俺は一年の頃からよく虐《いじ》められた。

おまけにごつい黒縁眼鏡でガリ勉で無口で根暗。そんなやつを助けてくれる友人なんておらず、最初は辛《つら》かったがもうこの頃には慣れて、ほとんど何も感じなくなっていた。

今思えば心が死んでいたのかもしれない。だからこそ反撃するのも怖くなかった。

「っ……返せって、言ってるだろ！」

「ぐあっ⁉」

仕切っていた体格のいいガキ大将に体当たりすると、相手は尻餅をついてひっくり返る。

「っ……こんの、やろぉ。おいお前ら！　こいつ取り押さえろ。ぶんなぐってやる！」

俺は瞬く間に羽交い絞めにされ、暴れないよう手足も拘束されてしまう。

経験則的に早くも観念する俺は無駄に暴れたりはしなかった。

余計な力を使えば腹が減ってひもじい思いをするだけなのだから……。

「へへ、貧乏人が人間さまに逆らうとどうなるか教えてやる。歯食い縛れ、眼鏡ザル！」

（……はぁ）

怖いというより、親に迷惑をかけるのは嫌なので眼鏡だけはやめて欲しい――

当時の冷めた俺はそんなことを考えており、はなから助けなんて期待していなかった。

弱者は虐げられることが宿命で堪えるしかないと諦めていたんだ。

そこへ――あいつは颯爽《さっそう》と現れたんだ。

「へえ、何だよお前ら。面白そうなことしてんじゃん。ボクも交ぜろよ？」

「……あ～？　って、誰かと思えば転校してきたばっかのオトコ女かよ。てめー、邪魔するなら容赦しねえぞ。女なら手は出さないけど、お前は違うからな。うはははっ！」

オトコ女だなんて明らかにバカにした言い方……普通なら許せないし傷つくだろうに、あいつは何ともない様子で笑っていた。

「ふーん、でもそのオトコ女のボクにお前らじゃ敵《かな》わないと思うけどなー。ほら、集団で一人をいじめるやつらが強いわけないし？　ぷふーっ」

「こいつ、俺らが手出せないと思ってなめてやがる……。お前ら、先にこいつやるぞ！」

「おーきたきた〜！　最近むしゃくしゃしてたし、ちょうどいいや。たまにはかるた以外の遊びもやらないとね。ほらこいよ、十秒で終わらしてやる。しゅっ、しゅっしゅ！」

「……ぁぁ」

それまで正直俺は、数日前に転校してきた巴桃亜《ともえとあ》にこんな明るいイメージはなかった。

見た目が男子にしか見えない巴は教室では常に寝ており、誰かに話しかけられても机にだるそうに突っ伏したまま適当に返事をするだけなので、既に孤立している変なやつという印象だった。

だからこんなに活発で明るい表情を浮かべられて面食らったし、何より助けが来るなんて思ってなかった俺は状況がすぐには呑《の》みこめず止めることさえできなかった。

だけど俺は今でもはっきりと覚えている。

この時の桃亜が、暗い世界に気まぐれに顔を覗《のぞ》かせた太陽に見えたことを。

そして十秒後。

男子六人は地面に突っ伏して呻《うめ》いており、俺は解放されていた。

巴は短パンTシャツ姿で胸を張り、自慢げに言う。

「へへーん、どーんなもんだいっ。アトミックレオパンチの使い手のボクが、弱いものいじめする卑怯《ひきょう》なやつらに負けるかよ。正義は必ず勝――――つ！　わはははは一っ!!」

「……っ、強い」

眼鏡がずれた状態で感心する俺は、ただ呆然《ぼうぜん》と立ち尽くす。

巴はサッカー少年のような見た目なので運動神経は良さそうな気がしていたが、予想以上に動きがよくてまるでヒーローのような戦いぶりだった。

「……あ、あれ？　なんで俺……」

なぜか急に目頭が熱くなって視界がぼやける。

今になって思うと、当時の俺はずっとヒーローが来るのを待っていたのかもしれない。

きっと自分に辛《つら》くないと必死に言い聞かせながら、そこから救ってくれる誰かを、もう長いこと待ち望んでいたんだろう。

だが、その時は感傷に浸ってる暇なんてなかった。

「……――すっ!!」

「ふぇ？」

巴《ともえ》が後ろで聞こえた声に反応して振り返る。

その一秒前に俺は飛び出しており、起き上がって巴に殴り掛かろうとしていたガキ大将との間に割って入っていた。

そして——バキッと嫌な音が聞こえると共に俺の意識は飛んだ。

次に目覚めた時、後頭部に何か柔らかい感触を覚えていた。

「あ、ようやく起きた！　大丈夫かよお前っ……!?　すっげー鼻血出てたんだぜ。ていうか……ボクのために悪かったなぁ」

「ぐ、ううぅ……俺、気を失ってたのか」

起き上がろうとしたけど、若干まだ視界が揺れており無理そうだった。

巴の心配げな顔が真上にあるので、どうやら膝枕《ひざまくら》されている状況だと分かる。

「っ……巴……、ありがとな……。それに、ハンカチまで」

俺の鼻にあてがわれたハンカチは真っ赤に染まっていた。

きっとこれだけ鼻血で汚れていたら洗っても落ちないだろうし罪悪感を覚えてしまう。

すると巴は苦笑して頭をかき、

「あー、悪い。今日ボク、ハンカチ持ち歩いてなかったから、それお前のなんだよね。ポケット漁《あさ》ったら入ってたんだっ」

「って俺のかよ!?　……本当だ、真っ赤だから気づかなかったけど俺のじゃん！」

思わず起き上がりツッコんでいた。

巴がそんな俺を見て目を丸くした後に笑う。

「へえ、いつも教室で勉強ばかりして暗そうなやつって思ってたけど、ちゃんと大きな声出るんじゃん。その調子でもっと他のやつらと仲良くしたらいいのに」

「う、うるさい……俺はそういうキャラじゃないんだよ。たくさん勉強して学費免除で高校と大学にいって、いい会社に入って親を助けてあげるって目標があるんだ。そのためなら……別に一人でいることくらい、何でもない」

「ふーん……。その割にはいつも寂しそうだけど。なんかお前、強いのか弱いのかよく分かんないやつだな」

「はっきり言うよなお前！」

「えへへ～、よく言われる」

「……別に褒めちゃいねーよ。ったく」

さっきは巴が『忍者ライダーZOO』という俺が好きな特撮ヒーロー作品に出てくるアトミッククレオのようにかっこよく映ったのに、バカっぽいせいで何だか台無しだった。

俺はずれた黒縁眼鏡をなおして、傍《そば》に落ちてるランドセルを拾う。

巴が立ち上がって砂埃《すなぼこり》を払いながら訊《たず》ねてくる。

「ところでお前さ、何でこんなとこでボコられてたわけ？」

言われて俺はハッとしていた。

「そうだった。……えーっと、確かこの辺りで…………いた！」

「え？　何だよ急に木登り始めて。――っ!?　ま、まさかお前っ……ボクの代わりに殴られたせいで、自分が猿だと勘違いしちゃってるとか!?」

「おバカっ、ちげーよ！　つか巴《ともえ》、それ素で言ってるだろっ」

マジ顔で青ざめている巴を見下ろし、またしても俺はツッコんでしまう。

「あーもう、いいからちょっと黙っててくれ。集中しないと危ないんだから」

俺は目標地点まで登り、枝先に向けて慎重に這《は》う。

「やっぱり、あいつらが蹴ってたせいで落ちかけてたか……。っと……よし、これで元通りだ。悪かったな、お前ら」

木の葉の毛布から落下しかけていた鳥の巣には何羽か雛《ひな》がおり、お礼を言うようにぴーぴーと鳴く。わざわざいじめっ子たちと奮闘した甲斐《かい》あって俺は笑顔が零《こぼ》れてしまう。

巴が唖然《あぜん》とした様子で言う。

「もしかしてお前、雛たちを助けようとしてあんな目に……？」

「ははは、まあな。何やってるか分かって見過ごすのは寝覚め悪いし、面倒だったけど仕方なくって感じだ。ハンカチはダメになったから母ちゃんには怒られるだろうけど、助けに入ってよかったよ」

「──……。………………かい」

「え、何か言ったか？」

巴が急に俯《うつむ》いて何か呟《つぶや》くので聞き返すと、次の瞬間、あいつは勢いよく面を上げた。

俺に向けられたのは、これでもかというくらいに眩《まぶ》しい笑顔だった。

「前言撤回！　お前、すっげー強いじゃん！　あ、喧嘩《けんか》は弱いけど、ハートが強いって意味なっっ！」

「言い直さんでもわかるわっ！　巴は本当ズバズバ言い過ぎだっつの。お前、前の学校でも絶対友達いなかっただろ？」

「あはは、ばれた～？　でも、いいなお前っ。さっきのボクと同じで、弱きを助けて強きをくじく正義のヒーローじゃん！」

「俺が……正義のヒーロー？」

「そうさ！　自分が敵《かな》わない相手にも、弱いやつを助けるために立ち向かっていくヒーロー。まるで忍者ライダーZOOのナックルタイガーみたいで超かっこいいぜ♪」

ナックルタイガーは戦闘能力は低いが正義感は人一倍強い俺の憧れのヒーローだ。

好きなキャラに似ていると言われた俺は、無性に嬉《うれ》しくなってしまう。

「俺、そんなこと初めて言われたよっ。巴はさっきアトミックレオパンチとか言ってたし、レオ推しなのか!?」

「そうそう、ボクはレオ派だ！　剛腕に科学の力も合わさって余計に強いからマジかっこいいんだよね～。まあレオは頭は悪いけど」

「でも、おかげで賢いタイガーと組んで、一人じゃ倒せない強敵と戦う流れになったじゃないか。最近はどんどん友情を育んでいるし、熱い展開が止まらなくて日曜を待ってられなくて困るんだよなっ」

「わかる！　最強の幕府ライダー・ドラゴンゾールも出てきたし、とにかく来週が待ち遠しくて——……あ」

巴《ともえ》が固まった瞬間の出来事だった。

「えっ？　ちょ⁉　……なんだ、やめろこら！」

俺は巣に戻ってきた親鳥に雛《ひな》泥棒と勘違いされたらしく襲撃されていた。

そんな俺の間抜けな様子を見て、巴はこっちを指差しながら腹を抱えて下品に笑う。

「ぎゃはははっ！　お前、雛を助けたのに襲われてやんの、うける！　わは、わはは！」

「巴てめー！　他人事だと思いやがって！　少しは心配をだな……うおおおっ⁉」

「んぁ……？　うごぉっ⁉」

足を滑らせたせいで、俺は巴の上に落下して折り重なるように倒れてしまっていた。

「「痛《い》てて」」

互いに額を押さえて唸《うな》った後、馬乗りになっていた俺はふと下敷きにしている巴を見る。

（本当に男にしか見えないやつだ。女子だっていうのに全く何も感じない……はは）

こういう展開は漫画なんかによくあるが、ときめいたりなどは一切なかった。

「あーもー……落ちるなら落ちるって言えよなぁ。……ん？　ボクの顔見てどうしたよ？　あ、もしかしてお前、ボクが女っぽくなくてドキドキしないとか思ってるなっ」

「べ、別に思ってねえよ」

あいつは出会った頃から勘が鋭くて、俺をじと目で睨んでいた。けど、意外にもすぐに笑顔になって。

「ウソってのがばればれだし。こんにゃろー。女に失礼なやつはこうだ！　くらえっ。アトミック忍法——昼夜逆転の術～！」

飛び起きた巴はレスラーのような俊敏な動作で背後に回った。

その瞬間、俺の顔は何かに覆われて完全に視界が奪われてしまう。

「うわ、何だよこれ⁉」

「わはは！　どうだボクのシャツの中は⁉　視界ゼロで何もできないだろ～」

「あー、なるほど巴のシャツの中か～。…………って、シャツの中？」

とんでもない事実を知った俺は、すかさず暴れて脱出していた。

したり顔の巴に向けて、さすがに俺は顔を熱くした状態で叫ぶ。

「と、巴お前っ！　バカなのか⁉　いや、薄々そうなのは勘づいてたけど、バカの中のバカだろ!? 男子相手になんてことしてんだよ。まさか、前の学校でもこんなアホなことやってたんじゃないだろうなっ」

「…………」

途端に巴《ともえ》が黙り込んでいた。

(あ、やべっ。もしかして俺……地雷踏んだか?)

巴はむすっとした表情で視線を逸《そ》らし、つまらなそうに語る。

「こんなことする友達なんていなかったよ。女子はおしゃれとか恋バナばっかでよくわかんなかったし、男子は男子でボクが遊びでスポーツに交ざると活躍しすぎて面白くないのかオトコ女とか言ってハブるしさ……」

「そうか……。巴も俺と同じで一人だったんだな」

「うん、まあね。でも、きっとこれからは違う! だってボク、お前とは仲良くなれそうな気がするんだ。なあ、またあいつらに何かやられたら一緒に撃退しようぜ♪」

今までずっと一人だった俺にとって、願ってもない申し出のはずだった。

けど俺は一人でいた時間が長かったせいもあってか、あいつの真っ直《ま》ぐ《す》な誘いが何だか無性にむずがゆくてすんなり受け止めることができなかった。

俺は再びランドセルを背負いながら、よそよそしく言う。

「……巴、今日は助かったよ。でも、あんまり調子に乗って男子と喧嘩《けんか》はしない方がいい。

もう少し大人になれば、女は力で男には敵《かな》わなくなるんだ。無駄に恨みを買うと、後が怖いぞ。……じゃあな」

　本当は友達になりたかったけど、経験がないだけに対応の仕方がわからなかった。

　要するにかなりこじらせてしまっていたわけだが、あいつは俺が長年かけて築いたつまらない壁を真正面からぶっ壊してくれたんだ。

「……あの人と、同じこと言ってる。……〰〰〰〰〰〰〰〰〰〰〰っ！　やっぱりこいつ、面白いっ♪　あはは、そういえばお前の名前、なんて言うんだっ!?」

「うっ、顔がちけーよ……」

　帰りかけていた俺の正面に回って至近距離で訊《たず》ねられるも、やっぱり俺は巴に対してドキドキはしなかった。

「……はぁ、臣守奏治《とみもりそうじ》だ。大臣の臣に守備の守。奏でるに治療の治」

「へえ、漢字はよく分かんないけど、じゃあ奏治だな！　よろしく奏治！」

（え、俺今……下の名前で呼ばれた？　呼ばれたよなっ!?）

「ボクの名前は巴桃亜《とあ》、まあ適当に呼んでよ。あーそうそう、あと気になってたんだけど、奏治はさっき何であのガキ大将の攻撃に素早く反応できたのさ？」

「あー……あれか。微《かす》かにだけど『殺す』って聞こえたんだよ。出だしのK、半音の段階で言葉にすごい殺気めいたものを感じたし、気づいたら体が反応してたんだ」

俺はクールに答えながらも、内心では同級生に下の名前で呼ばれるという快挙を成し遂げて喜んでいた。しかし逆に、なぜか巴《ともえ》は今までと打って変わって急に黙り込んで――

「…………半音で？」

「っ」

草木が鳴りやむ静けさの中、一陣の風が吹きつけ、巴の底冷えのする声に寒気を覚える。息苦しさを覚える程の張りつめた空気を感じ、俺は喉を鳴らしていた。

「あ、ああ……。ほら、さっきお前、かるたがどうとか言ってたけど、俺もやるんだよ、競技かるた。だからその……半音で、飛び出してたんだ」

巴の言っていたかるたが絵札を用いるものではなく、小倉百人一首を使った競技かるただと分かっていたのは事前にクラスのやつらの立ち話を聞いていたからだ。

俺は爺《じい》ちゃんに無理やりやらされる過程で、競技かるたの人口が最近人気のかるた漫画の影響で百万人に達したと知っていたが、世界一競技人口の多いバレーボールだと五億人もいるらしいので、全国一位というのがあまりすごいことには思えず聞き流して終わっていた。

当時の俺は競技かるたに対してせいぜいその程度の認識であり、あくまで嫌々やらされているものだったので、この後に桃亜《とあ》が見せた反応が本当に理解できなかった。

「う……っ……く～～～～～～～～～～～～！」

「巴？　おい、どうしたぷるぷる震えて……まさかさっき倒れた拍子に頭を――」

「奏治《そうじ》！　お前最っっ高だよっ!!」

俺はキラキラの笑顔を浮かべる巴に、がしっと手を握られていた。

「は？　な、何だよ急に……!?」

「ボク、身近にいる同年代でかるたやるやつは初めてなんだ！　それにボクが油断してたとはいえ、拾えなかった半音を聞いて動けるとかかなり期待できるじゃん。よし、そうと分かれば、早速今からかるたやろうぜ！」

「えっ!?　ちょっと待て。こら、勝手に手をひっぱるな！　そもそもやるって、道具とか場所はどうするんだよっ」

「大丈夫だから気にするなって。ボクに全部任せとけっ！」

俺は巴の勢いに押され、されるがままに学校の中へと連れていかれた。

◆三首目　親友との高校生活は色々と困る

「本当すみませんでした！　ほら、お前も謝れってのっ」

「ぶーっ……スミマセンデシター」

俺と桃亜《とあ》は放課後、職員室で今朝の入学式の件をみっちり叱られた。

ようやく担任に解放されて職員室を出るが、桃亜は納得いってない様子で歩き出しながら不満を口にする。

「ったく、何だよもう。ボク、そんなに悪いことしてなくね？　奏治《そうじ》と予想外な場面で再会できたから、嬉《うれ》しくてちょっと挨拶しただけじゃん……」

桃亜のやつ、俺との再会に水を差されたのがよっぽど許せないらしいな。

子供みたいなふくれっ面で眉間に皺《しわ》を寄せている。

邪魔をされて怒るほど、俺との再会を楽しみにしていたんだろう。

（なにせ五年ぶりだもんな……）

そう思うと、今朝のことは最悪なアクシデントには違いないのだが許せる気がした。

俺は恨み言を言うつもりだったが水に流すことにして微笑《ほほえ》む。

「ほら桃亜、やっと再会できたんだ。運よく同じクラスでもあったわけだし、そんな顔してないで笑えよ。俺たちが大好きなかるただって、これから一緒にやれるんだぞ？」

俺は入学式の最中に失神した後、保健室ですぐに目覚めて自分の教室へと戻った。だが入学初日とあって昼までの予定はぱんぱんで、桃亜と話す機会はなかった。帰りのホームルーム後は二人仲良く担任に連行されたので、今日桃亜と落ち着いて話すのはこれが初めてだったりする。

こいつもこいつで、これ以上久々の再会を台無しにしたくなかったんだろう。

桃亜は溜《た》め息《いき》をついた後、ご機嫌な様子で俺の前へと回った。

「にひひ～っ。そっか、また一緒にかるたできるんだもんな。そんじゃ奏治、再開やり直し！　んっ」

中性的な笑顔を浮かべて心底嬉しそうにする桃亜が、握った拳《こぶし》を頭上に掲げる。

(俺の身長があの頃よりも伸びた分、位置が低くなったな)

感慨深げに思いながら、俺も同じように拳を掲げた。

そして、互いの前腕側面を軽くぶつけあった後、拳をこつんと合わせる。

これは俺たちが好きだった忍者ライダーZＯＯのアトミックレオとナックルタイガーが、よく作中で絆《きずな》を確かめ合う時にやっていたものだ。

俺たちは昔からそれを真似《まね》して、何かあるごとに行っていた。

「奏治、今日からまたよろしくなっ！」

「ああ、俺の方こそ。前以上に、楽しいかるたライフを送ろうぜ」

「もちろんさっ！　お預けくらった分、奏治《そうじ》とかるたやりまくって遊び尽くしてやる♪」

桃亜《とあ》が興奮した様子で頬《ほお》を紅潮させ、少年のように快活な笑顔を浮かべる。

（へえ、またハグでもしてくるのかと思ったけど、入学式の時と違って意外と落ち着いてるな。まあもう高校生なわけだし、さすがにそうか。今朝のはあくまで興奮してたから昔みたいなことをしたわけで、現在の桃亜はこっちがデフォに違いない）

きっと今朝みたいな事故はそうそう起こらないだろうし、平穏な学生生活が送れることだろう。俺は安易にそのように考え、ほっと胸を撫《な》で下《お》ろした。

その後、桃亜は引っ越してきたばかりというのもあり、色々と生活する上での準備を整えたいということで俺たちは後日再会パーティーをすることを約束して別れたのだった。

◆◆◆

翌朝、俺と桃亜は途中から駅が同じなので一緒に登校した。

俺たちは小学校時代も二人仲良く登校していたのだが、その際、桃亜は肩を組んできたり、後ろから抱きついてみたり、妙な術をかましてみたりとやりたい放題だったので心配だったが、蓋を開けてみれば何のことはない。至って普通だった。

今、桃亜は俺と同じ車両に乗り、男友達のようなフランクなノリで話しかけてくるだけで、周りが注目するような過度なスキンシップは一切とってこない。

（少し寂しい気はするが、これが思春期における異性の友人に対するあるべき姿だよな。この調子なら学校でも問題は起こさなそうだし、ひとまず安心だ）

やはり入学式の件はついテンションが上がってハメを外し過ぎただけなんだろう。

それにこの距離感でいてくれるなら、俺が桃亜を必要以上に異性と認識しなくて済むし、友情関係にひびが入る可能性は皆無で一石二鳥だ。

（今の桃亜は気を抜けば一人の魅力的な女子と見そうになるくらい可愛《かわい》くなってるし……昔みたいにベタベタされたら本気でまずい。ずっとこの距離感を保ってもらわなきゃな）

しかし、桃亜がいくら自制したところで、意図せぬ事故までは防ぎきれない。

例えばそう、電車が急に揺れた時なんか。

「でね奏治、そっからの展開がもうすごくて――わっ」

「うお⁉」

――ぽにゅっ。

通勤ラッシュ時の満員電車なので俺たちは軽く触れあうくらいの距離で立っていたのだが、車両が揺れたせいで俺はドアを背にする桃亜に思いっきり寄りかかってしまう。おかげで巨峰のように張りのある絶賛発育中の果実を押し潰してしまっていた。

「っと、悪い……！」

俺はすぐさま謝って距離をとる。

しかし、桃亜《とあ》はというと首を傾《かし》げており――

「んぇ？　奏治《そうじ》、なんでそんな離れてんの？　……ま、いいやっ。でさー、そこで主人公が今まで敵だった相手校のやつを助けんの！　もう超熱くて最高なかるた漫画なんだ。今度貸してやるから奏治も読んでみてよ！」

完全に漫画の話題に意識が向いてるようで、センシティブな部分に干渉されたというのに何一つ気にした素振りも見せず、こちらを見上げて興奮気味に語る。

（くぅぅ……桃亜のやつ、少しは気にしろよ。俺だけドキドキしてるとか意味わかんねぇだろ。まあそれだけ、俺を友人として受け入れてるってことなのかもしれないけどよ）

俺は頭を振って必死に気持ちを落ち着かせる。

（いいか、桃亜は女子ではあるが、あくまで俺の親友だ。絶対に異性として見るな）

こいつとは一生友人関係でいて、一緒に大好きなかるたをやっていたい。そう強く思う俺は、関係を維持するためにも自分にそう言い聞かせて平静を保った。


学校に着いてからも桃亜は荷物を置くなりすぐ俺の席へとやってきて互いに談笑を楽しんだ。最寄り駅で降りて登校する際もそうだったが、教室でも入学式の件があるので周囲がこちらを見て噂話《うわさばなし》をしているのが分かる。とはいえ俺たちは直接会って話せることが嬉《うれ》しいあまり、延々と他愛《たあい》もない話で盛り上がって全く気にはならなかった。

そして朝のホームルーム中、俺の席の前に座る田中《たなか》というロン毛の男が話しかけてくる。

「いやー、にしても臣守《とみもり》、お前ら本当にベタベタじゃん。マジで昨日は驚いたんだぜ？既に学年トップレベルに可愛《かわい》いと噂が立ってた巴《ともえ》さんと、壇上であんなことするんだからよ。周りの男子も羨ましがってたぞ。やっぱり何？　二人付き合ってんの？」

田中は昨日の自己紹介の際に何となくキャラは掴《つか》んでいたが、誰とでもフランクに話せるコミュ力が高いやつのようで、こうして俺みたいな陰キャにも遠慮なく絡んでくる。

「俺と桃亜が付き合ってる？　バカ、違えよ。あいつはあくまで友人で、男女の関係なんかじゃない。……あと悪いけど、俺は少しでも空き時間を勉強に回したいんだ。邪魔しないでくれると助かる」

「うわ、臣守ってばつれなすぎっしょ。つか勉強って、まだ授業もまともに始まってないのに気が早過ぎじゃん。……ま、でも巴さんの件は嘘《うそ》を言ってるわけじゃないみたいだし、さんきゅな。つまり、俺らの誰かが狙ってもいいってわけか。燃えてきた！」

……やっぱり、桃亜のやつは男子の間で既に話題になってるみたいだな……。昔と比べて見違えるほど女らしくなってるし、放っておかれるわけないか。

んー……しかしこの状況で桃亜が昨日みたいにハグでもしてこようものなら、学年の男子全員を完全に敵に回しそうな気がしてこえーな。まあ、今朝危なっかしい感じは見受けられなかったから、入学式の時のようなことはしないはずだが……。

「…………」

ただ、俺は今の話を聞いて少し居心地の悪さを覚えていた。

(……何だろうなこの気持ち。もしかして俺……心配してるのか?)

今渦巻いてる感情が友人をとられることを危惧してのものか、異性としてとられることを懸念してのものかは分からない。

どちらにせよ、俺は桃亜《とあ》が誰かに取られるのが嫌なのだけは間違いなかった。

(あいつのことだし、誰かにコクられたとしても付き合ったりはしないと思う)

長年友人をやっているので、それは何となく分かる。だがそれでも心配になってしまうのだから、自分がどれだけ桃亜を大切に思っているかを実感する。


しかし、先に結論を言ってしまうと俺の心配は全くの杞憂《きゆう》だった。

なぜならあいつは、まるで他の男子など眼中にないとでも言わんばかりに、俺との親密ぶりを周囲にアピールしまくることになるのだから。

例えば体育の授業前、何だか嬉《うれ》しそうな桃亜が体操服を持って駆け寄ってきて——

「なあ奏治《そうじ》、体育一発目だけど、初回は百メートル走のタイム測るらしいぜっ。ボクと勝負して負けた方は購買の焼きそばパン奢《おご》るでどうよ!?」

「はは、懐かしいな。昔はかるた以外でもよく競争して何か賭けてたっけ。でも運動神経のいいお前と俺とじゃ、タイムで競うのはフェアじゃない。だからこうしようぜ。桃亜のベストタイムから三秒引き離されなかったら俺の勝ち。これなら俺にだって勝ち目はある」

「へ～……奏治、三秒でいいとか余裕じゃん？　ハンデそんだけでいいの～？」

「桃亜こそ、あんまり余裕こいてると足を掬《すく》われるぞ」

「いいね、面白いじゃん！　じゃあ奏治、早く着替えてグラウンド行こうぜっ!!」

「ああ、そんじゃ男子は教室で着替えることになってるから、お前は女子更衣室に――」

――ぬぎっ。

「ばっ……!!」

教室の視線が一気に俺たちに集まったかと思うと、男女の悲鳴にも似たどよめきが湧き起こっていた。

無理もない。桃亜のやつはあろうことか、俺の前でセーターを脱ごうとして、色の白い下腹部を露《あら》わにしていたのだ。引き締まったヘソ周りは異性をそのかすには十分すぎるセクシーさを放っており、俺は顔を熱くして叫ぶ。

「バカやろう桃亜！　男子もいる場所で脱ぎ始めるやつがあるか――っ!!」

「？　あぁ……わはは。ごめんごめん、つい奏治の前だと癖で脱ぎ始めちゃうや～」

「ちょおまっ……!!　人前で何てことを!?」

俺は急ぎ周囲を見渡す。

「ねえ、今の聞いた？　やっぱりあの二人って付き合ってるのかな？」

「入学式の件もあるしそうでしょ。今の発言だって要するに……こ、こほんっ」

女子たちは顔を赤らめながら噂話《うわさばなし》に花を咲かせており、一方男子はというと。

「臣守《とみもり》！　貴様～～～～っ!!　さっき俺に男女の関係じゃないって言ったのは嘘《うそ》だったのかよ！　よくも、よくも俺たちの巴《ともえ》さんを――っ！」

田中《たなか》が涙ながらに吠《ほ》えると共に、男子たちが殺気のこもった目で俺を睨んでいた。

「いや待て田中！　違うんだ！　俺と桃亜《とあ》が特別な関係じゃないのは本当で！　なあ、そうだよな桃亜!?」

「んあ？　ボクにとって奏治《そうじ》は特別だけど？　今のはついうっかりだけど、ボクは奏治以外の男の前では脱いだりしないし。だって他の男に裸見られるの嫌だもん。キモイし」

さらっとそう言い、男子たちが一斉に撃沈するのが分かった。

（特別って……――。いやいや！　今のはあくまで友人としてって意味だ。何で俺はドキドキしてんだよ。桃亜との関係を維持したいなら、女として見るのは絶対的にタブー……。こいつは俺の親友だ。間違っても変な目で見るんじゃない……！）

とはいえ、この状況で周囲が正しく意味を受け取ってくれるわけがなかった。

「今の発言って臣守くんのことを好きで付き合ってるって認めたも同然だよね!?」

「うんうん、巴《ともえ》さんって入学式の時もそうだったけど、本当に大胆！」

女子たちは今の台詞《せりふ》が決め手となり、完全に確信を深めて色めきたっていた。

まあ今の発言を聞いて誤解するなと言う方が無理なので仕方がないことだ。

俺は額に手を当て、世の無常を嘆くように天を仰ぐ。

（桃亜《とあ》のアホ……今ので完全に誤解されたぞ）

その証拠に、田中《たなか》を始めとした男子たちは俺に対する決然たる意志を示すように、こちらを鋭く睨みつけている。

「殺す、絶対殺す臣守《とみもり》〜〜〜！　お前だけは許さんからなーっ！　この裏切りものめ!!」

桃亜以外に友人を作ろうとは考えていなかったが、親友の振る舞いのせいで高校生活始まっていきなり同性に敵意を向けられる展開となり、さすがに俺も溜《た》め息《いき》を漏らした。


そしてさらに別の日、俺が購買前の自販機で新発売のジュースを買い、休み時間に教室で勉強していると、

「お、何だよそれ新発売のジュースだよな。俺にも一口くれよ」

これは俺に対して言われた言葉ではなく、隣の席の男子たちの会話だ。

「仕方ないなー。本当に一口だけだぞ」

まあ男友達同士であれば、よくある流れな気がする。

昔、俺も桃亜と遊びに行った先でよくこんなことがあったものだ。けど今はお互い高校生だし、さすがに桃亜も間接キスなどは気にするはず。

俺はそう思っていたのだが、日直の用事が終わって教室に戻ってきた桃亜が、すぐさまこちらへ駆け寄ってきて、

「あ、奏治《そうじ》、それって新発売のジュースじゃん！　いいなぁ、ボクにも一口くれよ。ってわけで、いただきまーす！」

「はっ⁉　おい、俺はいいとは一言も……！」

「はむ……んちゅ〜〜〜〜♪」

桃亜は俺がさっきまで口をつけていたストローに何の躊躇《ためら》いもなく唇をつけると、美味《うま》そうに啜《すす》り始める。

「あ、あぁ……」

今となっては男子の誰もが気にするレベルで可愛《かわい》くなった桃亜と、間接的にとはいえキスをしている。そう思うと嫌でも桃亜を女だと意識してしまい、俺は顔を熱くしていく。

（桃亜のやつ、全く躊躇わずに俺の飲みかけを……。普通、年頃なら間接キスは気にするもんじゃないのか？　なのに、嫌がる素振りすら見せないなんて……もしかしてこいつ
――って……いかん、俺はまた変な考えを……！　桃亜はどこまでいっても俺の大事な友人だろ？　それ以上でもそれ以下でもない。男女の友情は相手を異性として見ることで崩

壊へ向かうんだ……。もう少ししっかりしろ。いいな俺？）

「ぷはーっ！　うんめー何これ⁉　へえ、『もりっと元気ミラクルバナナオレ』っていうのか。ボクこれ気に入っちゃった。部活始まるまで一週間ほどあるけど、かるた部の活動始まったらカロリー必要になるし、覚えとこうっと。てわけで奏治《そうじ》、おかわり〜！」

俺が葛藤する中、桃亜《とあ》は呑気《のんき》なもので何事もなかったかのように無邪気に絡んでくる。

さすがに俺はスルーできずに周りを気にしながら突っ込んでいた。

「おかわりじゃねえよ……！　お前、何勝手に飲んでるんだっ。俺が口をつけたやつだぞ？　昔は別として、もう高校生なんだし少しは色々と気にしたらどうなんだ⁉」

「はあ？　何？　照れてんの奏治？」

桃亜がきょとんとし、俺の机に突っ伏す体勢となって上目遣いでこちらの様子を窺《うかが》う。

（こいつ、マジで間接キスを何とも思ってないようだな。俺が何でこんなに照れてるのか全く分かってないって様子だ……。つか今回の件は百歩譲って許すとしても、こういう価値観だと他の男子にも同じことやって誤解を生みそうな気がして怖いんだが……）

などと心配していると、桃亜がにかっと笑い、

「なあ奏治、それより勢いで全部飲んじゃったし、新しいやつ買いにいこうぜ。かなり美《う》味《ま》かったし、もうちょっと飲みたいんだよね。ただ、一人で全部はいらないから、今みたいに一本を二人で分けようぜいっ」

「いや、いいって！　お金ももったいねえし。それに、俺はお前とは回し飲みをしないっつの。分かったな？」

「えー、いいじゃん減るもんじゃないんだし。ジュース飲みたいー、回し飲みする～……」

猫のように顎を机に乗せ、ジト目でぶーぶーと文句を垂れる桃亜。

すると、今の発言を聞いた途端、男子たちが一斉に教室から出ていくのが見えた。

男どもはすぐに戻ってくると、その手には『もりっと元気ミラクルバナナオレ』があった。男子はそれらをわざとらしく桃亜の傍《そば》で飲み始め、視線をちらちらと送ってくる。

（はは……こいつら）

俺が呆《あき》れながら半笑いで男子たちを流し見ていると、その中にいた猛者が桃亜に声をかける。そう、ロン毛の田中《たなか》だ。

「と、巴《ともえ》さん、よかったらその……俺の飲みかけでよかったらあげるけど!?」

「んあ？」

桃亜は後ろから声をかけられ、軽く振り返る。

しかし、田中の抜け駆けを許さんとばかりに、他の男子も桃亜の周りに一斉に群がる。

「巴さん！　俺もあのジュース買ったんだ！　だから……よかったら俺のを！」

「ずるいぞお前！　巴さん、田中やこいつのじゃなくて僕のをぜひ！」

「待て、俺のを飲むべきだ巴さん！　こいつら変なものでも入れてるかもしれないし！」

アホなことを言い合い、次々と群がるバカどもを見て、さすがの桃亜《とあ》も事情を察したんだろう。ゴキブリに向けるような目で男子たちを見た後、立ち上がってビシッと指を差して一喝する。

「言っとくけどなお前ら！　ボクが回し飲みするのは仲がいい奏治《そうじ》とだけだ！　他の男子となんて気持ち悪くてできるわけないだろっ。べ――――っ!!」

『――――ツッツ!?』

田中《たなか》を始めとした男子たちが一斉に固まっていた。男どもは雷にでも撃たれたように崩れ落ち、戦意を喪失してがっくりと項垂《うなだ》れてしまう。

「お、おい桃亜……気持ちは分かるが、何もそこまで言わなくても」

「ふんっ。気持ち悪いのは本当じゃん？　ボクは奏治じゃないとそういうのは嫌なんだ！」

「……桃亜」

勘違いされてもおかしくない台詞《せりふ》を、恥ずかしげもなくきっぱりと言い切る。

「――…………はは」

俺は親友のそんな様子を見て不思議と笑みが零《こぼ》れていた。

ここまで臆面もなく言い切られると、誤解する余地もなく友人として見ての発言と理解できていっそ清々《すがすが》しかった。

（そうだよな、桃亜。こいつは本当に昔と何も変わらないし、俺を友人として見てくれて

いる。……友達で居続けるためにも、俺も変な目で見ないようにしないと）

俺は桃亜が他の男子なんか目に入らないくらい自分を友人として好いてくれていることが正直すごく嬉《うれ》しかった。

（これだけ他の男子を拒絶して俺にべったりなら、やっぱり異性にコクられても受け入れたりしないだろうし、昔のように邪魔されずに二人の時間を満喫できそうだな）

大事な親友を誰かにとられる心配がないと分かった俺は、不安が払拭されて心が軽くなる。きっと昔と同じく、いやそれ以上に二人で大好きなかるたを楽しめることだろう。

俺は立ち上がると、男子たちにキレて不機嫌になっている桃亜へと声をかける。

「はぁ……わかったよ。飲み物買いにいこうぜ」

「え、マジで!?　さっすが奏治、話が分かるじゃん♪　じゃ、回し飲みの旅へレッツゴー！」

その後、俺たちは購買前にある自販機で『もりっと元気ミラクルバナナオレ』を買って回し飲んだ。

俺が緊張する心を抑えて桃亜が口をつけたジュースを飲み干すと、あいつは嬉しそうに笑って「美味《おい》しかった？」と聞いてきたので頷《うなず》く。

桃亜は「ならよかった～」と呑気《のんき》に言い、次の瞬間にはもう別の話題を振ってきていた。

俺はしばらく、あいつの印象的な笑顔が頭から離れなかった。

◆四首目　親友の家に招待されると困る

「じゃーん！　ここがボクの新居だ！　どうだ奏治《そうじ》、ボロいだろ!?」

「いや、別に胸張って自慢することじゃないと思うんだが？　……まあでも、話には聞いてたけど確かにボロいな……」

別の日。電車に揺られ十五分、途中寄り道はしたが駅から歩いて十分ってところだろう。

俺は今、桃亜《とあ》の新居となる『諸井《もろい》アパート』へとやって来ていた。

俺たちはお菓子や飲み物がパンパンに入ったスーパーの袋を一つずつ持っており、二階へと上がる。

「さあ奏治、遠慮せずに入ってくれ。さっそく再会パーティー始めようぜっ」

桃亜がわくわくした面持ちで二階の隅にある家の鍵を開け、俺を中へと促す。

「はは、そのつもりだが……。桃亜、お前って本当俺に対しては警戒心ゼロだよな」

先日の様子を見て桃亜が俺を友人と見ていることは分かったので、誤解しそうな行動や言動をされても俺は変に意識しなくなった。だが正直もう少し躊躇《ちゅうちょ》して欲しかった。じゃないと家に上がった後、警戒心ゼロ故に色々問題が起こりそうな気がしてならない。

「んぁ？　何の話？」

桃亜は意味を理解していないようで首を傾《かし》げてみせるため、俺は噛《か》み砕《くだ》いて説明する。

「いや、だから……年頃なんだし、俺を家に上げたら襲われるんじゃないかとか、少しは心配しなくて大丈夫なのかよって言いたいんだ」

「ボクが奏治に襲われる？」

「あくまで例え話だからな」

「……」

念を押すと、桃亜はぱちくりと瞳を瞬《まばた》かせ、まじまじと俺を見つめる。

しばし気まずい時間が流れた後、桃亜がふいにからっと笑った。

「ボクは別に、奏治にならなら襲われてもいいけど？」

「やっぱり俺相手ならありだよな、うんうん………って襲われてもいい!?」

今や可愛《かわい》い女子と言っても過言ではない桃亜からまさかの返答をもらい、俺はぎょっとして仰《の》け反《ぞ》っていた。

「うんっ。だって絶対楽しいじゃん!?」

「楽しいって、お前……っ」

立派な女性の膨らみをたぷんっと弾ませながら近寄られ、俺は混乱を禁じ得ない。

桃亜のやつ、俺に襲われて楽しいって……何考えてるんだ？

いや待て。まさかこいつ……昔から俺のことを異性として見ていた？　だから今まで飽きることなく毎晩電話して、襲われても楽しいだなんて発言を……。

――……ドクン、ドクン。

俺は桃亜《とあ》が自分を友人と思っていると理解しながらも、昔なら考えもしなかった思考を抱き、この後に起こるかもしれないピンク色のイベントを妄想してしまうのだが――

「あん？　どうしたんだよ奏治《そうじ》、ぼーっとして。ボクを襲うって、昔みたいにプロレスごっこするってことだろ？　昔はよく技かけあって楽しかったよな～。ま、奏治が仕掛けてきたら遠慮なく返り討ちにしてやるぜい！」

桃亜が楽しそうに八重歯を見せ、わんぱくにガッツポーズを決めていた。

俺は面食らった後、自分に呆《あき》れるように溜《た》め息《いき》を漏らしながら頭を振る。

――そうだ、そういう意味以外にありえないよな。

昔なら疑いもなくプロレスごっこのことを言ってると理解できたはず。なのに邪な勘違いをしてしまうのは、俺がまだどこかで桃亜を異性として意識してるからに違いない。

異性との友情が崩れるのは、相手を異性として見ることから始まる。

桃亜はご覧の通り、俺を友人として見ている。つまり、こいつとの友人関係を維持できるかどうかは俺にかかっていると言っていい。

（……男女の友情は成立する。いや、させてみせる。桃亜は俺の友人なんだっ）

「それよりほら奏治！　遠慮しなくていいから入った入った～♪」

「――ちょコラ、引っ張るなって！」

桃亜のやつ、本当に無警戒すぎるし、絶対俺が困るような何かが起こる気がする！

楽しいイベントを前に悪い予感を覚える俺だが、待ち受けていたのは意外なものだった。

「よーし奏治、じゃあさっそく今からお菓子を広げてカンパイを…………………あっ」

「ん？　…………桃亜、お前これ」

間取り1K8畳ほどの古びた和室は未開封の段ボールで足の踏み場もない状態だった。

俺の手を引いていた桃亜が振り返り、照れ臭そうに笑う。

「でへへ～。数日前に越してきたばっかだから、まだ整理終わってなかったや。奏治、悪いけど手伝って？」

「はぁ……仕方ないな」

その後、片づけが苦手な桃亜に代わり、俺が仕切る形で整理を始めた。

何をどこに置いたらいいかを聞き、時々懐かしいアイテムを見つけてはサボるという整理あるあるムーブをかます桃亜の首根っこを掴《つか》んで効率重視で片付ける。

そして数時間後、部屋はパーティーができるまでに綺麗《きれい》になっていた。

「おお〰〰っ！　どっから手つけていいかわかんなかったのに、奏治の言うこと聞いてたらいつの間にか片付いてた。さすが奏治だ、すんげぇー♪」

桃亜がさっきまでの状態と比較して丸っこい目を子供のように輝かす。

「ふん、こんなの頭を使ってやれば朝飯前だっ。そんじゃあ桃亜、適度に動いたせいで腹減ってきたし、さっさとパーティー始めようぜ」

「おうっ！　あ、でも待ってよ奏治《そうじ》。ボク今けっこう動き回ったから汗でベトベトだし、シャワー浴びてきてもいい……？」

「お前、昔から部屋は適当なのに、生身の衛生面においてはしっかりしてるよな……。分かった、行ってきていいぞ。準備はしとく。今日の主役は戻ってきたお前なんだしよ」

「さんきゅー奏治っ。ほんじゃボク、ちょっとひとっ風呂行ってくる。んっしょと」

「俺も少し休みたいし、気にせずゆっくりでいいぞ。しっかり綺麗《きれい》に——ンッ!?」

「ぷはっ。やっぱベトベトで気持ちわりぃ～……さっさとスカートも脱いじまおっと」

——ファサッ。

セーターを脱いだ後、なんと桃亜《とあ》は躊躇《ためら》いなくスカートもキャストオフしていた。

ワイシャツのおかげで下着はぎり見えていないが眩《まぶ》しい腿《もも》の付け根までが丸見えだ。

さらに桃亜は自然な流れでシャツのボタンもぷちぷちと外していき、すぐに柔らかそうな眩しい膨らみがぷるんと露《あら》わになって、

「あああああああもうお前は————っ!!」

ぺしーん！

俺は赤面した後、すかさず桃亜の頭をはたいていた。

「いってえええええー!?　急に何すんのお前っ！　親から離れたらゲンコツとかされない

って思ってたのにーっ！」

「知るかボケーッ！　お前な桃亜、脱ぐなら場所を考えろよっ！」

俺は吠《ほ》えながら指の隙間から桃亜を確認する。

あいつは両手で頭を押さえ、若干涙目になりながら動揺しきった表情を浮かべていた。きっとなぜ殴られたのか分かっていないんだろう。

「は、はあ？　昔から家に泊まった時、風呂入る時は目の前で脱いでたじゃん。何ならその時、裸だって見てる仲だろっ。奏治、今さら何言ってんだよ！」

「基本的には昔と同じでいいけど、あの時とまんま同じことやってたら色々とまずいだろうが！　多少は節度を持て、多少は！」

「……むー。やっぱり奏治も、他の男子と同じでボクのこと変に女扱いするんじゃん」

「は？　どういう意味だよ？」

桃亜がワイシャツを脱ぎかけたままの状態で、むすっとそっぽを向いて語る。

「ボク、転校してからも男子からはオトコ女扱いされてたんだ。でも中学に上がって胸がでかくなり始めてからころっと態度が変わってさ。オトコ女とか言われなくなった代わりに、変な目でじろじろ見られるようになったんだ。別に男子のことはどうでもよかったからそれで構わなかったけど、奏治にまで距離置かれると……なんかつまんない」

俺はまず、親友が自分と離れた後も酷《ひど》い扱いを受けていたことに胸が抉《えぐ》られる想《おも》いを抱く。

「……桃亜《とあ》」

腕組みしてふてくされたように俺と目を合わさない桃亜を見て考える。

一番離れて行って欲しくない俺が他の男らと同じように自分と距離を置いている。

こいつはそれが嫌で（もしかしたら不安で）怒っているんだろう。

もしかしたら大好きなかるたをやる際にも影響が出ると考えているのかも。

何となく気持ちは分かるし、昔のまま振る舞うのを許してやりたいところだが、今回のこれはハグなどという優しいイベントとはわけが違う。

俺は桃亜が相手とはいえ、言い辛《づら》さを覚えつつも本音を口にする。

「……あんまりお前を異性と思いたくないんだよ。遠い存在になってくみたいで怖いっつうか。だから、せめてもう少し控えて欲しい。あとな桃亜、お前だって女の子なのは間違いないいんだ。友人として、もっと自分を大事にして欲しいって思っちゃ悪いかよ?」

「…………奏治《そうじ》」

はっとした様子で桃亜の両目が大きく見開かれ、俺の顔をまじまじと見つめてくる。

俺は気まずさを覚えてわずかに視線を逸《そ》らす。

するとあいつは、照れ臭そうに若干赤らめた両頬《りょうほお》を抱えて目を閉じて。

「〰〰〰〰っ♪」

言い知れぬ喜びに悶《もだ》えるように、わずかに体を左右に揺らして微笑《ほほえ》んでいた。

（きっとこんな風に前向きに女扱いしてくれるやつは周りにいなかっただろうし、それが嬉《うれ》しくて仕方ないってところか）

俺が柔和な表情で見守っていると、桃亜は急にハッとする。

「あれ？　なんかボク、一人でよく分かんないゾーンに入ってた！　何だ今の？　う〰〰〰ん、考えてもわかんないし……ま、いっか！　わははっ。でも奏治、ボクのこと気遣ってくれてありがとな。変な感じだったけど嬉しかったよ！」

「気にすんな。それより、急にぶって悪かった。まーでもそういうことだから、これからはさっきみたいな真似《まね》は控えて――」

「やだ」

「は？　おい待て、お前は俺の話を聞いてなかったのか……？」

「聞いた上でやだって言ってんの。奏治はボクが女だと思うと不安になるんだろ？　だったらそんな不安はボクがぜんぶ吹き飛ばーす！　女だってこと忘れちゃうくらい、とことん昔のまま接してやるよ！　ほら、今まで通りの方がぜったい楽しいじゃん？　だから奏治、ぜんぶボクに任せとけっ！」

八重歯を見せて自信満々に胸を叩《たた》く桃亜から、男子のような逞《たくま》しさが溢《あふ》れ出《で》ていた。

俺はこのシチュエーションにデジャヴを覚えながら呆《あき》れたように苦笑する。

強引で真《ま》っ直《す》ぐで、他人の意見なんて聞きやしない。いつも俺の手を引き、ブルドーザーみたいに突き進む男友達のように力強い存在。それこそ俺が知っている巴桃亜《ともえとあ》という友人だ。外見はともかく、もうここまで中身が変わっていないと笑いが込み上げてくる。

(こいつは本当に、俺が大好きだった桃亜のまんまなんだな。やっぱりこいつは友人だ)

「そんなわけだから奏治《そうじ》、後よろしくー」

桃亜はどこかご機嫌な様子で適当に着替えを見繕うと脱衣所へと消えていった。

「はぁ……やれやれ」

どこまでも奔放な桃亜に振り回されるのには慣れている。今日からまたそんな日々が始まると思うと面倒だが、反面喜んで既に受け入れてる自分がいた。

「るんるんる～ん♪　あしびきの～やまどりのおのしだりおの～」

だからその後、風呂場から聞こえる鼻歌を耳にしながら準備をしていた俺は、とんでもないお願いをされても驚きこそすれど無闇に拒絶したりはしなかった。

「ごめん奏治ー。悪いけど着替えのブラと下着忘れた。衣装ケースの一番上に入ってるから取ってくんね？」

声が反響してるので、桃亜が風呂場の扉を少し開けて呼びかけてるのが分かった。

「はあ!?　取れってお前な、そもそもそんな大事なもんを忘れるなよっ」

「だからごめんってばー。奏治が持ってきてくれないとノーブラノーパンで服着ることになるんだって。……あ、その方がいいとか言うんだったらそうするけどぉ？　ぷふーっ」

「あーもう分かった！　扉閉めて待っとけ、今持ってくから」

さっきの脱衣に続いて、思春期に仲の良い女友達を持つと次から次に難題が起こるようだった。そんなことを思う最中、俺はふと先程のあいつの言葉を思い出す。

――ボクが女だってことを忘れるくらい、とことん昔のまま接してやる。

既にその約束通りに動こうとしている意志を感じる俺は、嫌そうにしながらも内心そこまで悪い気はしておらず、自然と頬《ほお》が緩んでしまう。

「えーと、一番上だからここか。……っ」

俺は少し緊張を覚えつつも、宝箱を扱うように慎重にケースを開けた。

下着のチョイスというのは本人の性格が出るのかもしれない。

桃亜のさっぱりした性格を表すように、中は白と黒の下着で満ちていた。

「……あ、でも青もあるな。そういえばあいつ、アトミックレオのイメージカラーが青だから好きだったっけ。……つか、何色を持っていったらいいんだ？　桃亜は特に何も言ってなかったし……。くぅ、全くそんなことはないんだろうが、試されている気がする」

俺は数学の難問を前にしたように、顎に手をあて考え込む。

「今のあいつの気分的に黒は違う気がするな。じゃあ、やっぱり好きな青か？　普通に考えればそのはず。よし、ここは無難に青で行くか。…………いや、でも待て。今はまだ入学シーズン……あいつの単純な性格からして、もしかしたら――」

　考えた末に一色を選んだ俺は、脱衣所へと持っていった。

　そして数分後。

　パーティーの準備をしながら「にしても桃亜《とあ》のブラでかかったな。まあ、あれだけ立派なもんを持ってたら当然か」などと落ち着かずに悶々《もんもん》としていると桃亜が戻ってきていた。

「待たせたな奏治《そうじ》！」

「お、おう。お帰り」

「ふぅ、汗流したらさっぱりした～！　体を綺麗《きれい》にするとテンション上がるよなっ。あー、あとそうそう、今は高校生活が始まって真《ま》っ新《さら》な気分なのもあって下着は白がいいって思ってたんだ。偶然、奏治が白を選んでくれたから余計に気分いいぜ。わっはっはー！」

（よし、予想的中！）

　長年の付き合いがなせる業だった。

　何かゲーム的な達成感を覚える俺は小さくガッツポーズを決める。

　しかし、そういう余裕はあったものの、正直俺はあの色気あるデザインの下着を桃亜が身に着けていると思うと、どうしても異性であることを意識して落ち着かなかった。

「ほ、ほら桃亜、もう準備はできてるし座れよ。はやく始めようぜ」

　そそくさとテーブルの前に腰を下ろす。

「うーん………。あっ」

桃亜は明らかに変な様子の俺を見て、何が原因か気づいたのだろう。

つんつんと後ろから俺をつつき、悪戯《いたずら》げな声色で言う。

「ねえねえ奏治、ちょっとこっち向いてよぉ」

「今度は何だ？　言っとくけど桃亜、俺を慣れさせるためとはいえさっきみたいな過剰なお願いは――」

しないで欲しいと言いかけて振り向いた瞬間だった。

「くらえ奏治！　昼夜逆転の術・高校生Ｖｅｒ《バージョン》！」

「ぶはあああっ!?」

俺の顔全体が何かにすっぽりと覆われていた。

おまけに顔にふっくらした何かが強く押し付けられる。

一瞬何が起こったか分からなかったが、桃亜の言葉を思い出して理解する。

「桃亜！　まさかこれ!?」

「わははははっ！　どうだ奏治、成長したボクの昼夜逆転の術は!?　余計に視界が真っ暗で何も見えないだろ！」

やはり俺の想像通り、昔よく桃亜にふざけてやられた自分の着てるＴシャツで俺の顔を覆う昼夜逆転の術で間違いないようだった。

本人は楽しそうなので全く何も気にしていないっぽいが、久々にふざけた術をかけられた俺はたまったものじゃない。

(お互い思春期なのに、なんてことしやがるんだこいつはー！　こんなことされたら、いくら友人と分かっていても——つか、犯罪的なまでにでかくて柔らかすぎるぅ……!!)

桃亜《とあ》はだぼっとした大き目のTシャツの裾を伸ばし、しっかり蓋をしている。

おかげで俺は逃げられず、押せば弾《はじ》き返《かえ》す弾力を持ったふくらみに熱烈な歓迎を受けて心拍数が急上昇していく。

昔から俺は胸部に密着するこの術に苦手意識が強かったが、当時桃亜はぺたんこだったのでやられる度に徐々に慣れていっていた。けど今は昔とは全く状況が違うためそういうわけにはいかない。

(息苦しいはずなのに、それを苦にも思わないほどの柔らかさ！　しかも風呂上りのせいでしっとりしてるし、ボディーソープのいい匂いや、さっきの清楚《せいそ》なブラ生地から漂う柔軟剤の上品な香りまでして……このままじゃ友人と分かってるのに桃亜のことを——)

顔が茹《ゆ》だる俺は危機感を覚えて焦りながら叫ぶ。

「やめろ桃亜！　いい加減はやく出せええ！」

「暴れてもムダムダぁ！　奏治《そうじ》には早く女っぽくなったボクに慣れてもらわなきゃだかんね。じゃないとかるただって一緒にまともにできそうにないし。そのためにはこれくらい

の荒療治は必要さ。ほらほらガマンガマン～」

「バカ！　逆にトラウマになるわっ！　何事も順序が大事だろ!?　いきなりラスボスレベルルのもの持ってくるやつがあるかあああー！」

「ぎゃははははっ！　奏治《そうじ》ってばこれくらいでアホみたいに焦ってて腹いてぇ……！」

「て、てめぇ……俺が本気で言ってるのに楽しんでやがるな!?」

「ボクは友人のために心を鬼にして体張ってるだけだって～。別に奏治の反応を見て楽しんでなんか……っ……ぷく……ぶふううううッ！　や、やっぱダメだ！　昔と同じことしてるのに奏治の反応違いすぎておもしれー！　ぎゃは、ギャハハハハッ！」

数分後。

「かんぱーいっっ♪」

頭にたんこぶを作り、俺と楽しげにグラスを打ち鳴らす桃亜《とあ》がいた。

さっきの件は悪意だけではないことは理解していたので、俺も軽く説教した後は「桃亜は友人」と自身に言い聞かせ、気持ちを切り替えて再会を祝う。

まあ、一つ気掛かりなのは説教した際「ぶぅ……奏治から見てやりすぎなのは分かったけど、ボクは今後もやるからな？　奏治は友達だから今まで通りに接したいんだっ」とムキになって方針転換しない宣言をされたことだ。

頑固な性格なのを知ってるだけに、今後の学校生活が気掛かりだった。

「んくんく……ぷっはー！　コーラうっめ〰〰！」

「大げさすぎるだろ桃亜。天井へ向かってシャウトするほどか？」

俺がテーブルに頬杖《ほおづえ》をついて苦笑すると、桃亜はぐっとサムズアップを決める。

「ああ、そのレベルのウマサさ！　奏治と久々に再会して飲むコーラなんだから、最高に美味《おい》しいに決まってんじゃん。大げさでも何でもないって」

「そーかい、そりゃ光栄だね。しかしお前、昔から本当コーラ好きだよな。他にも桃亜の好きなハンバーガーや肉もあるぞ。どんどん食え食え」

「おお〜！　そうだったそうだった！　いただきまーす！　……まぐまぐまぐっ」

「お前、そんな一気に口に入れたら詰まらせて——」

「……!?　ンッ、ングウウウウ〰〰〰ッ！」

桃亜がとんでもない顔で胸をばんばん叩《たた》いていた。

「言わんこっちゃない！　そら、コーラ注いでやったから早く飲め！」

すると桃亜は口を「ω」こんな風にして。

「むふ〜……うっそーん。悪いな奏治、注いでもらって！」

ずびしっ、と俺は桃亜の頭に軽くチョップをかましていた。

「ウソはやめい。普通に心配しただろうが。はぁ……にしてもお前は、昔から相変わらず悪戯《いたずら》好きのまんまだな」

「へっへーん、奏治《そうじ》と一緒にいると楽しいからついやっちゃうんだよね～。ま、とにかくさっ、今日はめでたい日なんだし、じゃんじゃん食って飲もうぜいっ♪」

俺たちはその後、昔話に花を咲かせながら飲み食いした。

そしてしばらく経《た》った後、桃亜《とあ》が肉を頬張《ほおば》りながら話題を変える。

「でも奏治、部活はやくしたいよな。体験入部って来週からだっけ？」

「ああ、予定表では週明けからになってた。入学直後は他に色々やることあるからな。でもまさか、昔みたいにまたお前とかるたできる日が来るなんて夢のようだよ」

「わはは。これも全て、半年前にボクの部活動推薦が決まったおかげだよね～。奏治、もっと感謝してもいいよ？」

「調子に乗るなって言いたいところだが、さすがにこればかりは桃亜に感謝だな」

別れてから五年、まさかこんなに早く再会してかるたができるなんて……。

本当に夢のようで今でも信じられない。

「俺が勉強特待生として推薦勝ち取った後に龍国《りゆうこく》からお前に話がくるとか、こんな上手《うま》い話ってあるもんなんだな」

「ボクは日頃の行いがいいからね～。ほら、やっぱりボクのおかげじゃん？　あ～なんか急に肩凝ってきちゃったな～。ねえ奏治、はやく肩揉《も》んでよ」

「だから調子に乗るなっつの。……はは、でもお前と一緒に過ごせると思うと色々楽しみだよ。昔みたいにかるた以外の遊びも一緒にやろうぜ。そうすれば気分転換にもなる。つまり――」

「んあ？　つまり？」

俺は意気揚々と立ち上がり、拳《こぶし》を握りながらテンション高く語る。

「つまり、いい気分転換になって勉強の効率が上がる！　学業優秀で高校の推薦を得られれば大学だって学費免除で行けるし、一石二鳥ってわけだ！　ふはははははっ!!」

都内最難関との呼び声が高い進学校『私立・龍国学園』――『当代無双』の教育理念を掲げる実力至上主義の学園に推薦入試で受かり、今や学費免除の勉強特待生である俺は、桃亜との再会でさらなるいい未来しか想像できず柄にもなく高らかに笑う。

「わははっ。奏治、お前って本当昔から勉強大好きのガリ勉マンだよな～」

「ぐ……仕方ないだろ。うちは貧乏で高校だって推薦枠とらないと厳しかったんだし、そりゃ勉強漬けの日々にもなるっての」

「なんか奏治、どうせ高校の推薦決まった後も、あとのこと考えてフライングで高一の勉強ガリガリ進めてそうだよな～」

「っ……お前、さすがに俺のこと分かってるな」

「そりゃ当然だろ。だって親友じゃん♪」

桃亜《とあ》はそう言ってコーラを呷《あお》り、氷を口に含んでボリボリかみ砕いて、

「でも奏治《そうじ》さ、そんな生活送ってたんなら色々たまってそうだよね。よおし、しょうがないからボクがガス抜きしてやるよ！　てわけでプロレスごっこしようぜ！」

「プロレスって……あれけっこう密着するだろうが！　今のお前とできるわけないだろ」

「にひひ〜ん。なに照れてんの奏治？　昔よくやったことだし、今さら恥ずかしがることなくね？　ていうか、既にやる気になってるボクが逃がすと思ってる〜？」

「――！」

次の行動を読んだ俺がすぐさま立ち上がると、桃亜は間をおかずに襲い掛かってきた。

「ぐう……相変わらず頑固だな、お前はっ」

「へへーん、ボクはやりたいことはすぐやる主義だからね！」

がっつり組み合う俺たちは視線を逸《そ》らさず睨《にら》み合《あ》う。

「つうか、どうせ遊ぶんなら、昔からずっと一緒にやってきたかるたでいいだろうが!?

お互い、長いことあおずけくらってたから、まずやりたいのは試合だろう……？」

「仕方ないじゃん。ここの大家さんはボクのことよく知るかるた関係者で、部屋で素振りやったりするのも禁止って言われてるんだから」

「そういえば、前にそんな話してたな……変なとこで素直なやつめ……」

「ボクだって今すぐ奏治と試合したくてたまんないって。だけど大家さんとの約束ででき

ないからむしゃくしゃしてるってわけ。そんなわけで、そろそろ本気出すけどいい？」

まずい。桃亜が友人という認識は変わらないが、もし密着して今より異性と認識してしまえば、友情がゆらぐ原因となりかねない。俺には逃げる選択肢しかなかった。

「あ、こら待て奏治～！」

「誰が待つか！　お前の技をくらってたまるかよ。大体加減だってしないだろ桃亜は！」

「なんでも本気じゃなきゃ楽しくないじゃん！　いいから奏治、はやく技かけさせれー♪」

狭い家の中をドタバタと逃げ回る俺だったが、すぐに脱衣所へと追い込まれていた。

「いい加減にしろ桃亜！　場所を変えてのかるたなら大歓迎だからそっちでいいだろ!?」

桃亜は不敵な笑みを浮かべ、十指をうねうねさせて俺へとにじり寄りながら言う。

「でもやる場所なくね？　昔はよく奏治の家でもやったけど、妹が今年受験生だとかでかるたの練習すらさせてもらえないって言ってたじゃん」

「確かに家はそうだけどよ……じゃあ、近所のかるた会にでも……って、ダメか」

実は……桃亜は事情があって自分の母親か俺としかかるたを取らない。

そういう状況もあって、恐らく学校の部室でしかかるたは取れないだろうと以前話をしていたことを思い出す。

「ふっふっふ～。じゃ、覚悟はいい奏治？　今日のために磨きに磨いた技、ボクが今からたっぷり味わわせてやる！」

「く、くるな……頼むからやめろおおおー！」

そして桃亜《とあ》が飛びかかろうとした時だった——ぴんぽーん、どんどんどんっ。

誰かが訪ねてきたようで、いささか手荒く玄関の扉がノックされていた。

「お、引っ越してきて第二号の客人だ！　今いきまーっす!!」

俺は何となくどういう客かは分かっていたが、止める間もなくあいつは行ってしまう。

十秒も経《た》たない内、桃亜は怯《おび》えた表情でダッシュで戻ってきていた。

「うわあああ！　奏治《そうじ》、熊みたいな雰囲気のおっさんに『さっきからうるさい』って怒られた！　しかも、次うるさくしたら大家さんに言いつけるだって！」

「はぁ……今の鬼ごっこに関しては完全にお前のせいだぞ。……つか、放せよ」

桃亜が抱きつくせいで、俺の鳩尾《みぞおち》あたりで餅のように柔らかい膨らみが潰れていた。

俺は桃亜の首根っこを掴《つか》んで離れさせた後、うるさくなる鼓動を必死に抑え込んで言う。

「こほん。しかし、あれだな……俺たちが騒いでる音でさえ聞こえていたようだし、ここでかるたをやるのはやっぱり無理そうだな」

「うん、残念だけどそうみたい……。ちぇ、つまんないや。お互いの家もダメで、かるた会もボクが無理だから、奏治と試合できるのはやっぱり学校の部室だけってことになる。あーもう、はやく一緒にかるたやりたい〰〰っ!!」

よほど我慢しているのか、桃亜がその場で地団太を踏むようにする。

「落ち着けって。あとしばらくの辛抱だ。……それより桃亜、お前は学校であんまり俺にベタベタし過ぎるなよ。問題になれば、最悪俺の特待生権限が剥奪《はくだつ》される可能性だってある。そうなったら俺は退学一択だ。マジで頼むぞ？」

「……わかった。気をつける」

理屈というより本能で理解しているんだろう。桃亜は俺ともう二度と離れ離れになるのはごめんなようで、神妙な面持ちで珍しく素直に頷《うなず》いていた。

けれど桃亜はどこまでいっても桃亜だ。すぐに明るい表情を浮かべて両手を広げて言う。

「それはそうと！　ドタバタできないんだったらボクとゲームしようぜ！　今日奏治とやるために買ってた最新ゲームがあるんだ！　ほらほら、はやくこっち～！」

「あーわかった。行くから慌てるなって」

昔と何一つ中身が変わらない桃亜に引っ張られ、俺はされるがままだ。

でもこの平穏な時間が愛《いと》おしくて堪《たま》らない。桃亜との学校生活を思うと不安でしかないが、また二人で楽しい時間を紡いでいけると思うとワクワクして仕方がない状況だった。

なにせ週明け、ついに桃亜と待ちに待ったかるたができるんだ。

あれからどれくらい桃亜が強くなったのか、あるいは自分がどれだけ桃亜に追いついたのか、ようやく試せる機会に恵まれる。

俺は心の高まりが収まらず、待ち遠しくて仕方なかった。

◆五首目　親友と久々にかるたをやると昔と違って困る

高校の入学式から一週間が経《た》ち、改めて状況を整理して一つ分かったことがあった。

それはいくら桃亜《とあ》が学校で露骨にベタベタしてこなくても、俺を困らせる状況は一緒にいれば自然と発生してしまうということだった。

例えばこういう感じで――

「授業おっわり～！　奏治《そうじ》、休憩時間だし、一緒にトイレいこうぜー！」

終業のチャイムが鳴ると共に、桃亜が離れた席の俺に無邪気に声をかけてくる。

桃亜は小学校の時から俺をよくトイレに誘ってきており、周りからは奇異の目で見られたものだったが、当時は仲のいい友達はこいつしかいなかったし、何より同性の友人と見ていたのであまり気にはならなかった。

だが、今は昔とは状況が違う。

俺たちは思春期真《ま》っ只中《ただなか》を生きる花の高校生だ。本来同性の友達の間でしか成立しえない連れションに異性を誘うなんて、さすがに性に対する意識が低すぎる。

初めは想像以上の出来事で俺も驚いたし、周りは当然信じられないものを見るような目で俺たちを見てきており、未《いま》だにその反応は変わらない。

（本来なら断るのが筋なんだろうけどな……。変な噂《うわさ》が教師の耳にでも入ったりすれば、

特待生の立場が危うくなる可能性もゼロじゃないわけだし）

しかし、まだ高校生活が始まって一週間だ。桃亜もあれでけっこう繊細なところがあるし、一人で行動するには心細い部分があるのかもしれない。

俺はそう考え、仕方なくしばらくはトイレの誘いに応じる方針でいた。

だから今も桃亜と談笑しながらトイレへと向かっているわけだが、すれ違う男子たちからの嫉妬がとにかくすごかった。

「くそ、あいつまた巴《ともえ》さんと一緒にいやがる……！　付き合ってるとはいえ、毎度これみよがしに見せつけやがって！」

「きっといつものトイレだよな？　何でも巴さんから誘ってるらしいぜ」

「可愛《かわい》いだけじゃなく、あんなにエロい体つきした子はなかなかいないってのに……その巴さんから片時も離れたくないと思われるほど慕われてるとか羨まし過ぎるだろう!?」

「ああ、あんな幸せ野郎が現実にいていいわけがない……死刑だ。死刑に処すべきだッ!!」

「……はぁ」

体育前の着替え事件や間接キス事件など、この一週間桃亜と俺の親密さを意図せず周囲にアピールする事件が続き、俺たちはクラス内は元より、学年中に付き合っているカップルとして認識されているようだった。

――ささっ――ささささっ。

あまりに仲がいいのでトイレにいくと見せかけて実はことに及んでるんじゃないかとゲスな勘ぐりをする一部男子（田中《たなか》たち）などもおり、今もつけられていて面倒な状況だ。

これらの誤解は、基本的に桃亜《とあ》が思春期にもかかわらず昔のまま俺に接してくるせいだが、今日俺は別のことに意識が向いているのであまり気にはならない。

「なあ奏治《そうじ》、ついに今日だな!?」

「ああ、部活だろ？　俺も今日はそのことで頭がいっぱいだ」

親友から飛び出した話題は、案の定部活の件だった。

やはり桃亜も俺と一緒で、体験入部が始まる今日が楽しみで仕方ないようだった。

再会して一週間、二人で一番やりたかったことをお預けにされていた影響で、桃亜はこちらに身を乗り出して大きな瞳を輝かせており、まるで子供だった。

俺は苦笑しながら眼鏡の位置を調整しつつ、

「でも桃亜、お前本当よかったな。部には所属していればいいだけで、特に誰かと対戦する必要もないわけだろ？」

「うん、そうそう！　スカウトの連絡もらった際、学園長のおっさんがそう言ってた。所属だけしてれば、練習したり大会に出たりもしなくていいんだって！　その条件じゃないと話を聞くつもりもなかったし、本当ボクにとっては天国みたいな環境だよね～。だって逆に言えば奏治とかるたやり放題ってことだしー♪」

桃亜から以前聞いた話ではあったが、俺は改めて疑問を覚える。

「んー……スポーツ特待でとっておきながら、大会に出なくていいってのはよく分からないよな。まあ、桃亜は俺やおばさん以外とはかるたやれないから、都合いいんだけどよ」

龍国学園《りゅうこくがくえん》は『当代無双』を掲げ、一つの分野でトップをとれる人材を育成している成果主義の学び舎《まなびや》だ。例えば俺みたいな勉強特待生の場合、相応の成績を全国模試で残さなければ待遇剥奪《はくだつ》のふるいにかけられる。それほどに結果を残すことに重きを置くのが龍国だ。

そんな学園で結果を残さないことを前提に推薦でとられるというのは、学園の趣旨に反しているとしか思えず、俺はこの半年間ずっと疑問を抱いていた。

「わははっ、まー細かいことはどうでもいいじゃん奏治！　むふ……それより～」

ふいに桃亜が口元に手を当て、小馬鹿にするような笑みを浮かべる。

「ボクが転校する時、最後に奏治は次会う時までにボクより強くなってるって言ってたよね？　果たして今日、本当にこのボクに勝てるわけ～？」

「はっ、言ってろ。俺だってこの五年、いつお前と再会してもいいように勉強の傍らかかさず練習してきたんだ。前よりは確実に強くなってるから、覚悟しておくんだな」

俺も俺で挑戦的な笑みを湛《たた》えて桃亜を見やり、足を止めて火花を散らせあう。

この時をどれほど切望したことだろう。

俺はついに放課後、自分と桃亜を深く結びつけてくれた競技かるたをやれる喜びに打ち震え、今からワクワクして柄にもなく童心に返っていた。

桃亜《とあ》は俺を見て早くも双眸《そうぼう》を青光らせ、口角をにっと吊《つ》り上《あ》げて、

「いい目してんじゃん。これはボクも気が抜けないかもな……」

「言っとくが、けっこう自信あるぜ。昔の俺と思って侮らないことだな」

「……っ…………くぅ〰〰〰っ！」

「桃亜？」

何だか俯《うつむ》いてぷるぷる震え出すので顔を覗《のぞ》き込《こ》む。

すると、あいつはすぐに面を上げて我慢ならない様子で目をバッテンにしながら、

「ああああーはやく奏治《そうじ》とやりたいいいいっ！　やりたいやりたいやりたい〰〰！」

「ぐああっ⁉　ちょ、胸倉を掴《つか》んで揺らすなー！」

「だって奏治それだけ自信あるんならボクと互角以上には渡り合えるってことだろ⁉　超期待できるじゃん！　あ、そうだ！　もうこの一週間がんばって我慢したんだし、放課後まで待つなんて言わず、今から部室にいってやりまくろうよ！　な、いいだろ奏治⁉」

「ば、バカ言うなっ。つうか顔ちけー……。俺は勉強特待生だっつの。授業放《ほ》ったらかしてかるたに耽《ふけ》るわけにいかないだろっ」

「えー……でもさ、さすがにもうボク我慢できないんだけど！　長いこと奏治とはご無沙汰だし、今すぐやってやってやりまくってお前を傍《そば》に感じたい……‼」

「くっ……」

桃亜のバカやろう。だから近すぎるし、そんなに真剣な目で見つめるな。お前は友人でこの行動に他意がないと分かっていても、勘違いしそうになるだろうが。

しかし、俺でさえ勘違いするレベルの振る舞いなので、当然周囲のやつらが真実を見抜けるわけもなく、尾行していた田中《たなか》たちの集団が頭を抱えて大げさな反応を見せる。

「と、とととと、臣守《とみもり》とはやくやってやってやりまくりたいって……！　やっぱり臣守は巴《ともえ》さんとそこまでいってる仲なのかよ！　つまり……もう巴さんは常に臣守を求めるくらい、あいつに散々仕込まれてるんだ！　しかも、トイレだけじゃなくて部室でもとか、いかがわし過ぎるぞ臣守ー！　あのえちえちボディを一人で嬲《なぶ》って好き勝手にするとか……今すぐ俺たちに謝罪しろおおおおおおっ！」

「だあああもう！　だから田中たちは勘違いしすぎなんだよ！　誤解だ！　俺と桃亜は断じてお前らが想像するようないかがわしい関係じゃね――っ!!」

「……はえ？　奏治たち何の話してんの？」

当の本人は自分が昔のまま言葉を選ばずストレートに感情をぶつけるせいで、俺に火の粉が降りかかってるとも知らず首を傾《かし》げる。

だけどまあ、今日は何があっても許せるくらい俺の心には余裕があった。

それくらい放課後が楽しみで仕方なかったわけだ。

◇◇◇

そして帰りのホームルームが終わった放課後。

さあ今から二人で部室へ！　と俺が席を立とうとした際、身支度を整えた桃亜《とあ》が意外にも人を連れて俺の下にドタドタと駆け寄ってきていた。

「奏治《そうじ》ー！　こいつ、かるたに興味があるんだって！」

「え……かるたに？」

俺は桃亜の後ろで落ち着かない様子で立っている少女に目をやる。

連れてこられた女子は桃亜よりは少し身長が高いものの小柄な小動物を思わせる華奢《きやしや》な子だった。栗色《くりいろ》の髪を頭の両側でお団子にまとめており、何となく愛らしい感じが漂っている。俺に向けられるバツが悪そうな微笑の中には愛嬌《あいきよう》が感じられ、飲食店で接客をさせれば、元気で嫌みのない振る舞いで人気が取れそうな清廉さのようなものが見てとれた。

「あ、えーっと……お二人の邪魔をしちゃってすみません。その、実は私……かるたに少し興味がありましてぇ～。それで……よければ一緒に部室へと思ったり。えへへ」

緊張のせいだろうか。時折目を逸《そ》らしながら言いよどむ感じが少し気になってしまう。

「確かあんたって、俺たちと同じクラスの……」

「あわわ、すみません！　そうですよね、まだ学校始まって一週間ですし、まずは名乗らないとですよねっ。……こほん。私は同じ一年A組の『鳴針丹生《なるはりにう》』って言います。お二人と同じかるた部でがんばっていければと思うので、よろしくお願いします！」

両拳《りようこぶし》を握り、気合いの入った表情で挨拶されるが、愛嬌が漂っていて近寄りがたい印象を受けない。むしろ何だか弄《いじ》ってしまいたくなる性質を持ち合わせた不思議な子だった。

「奏治、そういうわけだから、うにうにも連れて部室いこうぜ！」

「うにうに？　おい桃亜、それって鳴針のことか……？」

「あん？　そうだけど。だって丹生《にう》って言いにくいじゃん。だから逆から読んでうにうに。可愛《かわい》いだろっ？」

にかっと悪気なく八重歯を見せる桃亜を見て、俺は眼鏡の上から軽く額を押さえる。

「ったくお前は、まだ会って間もない相手にわけのわからんあだ名を……」

「あはは～……臣守《とみもり》さん、私は別に気にしないんで大丈夫ですよ。あだ名で呼んでくれた方が親近感湧きますし、全然かまいません」

鳴針が両手を軽く振って苦笑しながら許してくれる。

大人の対応で頭が下がる想《おも》いだった。

「悪いな鳴針、うちの桃亜が失礼な真似《まね》を。こいつ、昔から同性の友人なんていたためしがないから、あんたみたいな常識人には、ぜひ仲良くなってもらって面倒を――」

「う、うう、うちの桃亜《とあ》ですか――っ!?」

常識人と評した矢先、鳴針《なるはり》は急に赤らめた頬《ほお》を抱え、変態めいた目の輝きを放って叫んでいた。

何が琴線に触れたかは謎だが、鳴針は興奮気味に今までよりもワントーン高い声で騒ぐ。

「そんな、学生なのにもう結婚してるも同然の嫁扱いだなんて～～！　……はぁー……はぁーッ……すごく、いい…………――わぷぅぅ!?」

そして急に息を荒らげ、鼻血を堪えるように鼻筋を押さえたかと思うと、意味不明な言葉を発して大げさに仰《の》け反《ぞ》っていた。

「は……？」

「わはは、どうしたんだうにうに？　なんかおもしれぇ～」

俺が乾いた笑みを浮かべて反応に困る中、桃亜は頭の後ろで腕を組んでからからと笑う。

「ハッ!?」

鳴針はすぐに上体を戻すと、取り繕うように人懐っこい苦笑を浮かべる。

「す、すみません、気にしないでください。あっ……それよりメモメモっと！」

スマホに何を熱心にメモしているかは不明だが、どうやら鳴針は常識人に見えて一癖あるようだった。

（まあ、人は何かしら癖があって当然だし、見なかったことにするとして……。桃亜に同

性の友人ができるチャンスだ。かるたに興味持ってもらえるよう、俺がしっかりしないと）

昔なら友人は俺だけでよかったのかもしれないが、桃亜も今や思春期の女の子。

さすがに異性である俺に相談できないような悩みも出てくるはず。それに同性の友人ができれば、俺をトイレに誘わなくなって周囲の誤解も少しは解けるに違いない。何としてもこのチャンスを逃すわけにはいかなかった。

大事な親友に初めて俺以外の友人ができることに抵抗がないわけではないが、桃亜のことを思うとそれが一番いいことなので俺が意志を固めるのは早かった。

それから俺たちは早速、鳴針を連れて部室へと向かう。

「でも、俺たちと同年代でかるたに興味があるやつなんて珍しいよな。今まで周囲にそんなやついたためしがねえしよ。なあ桃亜？」

「うん。だからボク、うにうにとは仲良くなれそうな気がしてるんだ～」

桃亜は今もだが、女子とは基本的に話が合わないらしく話しかけられても素気《そっけ》なく、興味を示さない。その桃亜が同性を受け入れてる光景は初なので快挙といえた。

（やっぱり、自分が大好きなものに興味を持ってるのはでかいよな。同性っていうのもあるし、親近感湧いて当然か）

俺は親友を横目で見て微笑《ほほえ》んだ後、

「ちなみに、鳴針は何でかるたに興味を持ったんだ？　経験者ってわけでもないんだろ？」

　すると、鳴針《なるはり》はなぜかびくっとし、落ち着かない様子で苦笑して、

「えー……それは……その……ほ、ほら、巴《ともえ》さんってかるたのすごい選手なんですよね？　だから、どういうものなのか気になってぇ……一緒に試合やれたらいいなぁ～なんて」

「………………」

　桃亜《とあ》が伏し目がちに表情を曇らせたのを俺は見逃さなかった。

「あー、桃亜とやると強すぎて、かるたやめるやつ多いんだ。そのせいでこいつ、俺や自分の母親以外とかるたやりたがらなくて。だから悪い、相手なら俺がするよ」

「へ？　あ、そうなんですか？　であれば……私は別に大丈夫です。どうしてもってわけではないので……」

　鳴針は空気を読み、暗い面持ちの桃亜を気にして声をすぼめるが、すぐに場を取り繕うように両拳《りょうこぶし》を握って明るく振る舞う。

「私はとにかく、二人が仲良くかるたやるのを見れれば問題ないです。かるたって文化系の大人しいお遊戯ですよね？　臣守《とみもり》さんと巴さんが仲睦《なかむつ》ましげに平和に試合をすると思うと、私………はにゃ～～ん、今から楽しみで仕方ありません♪」

　頬《ほお》を抱えてうっとりし、だらしのない笑みを浮かべる鳴針。発言の真意が気になるところではあったが、俺と桃亜は彼女の言葉を聞いて同時に顔を見合わせていた。

　今まで暗い顔だった桃亜が口元を緩めて言う。

「聞いた奏治《そうじ》？　文化系の大人しい遊戯だって」

「ああ。誰でも最初はそう思うよな。俺だって初めはそうだったしよ」

「……へ？　違うん、ですか？」

きょとんとする鳴針に俺は楽しげに言う。

「競技かるたがどういうものかは、きっと見てもらった方が早い」

「奏治の言う通りだ！　おーし、うにうにのためにも急いで部室行こうぜ！」

◇◇◇

桃亜に急《せ》かされ、駆け足で校舎から渡り廊下で繋《つな》がる第二部室棟にやってきていた。

文化系の部が入る一棟は林に面したひっそりした場所にあって、中でも『百人一首かるた部』は一階一番奥の人気が全くないところに部室を構えている。

桃亜と鳴針は初めて部室に来たようだったが、実は俺に関しては去年、体験入学の際に一度来たことがあったので迷わず辿《たど》り着《つ》くことができていた。

俺はノックしてしばらく待ってから部室の扉を開き、緊張した上擦った声で言う。

「こ、こんにちは先輩！　ご無沙汰しておりますっ」

八畳ほどの畳の上に、ぽつんと正座している女性がいた。

開け放たれた窓からは春の陽気な日差しが差し込み、優しいそよ風と共に桜が舞い込んでいる。そんな中に先輩はおり、幻想的な画になっていて胸がざわつく。

こちらに背を向けて座っていた彼女は、ゆっくりと俺たちの方を振り向いた。

その美しさに、俺だけじゃなく鳴針《なるはり》も息を呑《の》むのが分かった。

「あ、君は……」

ぬばたまのような長い黒髪を片方でまとめたその人は、夢うつつな瞳を瞬《まばた》かせる。

（先輩、もしかして寝てたんだろうか？）

彼女は目元をたおやかな仕草で擦った後、上品な身のこなしで体をこちらに向けた。

先輩はすぐに状況を理解したようで、優しげな垂れ目を緩めて幸せそうに微笑《ほほえ》む。

「わぁ、入部希望の人かな？　待ち望んでたからすっごく嬉《うれ》しいよ～。私は二年生で、百人一首かるた部の唯一の部員にして部長の、三条歌葉《さんじょううたは》です。よろしくね～」

ゆるっとした口調と動作で畳に三角を作って丁寧に頭を下げてくる。

彼女の全てから平安貴族のような古式ゆかしい情緒めいたものが溢《あふ》れ出《で》ており、その高貴なオーラにあてられる俺は自然とその場に跪《ひざまず》いて頭を下げていた。

「こちらこそ、よろしくお願いします……！」

「よよよ、よろしくお願いします！」

鳴針も『三条時間』とも呼べる先輩の空気に呑まれ、その場で慌ててお辞儀をする。

しかし桃亜《とあ》に限っては堂々としたもので、

「ちわっす！　ん、ていうか奏治《そうじ》、地べたにおニューの制服で跪《ひざまず》くとかきたねー。ボクでもそんなことしないぜ……」

「ぐ……うるせえな。いいんだよ、相手は今日からお世話になる先輩なんだし」

「ふーん、先輩ねー。ところで奏治、この三条《さんじょう》って人と知り合いっぽいけど、前に会ったことあんの？」

（なんだ桃亜のやつ？　少し棘《とげ》のある言い方だな……）

桃亜は類稀《たぐいまれ》なる直感で何かを感じ取っているのか、疑いの眼差《まなざ》しで見下ろしてくる。

俺は久々に先輩と再会できて嬉《うれ》しいこともあって構わずに言う。

「ああ、そうさ。俺はお前と違って、三条先輩とは既に知り合いで――」

「う――んと……どこかで会った気はするんだけどー……君、誰だったかな？」

申し訳なさそうに苦笑する先輩が首をかしげ、遠慮がちに訊《たず》ねてきていた。

「え……俺を覚えていない？　そ、そんな……っ」

立ち上がりかけていた俺だったが、愕然《がくぜん》たる事実を前に再び床と友達になってしまう。

桃亜が四《よ》つん這《ば》いで項垂《うなだ》れる俺を見て腹を抱えて大げさに笑う。

「ぎゃはははっ！　奏治のやつうける！　忘れられてんじゃん！　ていうか、実は人違いだったりすんじゃねーの!?」

「てめー桃亜……好き放題笑いやがって。人違いなんかじゃない。俺は去年の体験入学で、最後の自由行動の際に確かに先輩と部室で会ってるんだ」

「……あ、もしかして～」

「先輩っ、ようやく思い出してくれましたか!?」

「うん。あの日、部室の電気を付け替えに来てくれた、業者の人だよね？」

「だあっ」

拍子抜けする俺は万歳をするように顔面で床を擦りあげていた。

（――この人、天然なのは分かってたけど俺の予想以上みたいだ。……いや、でも今のはさすがに冗談……だよな？）

「わははははは！　あーダメだっ。もうボク腹いてぇ～～～！」

「ちょ、ちょっと巴《ともえ》さん、あんまり笑っちゃ臣守《とみもり》さんに悪いですよっ」

鳴針《なるはり》が畳の上を転がる桃亜に言い含める中、先輩はいたずらげにくすりと微笑《ほほえ》む。

「ふふ、ごめんね～。もちろん今のは冗談だよ。さっきまでうとうとしてたからようやく頭が働いてきたみたい。君は確か、去年の体験入学で私の話を聞いて入部を約束してくれた、臣守奏治くんだよね？」

「先輩、やっぱり覚えてくれてたんですね！」

俺は感動のあまり、すぐさま傍《そば》に駆け寄って先輩の手をとっていた。

あの日、部室で一人和歌を読む美しい先輩の姿を見て、俺は一目惚《ひとめぼ》れしてしまった。

その際、春にかるた部の先輩たちが卒業して部員は自分一人だけだったことや、このままだと来年には廃部になるという話を聞いて入部を約束したのだった。つまり俺は桃亜《とあ》の推薦が決まる前より、龍国《りゅうこく》かるた部に入ることを決めていたのだ。全ては先輩のために。

「うん、もちろん覚えてたよぉ」

三条《さんじょう》先輩が俺の手をやんわりと握り返し、白い頰《ほお》をわずかに朱に染めて微笑《ほほえ》みを灯《とも》す。

「うちの学校は最難関なのに、がんばって入学してくれたんだね。私、臣守《とみもり》くんが約束を守ってくれてすごく嬉《うれ》しいよ～。今日からよろしくねぇ」

「はいっ、こちらこそよろしくお願いします！」

「〰〰〰〰っ」

見つめ合う俺と先輩の間に見えない糸のようなものがある気がした。

想《おも》い人の喜ぶ顔に見惚《みと》れる俺は、すぐ傍《そば》で桃亜が不満げにしていることに遅れて気づく。

そして――

「くらえ奏治《そうじ》っ！　アトミック奥義・腕ひしぎ十字固めー！」

「ぐあああっっ⁉　桃亜お前、急に何しやがる⁉　つうか痛い痛い痛いっ……！　……いや待て、むしろ柔らかい？　……ん？」

「はっはっはー！　どうだ奏治、参ったか～⁉　なんかムカついたから、徹底的にこらしめてやるっ。ボクをのけ者にした罰、しっかり味わいやがれ！」

桃亜は床を背にして寝そべる形で、引き締まった腿《もも》で挟んだ俺の腕をうりうりと左右に揺すってみせる。が、プロレス技が下手くそな部分も昔から変わってないらしく、関節のキメが甘いせいで全く痛くない。むしろ揺すられる度に、双丘に挟まれた手先がつきたての餅に両側から圧迫されるような感触を覚えるだけで役得でしかなかった。

本人はそんなことには気づかず無邪気に楽しんでいるが、俺はたまったものじゃない。

「やめんかこらあああっ！　お前、学校ではベタベタするなって約束しただろ!?」

「えーいいんじゃん別にー。今はうにうにと先輩しかいないんだしさ～♪」

まったくもってよくないし、本気で楽しそうなので性質《たち》が悪いにも程がある。

今の桃亜は昔と違ってとんでもない凶悪な武器を持ってる。

そんな可愛《かわい》い女子が嫌がる素振りも見せず、ニコニコ顔でこんなことしてきてみろ。たとえ相手が親友と分かっていても、少なからず異性として意識してしまうのは当然だ。

（ったくこいつは、本当何も変わってない……!!　昔と同じように接してくれるのは嬉しいが、その調子で攻められたら男女の友情にヒビが入りかけるだろうが！）

三条先輩と目があったのはそんな時だった。

彼女は驚きながら口元に手を当てており、頬を夕焼け色に染めながら、

「わぁ……二人は密着して絡みあう程の親しい仲なんだね～」

どうやら憧れの人に、俺と桃亜《とあ》は恋仲とでも思われてるようだった。

一方、鳴針《なるはり》はというと、またもやなぜか興奮しており、

「きてます、今すっごくきてます！　台詞《せりふ》だけじゃなくて構図のサンプルも提供してくれるなんて、やっぱりお二人についてきてよかったです！　そ、それにしても……濃厚すぎる絡み……さすがにこれは全年齢では厳しい気が……はぁ、はぁー……わぷぅぅ!?」

今度はランランと目を輝かせながら何かノートに描き走っており、やがて鼻血を吹くようにして仰《の》け反《ぞ》ってしまっていた。

よく分からない鳴針はいいとして、先輩に誤解されて肝を冷やす俺はすかさず叫ぶ。

「おいやめろ桃亜！　三条《さんじょう》先輩が間違った方向に勘違いしてる！　ほら、早く放せ！」

「はあ～？　何を勘違いするんだよ？　ボクと奏治《そうじ》はじゃれあうほどに仲が良いってだけで、何も勘違いする要素なんてないじゃん。にひひ、痛いからって適当なこと言ってもムダダーっ。奏治が最近再会したボクを放《ほ》ったらかしにするのが悪いんだ。ほらほら痛いだろ奏治～。もっと苦しめーっ。わははははは～!!」

「こんの、やろー……っ」

完全に図に乗る桃亜にイラつく俺は、タイミングを見計らって華麗に腕を引き抜いた。

そしてお返しとばかりに、すかさず背後に回り——

「いい加減に……しろおおおおっ！」

「ぎゃああああああっ……!!　痛い痛い痛い痛い痛い痛いっ！　奏治ギブギブギブっ。お前、相変わらずプロレス技上手《うま》過ぎなんですけどおおおっ……!?」

俺は桃亜を起こして上半身を固め、コブラツイストをかましていた。

「ははははは！　どうだ桃亜、まいったか？　お前はこうやってすぐ調子に乗るからな。再会してからのことを考えてイメトレしててよかったぜ。いいか、これに懲りたら、もう二度と先輩の前で変なことをするのは──……あ」

三条先輩の方に目をやると、余計に頬《ほお》を紅潮させていた。

「わ、わぁ……さっきよりも密着しあってる。やっぱり二人はそういう関係なんだねっ！」

先輩は両拳《りょうこぶし》をぐっと握って勝手に理解を深めており、俺はすかさず技を解く。

「いや、待ってください先輩！　俺たちは別にそういう関係じゃっ」

「ハァ……ハァ……死ぬかと思ったー……。とにかく──いいか先輩、今見て分かったと思うけど、ボクと奏治は肌を重ねあうほどに親密な関係なんだ！　とろうとしたら許さないからなっ!!」

「言い方ぁーッ!!」

俺は思わず叫ぶ。

ヤキモチをやいているっぽい桃亜が言いたいのは、友達としてとるなということだろう。

なのに言葉のチョイスが悪いせいで、先輩はますます勘違いしてしまう。

「ま、待って、私は別にとろうとなんかしてないよ？　だから安心して。臣守《とみもり》くんは今日からかるた部の後輩になるってだけで、別に変な目で見てるわけじゃないからっ」

焦りながらもゆったりした動作でわたわた両手を振ってみせる先輩に対して、桃亜《とあ》は腕を組んだ状態で訝《いぶか》しみ、口をとがらせる。

「ふ――ん……そうなの？　んまあ、だったらボクはいいんだけど」

（いや、桃亜……俺はまったくもってよくないんだが？）

三条《さんじょう》先輩からはっきり変な目で見ていないと言われた俺は、ショックのあまり涙をこらえて拳《こぶし》を握る。

「はうーん。漫画のキャラ並に分かりやすいヤキモチを妬《や》いてる感じ、巴《ともえ》さんグッジョブです～！　ぜひ、参考にさせてもらいます！」

鳴針《なるはり》が何やら感動した様子で独り言をのたまう中、俺は溜《た》め息《いき》を漏らす。

（でもまさか、幼なじみの親友が女子であるばかりに、これほど面倒な誤解のされ方をするだなんて思ってもみなかった……）

俺はこの先が思いやられ、ずんと心が重たくなっていく。

その重い空気を感じたのか、三条先輩が取り繕うようにぽんと手を打ち鳴らす。

「えっと、それはそうと……。あなたがスポーツ特待生として、うちのかるた部に入る巴桃亜ちゃんだよね。入学式の挨拶は色々とすごかったけど、私も昔からかるたをやってる……というか嗜《たしな》んでるから、だいぶ前から知ってるんだよ～」

（そうか、誤解も何も入学式の時の絡みのせいで、きっと既に勘違いされてたよな。……もう、ヤドカリになりたい）

などと落ち込む俺をよそに、調子づいた桃亜が胸を張る。

「ボクのこと知ってるんだ。まあ仕方ないよねー。ボクは史上最年少でクイーンになった有名人だもんなっ」

「うん、有名すぎるから、昔から競技かるたをやってる人で知らない人はいないと思うなぁ。でも桃亜ちゃんが半年前に推薦でかるた部に入るって決まったおかげで、廃部が撤回されたから本当感謝してるんだよ。ありがとね～♪」

「わははははっ！　くるしゅーないくるしゅーない」

桃亜が八重歯を見せてバカっぽく笑う中、俺は気になるワードが聞こえて訊《たず》ねる。

「え、三条先輩、桃亜の推薦が決まった段階で廃部は免れたんですか？」

「そうだよぉ。体験入学があった二カ月後くらいの話かな。学園長先生が部員が少なくて廃部案が出てたかるた部を守るため、理事会の人たちへの説得材料として桃亜ちゃんをスカウトしてくれたの～。ほらうちって、『当代無双』を掲げる学園でしょぉ？」

（廃部回避の、説得材料……？）

両手を合わせておっとり嬉《うれ》しそうに語る先輩に目を奪われながらも、俺は考える。

龍国《りゅうこく》は偏差値が頭打ちするほど高く、勉強で入らない場合は桃亜《とあ》のように日本一に近しい実績を持つ者でなければ入学を許されない。それほどにトップの結果を出すことに徹底的にこだわる成果主義の学園だ。去年だけでも野球、サッカー、バスケ、個人種目でいえば水泳や柔道、卓球、将棋、あと数学オリンピックでも全国一位、あるいは世界トップレベルの成績を収めて、『当代無双』という校訓通り、最高の結果を出すことにこだわっている。

(……やっぱり、結果を残さない前提の入学はありえないよな。廃部回避の説得材料として桃亜を取るだけじゃ、学園側には何のメリットもない。桃亜が本気を出せば今でもクイーン位奪取は難しくないだろうし、活動しなくていいってのは宝の持ち腐れでしかない――)

俺が悪い予感に苛《さいな》まれる中、三条《さんじょう》先輩が思考を遮るように優しい声音で言う。

「それより~、臣守《とみもり》くんは前に競技かるたの経験者だって聞いたけど、そっちの子はどうなのかな~?」

鳴針《なるはり》は先輩から天使のような微笑《ほほえ》みを向けられ、慌ててノートを背に隠すと気恥ずかしそうに苦笑する。

「あ、私は未経験者です……。もしかして経験者じゃないと入部はダメでしょうか?」

「ううん、初心者の子も大歓迎だよ~♪　でも、どうしてかるた部に?」

「えーっと……龍国は部活に所属しないといけないですし、あと正直に言うと……この二人が楽しくお遊戯する様子を見たかったので、入部志望でやってきました。えへへぇ」

にへらっと正直に話す鳴針だが、特に先輩は機嫌を悪くすることもない。

「そうなんだ。きっかけはどうあれ、かるたに興味を持ってくれて嬉《うれ》しいなぁ」

「三条先輩の言う通りなんですが……。鳴針、さっきからお前、俺と桃亜が仲良くかるたやるのが見たいだの言ってるが、どういうことなんだ？」

「よくぞ聞いてくれました臣守さん!!」

訊《たず》ねた途端、俺に身を乗り出すようにしてちっこい鳴針が目を輝かす。

「実は私、既に担当がついてる漫画家の卵なんです！」

「え、うにうに漫画家なの!?　じゃあ、『忍者ライダーZOO・ネオクライシス』を描いてる服部乱造《はっとりらんぞう》先生と会ったことあったりする!?」

桃亜は疑うこともなく、興味津々といった様子で鳴針に詰め寄る。

『忍者ライダーZOO・ネオクライシス』とは、数年前に連載が始まった忍者ライダーZOOの後日譚《たん》で、俺と桃亜は週刊連載の漫画雑誌をかかさずチェックしていたりする。

「服部乱造先生はレーベルが違うのであれですけど、一度出版社のパーティで軽く挨拶だけはしたことありますよ。忍者ものを描いてるだけあって、忍《しのび》のような方でした」

「会ったことあるんだ！　うにうにすんげーっ!!」

激しく感動しているようで、桃亜は戦隊ヒーローを前にした子供のようにリスペクトに満ちた眼差《まなざ》しで鳴針を見つめていた。

俺は素直に驚きながらも話を続ける。

「す、すごいな鳴針《なるはり》……。でも、漫画家であることと俺と桃亜《とあ》を観察することがどう関係あるんだ？」

「それなんですけど、私……まだ本当に卵で単行本を出したり連載を持った経験もないんです。付き合ってるも同然な二人がなかなかくっつかない話を描きたいと思ってるんですけど、男子といい感じになったことや恋愛経験もないので、担当からはリアリティがないって原稿ボツにされてばかりで……。で、そんな中で二人と出会ったわけなんです！」

「話が読めてきたが……鳴針は、俺と桃亜が付き合ってるように見えると？」

「誰の目から見てもそうですよ！　あとは気持ちを伝えあうだけの仲です。つまり、私の取材対象としては満点なので、常に同行して観察したいってわけなんです！」

「何か必死にメモったりしてるのはそういうことかよ……。じゃあ別に、かるたに興味があるってわけじゃないんだな？」

鳴針は俺の率直な質問にさすがに面食らったらしく、動揺した面持ちで言う。

「べ、別にそういうわけじゃないですよ？　何か軽く体を動かす部活がいいなとは思っていましたし、そう考えるとかるた部が最適でした。お二人のことがなかったとしても、きっと私の選択は変わらなかったと思います！」

どこまでが本当かは分からないが嘘《うそ》は言っていないように思えた。

桃亜は未《いま》だ鳴針を輝く瞳で見つめているのでどう思っているかは不明だが、少なからず鳴針はかるたに興味を持っているようだし、特別な同性として見ることだろう。

（はは……しかし、軽く体を動かす系か）

俺が内心そう思っていると、三条《さんじょう》先輩も穏やかに微笑《ほほえ》む。

「ふふふ、鳴針さんは真《ま》っ新《さら》な初心者だし、まずは競技かるたがどういうものか、見てもらった方がよさそうだね～。臣守《とみもり》くん、桃亜ちゃん、今から試合って大丈夫？」

俺と桃亜は、ほぼ反射で答えていた。

「もちろんです！」「もちろんだ！」

小学校の時に別れてより、親友とはかるたで戦えていない。

俺たちは部室に来て同じ気持ちだったようで、三条先輩に言われるまでもなく、渇きに突き動かされるようにしてすぐに準備に取り掛かっていた。

◆◆◆

「あ、かるたって……正月にやる絵が描かれたものじゃないんですね」

「うん。そうだよ～。鳴針さんが言ってるのは、いろはかるたのことで、別名犬棒かるたとも言うんだぁ。プレイヤーが取る取札が絵札になっていて、読手《どくしゅ》の読み札にはことわざが書いてあるの。例えば『鬼に金棒』が読まれたら、その内容に合致する絵札を取れば勝ち。けど私たちがやる競技かるたは、それとはちょっと違うんだ～」

部のマスコットという、包丁を持つ不気味な兎人形《うさぎ》『キルラビちゃん』を抱える鳴針《なるはり》は、俺たちが準備をする間に三条《さんじょう》先輩から競技かるたの説明をされ、大人しく聞いている。

「競技かるたで使用するのは、藤原定家《ふじわらのていか》が珠玉の短歌をまとめた秀歌撰《しゅうかせん》『小倉百人一首』だよ。取札には下の句が書かれていて、読手《どくしゅ》が使う読み札には一句丸ごと書かれてるの」

「じゃあ、読み手の人が上の句を読み始めたら、それと合致する下の句を速く取れば勝ちって感じなんですか？」

「正解。だから鳴針さんが試合をするなら、まずは百首を全部覚えるところからかな」

「えええええ、百首全部!?　私、原稿もやらなきゃなのでそんな時間は……」

「大丈夫。ちゃんと覚え方もあるし、最初は一気にじゃなくて十首目標とかでやれば覚えられるから、心配しなくて大丈夫だよ～」

「わふぅー……よかったー……。あの、でも三条先輩、いろはかるたと違うとは言っても、結局は正月に子供がするようなお遊戯には変わりないですよね？　なのに……臣守《とみもり》さんと巴《ともえ》さん、ウォーミングアップ激し過ぎじゃないですか？」

恐らく鳴針が今聞いてる音をオノマトペで表せば『すどーん！』が適しているだろう。

俺と桃亜《とあ》は今、札を並べた上で向かい合い、畳《たた》を叩いての素振りを行っている。

遊戯のいろはかるたしか知らずにこの素振りを見れば驚くだろうが、競技かるたをやっている者からすればこんなのは普通だ。

三条先輩は初心者である鳴針が抱く当然とも言える疑問に優しく答える。

「うーん、競技かるたはお遊戯じゃなくて、あくまでスポーツに分類される競技だから、激し過ぎってことはないよ～。他のスポーツと比べても激しさでは劣らないから『畳の上の格闘技』とも呼ばれてるんだぁ」

「へ？　かるたがスポーツで、畳の上の格闘技、ですか……？　――ぷっ……あははは。ちょっと三条先輩、冗談やめてくださいよ～。いくら私が初心者だからって、さすがにそれくらい嘘《うそ》だって分かりますってば」

やはり鳴針にとってかるたは正月にやる遊戯のイメージが強いようで、先輩の話をジョークと思って悪びれもなく笑う。

「最初はどうしてもそう思っちゃうよね。やっぱり試合を見てもらった方が早いかな」

三条先輩は穏やかに言って机が一台置かれた場所へと移動する。

机上には既に読み札が百首入れられてシャッフルされた状態の読唱箱《どくしょうばこ》があり、今から試合で読手を務める先輩は、この箱からランダムで札を取り出して上の句を読む。

「鳴針、試合を始める前の手順、もう一度おさらいで言っておこうか？」

「そうですね……一回だと心もとないので、もう一度だけお願いしてもいいですか？」

鳴針（なるはり）には桃亜（とぁ）と仲良くして欲しいので、あいつが好きなかるたを好きになってもらいたい。だから俺は進んで世話をかってでる。

「まず取札を百首裏返しにして、よく混ぜたら各自二十五枚ずつ選ぶ。そして表を向けて自陣の上中下段に好きなように並べる。あとは十五分使って自陣、敵陣に並んだ札の場所を暗記して、残り二分になったら素振りが可能になる。ここまでいいか？」

「はーい、大丈夫です！」

人懐っこい垢抜《あかぬ》けた笑顔は競技かるたに対する侮りからくるもののように思えるが、俺は気にせず説明を続ける。

「その後は相手と読手《どくしゅ》に一礼し、さっそく読手が札を読み始めるんだが、まず初めに読まれるのは直接競技とは関係ない序歌だ」

「序歌、ですか？」

「ああ。王仁《わに》が詠んだ有名な一句『なにわづに』から始まる札が読まれて、もう一度下の句だけが繰り返された後、第一首目が読まれる手順になってる。二首目以降も同じ流れで、前の札の下の句がもう一度繰り返された後、次の札が読まれる感じだ。あと……一応ルールの補足をすると。競技かるたは自陣の札を先に無くせば勝ちだ。札は最大九十九枚読まれるから、空札といって両陣に取れる札がない状況も生まれたりする。出札を敵陣から取った場合は自陣から送り札を一枚送る。こんなところかな」

「へー、そうなんですね。ありがとうございます、臣守《とみもり》さん」

ルールにも言及した後、少し流しがちな彼女の反応を見て、俺は思う。

（……やっぱり鳴針がかるた部に入る第一の理由は、俺と桃亜の取材っぽいな。かるたで少し体を動かしたいのは事実だろうが、恐らく他のものでもよかったに違いない）

「…………」

ふと桃亜の方を見ると、微動だにせず前屈《まえかが》みで札を睨んでいた。

しゃべりかければとって食われそうなほど、瞬《まばた》き一つせず真剣なオーラを放っており、俺はその剣幕《けんまく》に圧倒されて思わず息を呑《の》む。

（こいつ、かるたをとる姿勢も昔と何も変わってない……。いつもそうだったように本気の本気だ）

きっと桃亜は今、周りの会話なんて一切聞こえていないほど集中している。

（……俺もこれ以上、鳴針の面倒を見てるわけにはいかねえな。何せ相手は桃亜だ。スイッチ入れねえと開始から呑まれる）

後のことは先輩に任し、こっちも札に向き合って再度暗記を確実なものとしていく。

「それじゃあ、時間になったから始めるねぇ」

「ハッ!?　ノートノート！　どういうハプニングが起こるか分かりませんからねえ。しっかりメモしてビビッとくる構図が目に飛び込んできたらスケッチしておかないとです！」

「鳴針《なるはり》さん、ノートに何か記録するのはいいけど、基本的に歌が読まれてる際は音を出さないようにねぇ。選手の人たちの邪魔になっちゃうから～」

「任せてくださーい。そこは気をつけます。しかし仲睦《なかむつ》まじい二人のかるた姿ですか。自《おの》ずと体が接近しますし、素材としてのネタ投下に期待できそうです。ネータ、ネータ～♪」

場違いなほどルンルン気分で頭を揺らす鳴針をよそに、俺と桃亜《とあ》は集中力を高めていく。

そして時間が来て互いに挨拶をした後、室内に麗しい美声が響いた。

「なにわづに　さくやこのはな　ふゆごもり――いまをはるべと　さくやこのはな」

体験入学時に聞いた透明感のある心地よい音色。

思わず時間も忘れて聴き入ってしまいそうになるが、ぐっと堪えて集中する。

「いまをはるべと　さくやこのはな――」

鳥も踊り出しそうな軽やかな声で下の句が繰り返され、互いに両陣の境目である競技線ぎりぎりまで頭を突き出して一首目に備えた。

そして、三条《さんじょう》先輩が息を吸って一音目を発そうとした瞬間だった。

俺は音もなく、懐を抉《えぐ》られていた。

まるで燕《つばめ》が俺の体すれすれで翻り、瞬きするよりも速く過ぎ去っていったような感覚。

あまりの速さで大気が遅れて影響を受け、今になって流れる空気が肌を撫《な》でていく。

遅れて桃亜の腕が振り抜かれている姿が目に入った。

「……え？」

ポトンと、鳴針《なるはり》がシャーペンを落としていた。

彼女は荒々しく吹き飛ばされた札がかすったのか、呆然《ぼうぜん》とした様子で頬《ほお》にわずかに触れて後ろを振り返り、窓に張り付いた札が床に落ちるのを確認した。

「……え……今の……何？」

鳴針がうわ言のように呟《つぶや》く中、当時者の桃亜《とあ》はアホみたいな明るい笑顔で立ち上がる。

「いよっしゃあああああ！　奏治《そうじ》との久々のかるた、一枚目はボクの取り～～！　へへーん、どーんなもんだい！」

桃亜が意気揚々と吹き飛ばした札を取りに走っていた。

三条《さんじよう》先輩が「むらさめの」から始まる札を読み終わり、両手を合わせて感嘆する。

「うわぁ、生で見るのは初めてだけど、やっぱり最年少クイーンの称号は伊達《だて》じゃないねえ。私が一音目をしっかり発音する前に分かっちゃうなんて……さすがだよ～♪」

「はぁ。本当こいつは相変わらずでたらめな強さだ……。引退してからも元クイーンの母親とは練習しているようですし、腕が落ちるどころかむしろ成長してますね」

前人未踏、小学生で三期連続クイーンに輝いただけあって当時から桃亜はありえないほど強かったが、どうやらさらに腕を上げているようだった。末恐ろしい才能を前に、俺は武者震いにも似た感覚を味わっていたが、鳴針の存在を思い出して今の札の説明をする。

「鳴針、今のは一字決まりって呼ばれる札で、簡単に言うと一字目だけを聞いて取れる札になる。百首の中だと、例えば『あ』から始まる札は他に何枚もあって一字目を聴いただけでは取れないが、『む・す・め・ふ・さ・ほ・せ』から始まるものは他にその文字から始まる札はないから、一音目だけを聴いて取れるんだ」

「一字決まり、ですか……。それは、分かりましたけど……でも今のって、そもそも音が聴こえていませんでしたよね？　なのに、何で……？」

俺は鳴針の混乱する様子を見て苦笑しながら、

「驚くよな。この芸当は桃亜だから可能なんだ。音が聴こえる前に、これだけ速く反応できるやつはまずいない。だからこそ桃亜は最年少クイーンになることができた……。ま、とにかく、これが競技かるたの世界だ。お前が思ってるお遊戯なんかじゃないだろ？」

「これが……競技かるた」

鳴針が息を呑《の》み、ようやく思い出したようにシャーペンを拾う。

その手は見てはいけないものを見たように、微《かす》かに震えている気がした。

戻ってきた桃亜が、俺に迫って下から挑発するように嘲笑《あざわら》う。

「ぷぷー……どうよ奏治？　やっぱボクの方がお前より強いだろ～？　あれー、てか誰かさん、ボクより強くなってるんじゃなかったっけー？」

「いちいち煽《あお》りやがって……。まだ一首目だろ。一枚取ったくらいでイキってんじゃねえよ。勝負はこれからだ。ふっ、今から俺がどれだけ強くなったかを見せてやる」

「ふーん。期待せずに楽しみにしてるよ。せいぜい頑張るんだね、奏治《そうじ》くん」

（桃亜《とあ》のやろう、完全に見下してやがる……。今に見てろよ、ほえ面かかせてやる）

俺は気持ちを新たに、定位置に座って二首目に向けて準備をする。

しかし、桃亜にああは言ったものの、内心では不安が渦巻いていた。

なぜなら――

（くそう、さっきの自陣の一字決まり、俺も微《かす》かに音は拾っていたのに、全く反応できなかった……。頭を突き合わした際、あいつから漂ういい匂いに気をとられて、つい顔を見たのがまずかったな……）

昔と違って女子らしい可愛《かわい》い容姿が目の前にあると知った俺は、見惚《みと》れてしまって脈拍を乱し、かるたどころじゃなかった。

競技かるたの試合では、ほとんど相手と頭がつくレベルで接近するので、俺は今の桃亜が相手となると尋常じゃない苦戦を強いられることに気づく。

（年頃に異性の親友を持つってのは、思ってる以上に障害が多いみたいだな。あーもう面倒くせえ。何より意識してひよってしまう自分が面倒だ。桃亜は平気な様子で昔のままに俺とかるたできてるじゃないか。変に意識せず、親友との久々のかるたに集中しろっ）

数年の時を超え、ようやく大事な友人と対戦できているんだ。

しっかり本気でやりあわないともったいないにもほどがある。

今はかるた用のスポーツ眼鏡をつけている俺は、いつもの癖でずれるはずのない眼鏡の位置を直しつつ、何とか意識を札に向けて集中しようとする。

しかし、頭を突き合わせれば桃亜から心くすぐるいい匂いがほんのりと漂い、つい顔に目が行く。しかも桃亜は対戦中セーターを脱ぎ、タイを緩めてシャツの第二ボタンまで外しているため、前屈《まえかが》みの状態だとふっくらと張りのある膨らみがいじらしくも垣間《かいま》見《み》え、さらにデザインの凝ったセクシーな下着までもがちらりと見えてしまっている状態だ。

（ああ、今日は大好きな青色の下着か。俺と対戦できるから、ご機嫌なんだろうな）

などと考え、そんな状況であれば結果は火を見るよりも明らかだった。

「――そりゃ！」

「――おりゃ～！」

鼓動が早鐘を打って音に全く集中できない俺は、悉《ことごと》く連取を許してしまう。

もちろん、昔と同じで桃亜の実力が圧倒的に上というのが大きいが、それにしても全く手が出ないので親友を異性として意識しすぎなのがまず問題と言えた。

（いかん。ダメだ落ち着け……。匂いに反応するなら息を止めろ。そして見るな。桃亜は俺の親友。分かってるはずだろ？　いくぞ……次こそは必ず取る！）

自分に言い聞かせ、次の札が読まれる瞬間を迎えて頭を突き合わせる。

しかし、そこで何を思ったのか、今度は俺ではなく桃亜《とあ》が一瞬こちらに目をやり、

「にひひん」

「っ」

きっと俺とようやくかるたができて嬉《うれ》しくて堪《たま》らないんだろう。

純真で無防備で少しわんぱくな、とても強烈な微笑《ほほえ》みを炸裂《さくれつ》させていた。

当然、俺はそんな攻撃を喰《く》らってはひとたまりもない。

呆気《あっけ》にとられた一瞬の隙を突かれてしまう。

「とりゃあああああっ！　いよっし、またボクの取り。悪いな奏治《そうじ》！　わっはっはー！」

桃亜はバカなので今のは狙ってやったんじゃないだろう。

あいつは素直に喜びを爆発させ、吹き飛ばした札を取りにいく。

「と、巴《ともえ》さん……さっきからすごいです。……かるたって、こんなに激しい競技だったんですね……。文化系に見えて、スポーツであって格闘技………な、なるほどです」

桃亜の凄まじい取りに圧倒され、メモを取ることも忘れてノートをぎゅっと抱きしめる鳴針《なるはり》。しかし、腐っても漫画家の卵らしく、すぐに我に返り、

「ハッ……それより今の巴さんの微笑みですよ～！　臣守《とみもり》さんと一緒にかるたできて幸せ～って感じの萌《も》えポイントでした！　はにゃ～ん、すごくいいっ。このシチュは、しっかりメモっておかなきゃですね!!　わぷ～！」

「ふふふ、鳴針さんが少しは興味を持ってくれてよかったぁ～。それにしても桃亜ちゃん、やっぱりさすがだねぇ。もう少し、臣守くんも頑張れるといいんだけど……」

（いかんっ。三条《さんじょう》先輩に残念がられている。少しはいいところを見せなくては！）

後から思えば、この時に焦ったのがまずかったんだろう。

俺はこの後、とんでもない失態を演じることになる。

（何があっても、桃亜の方を見るな。あと、子供時代のあいつをイメージしろ。そうすれば今度こそ必ず取れる。三条先輩にだって認めてもらえるし、そうなれば……少しは俺に興味を持ってくれるに違いない。くく、ふははは……見てろよ桃亜！）

「――ふじのたかねに　ゆきはふりつつ」

前の札の下の句が繰り返され、常の如《ごと》く俺たちは前傾で体を突きだす。

（目の前にいるのは昔の桃亜。男友達にしか見えなかった頃の桃亜だ。うん、イメージできてる。いいぞ……あとは、俺がしっかりやるだけだっ!!）

ガラにもなく熱くなる俺は耳を研ぎ澄まして一音目に集中した。

「あさぼらけ――」

三条先輩に読まれたのは「あさぼらけ」から始まる札。

しかし、同じ「あさぼらけ」で始まる札は百首内に二枚あり、「あさぼらけ　あ」「あさぼらけ　う」と両方とも六文字目まで聴かなければその札だと確定できない。

この二枚は現在、両陣に分けて一枚ずつあり、前者が桃亜《とあ》の陣、後者が俺の陣にあった。

だがこういう場合の対処法は決まっている。

まず敵陣を瞬時に攻めて囲い手（札に触れずに蓋をするようにして囲い、決まり字が確定するまで取られないようにする手）で相手が手を出せないようにし、出札が自陣であれば戻り手で戻って後方に勢いよく払う。先に敵陣を攻めれば相手はこちら側の陣を攻めるのは難しいので、このやり方が必勝法だった。

だからこそ俺は「あさ」まで聞いた時点で敵陣上段に並べられた「あさぼらけ　あ」の札を囲うために瞬時に飛び出していた。

しかし、そこはさすが桃亜。元クイーンの勘とでもいうんだろうか（競技かるたではこういうのを『感じがいい』と言う）。一音目を聴いて自陣の「あさぼらけ」が出札だと思ったのか、セオリーを無視して俺よりも数瞬速く動き出していた。

（くそ、間に合えっ……!!）

俺は必死に手を伸ばすが出遅れた時点で明らかに不利だ。

桃亜は体で札を覆うような体勢でわずかに先に囲い手の形を完成させる。

敵である俺に全く踏み入れさせる気がない完全な防御体勢。

だが、先輩にいいところを見せようと死にもの狂いで飛び出していた俺はブレーキがきかなかった。おかげで伸ばした手は軌道を一切変えられず、なんとあろうことに——

――ぼむっ！

「あっ」

「んぇ？」

急に目標地点へと現れた深い谷間へと、すっぽり腕を突っ込んでしまっていた。

ずにゅううううん……むにゅん、もにゅん。

右手は血流を鈍化させるほどの乳圧をかけられ、柔らかい膨らみの中で十指を蠢《うごめ》かせると抜群の弾力で押し返されて歓迎とも思える吸着を受ける。

しかも試合中なので、桃亜の絶賛発育中の膨らみは汗で濡《ぬ》れていて、滑らかな肌からもたらされる温《ぬく》もりがいっそういやらしいものに思え、俺の鼓動は一気に限界まで高まる。

「うわあああああああすまん桃亜！」

俺はすぐさま腕を引き抜き、桃亜の様子を窺《うかが》う。

しかしあいつは全然嫌そうな素振りも見せない。さすがに突然のことで少し面食らっているようではあったが照れ臭そうに後頭部をかくだけで、

「わはは……奏治《そうじ》におっぱい、触られちゃった～」

試合中の事故なので仕方ないというのもあるんだろうが、それにしても寛容過ぎだ。少しも怒りもせず、笑い話で済まそうとする。

他の女子では絶対この程度で済むような軽いアクシデントではないため、ありえない対

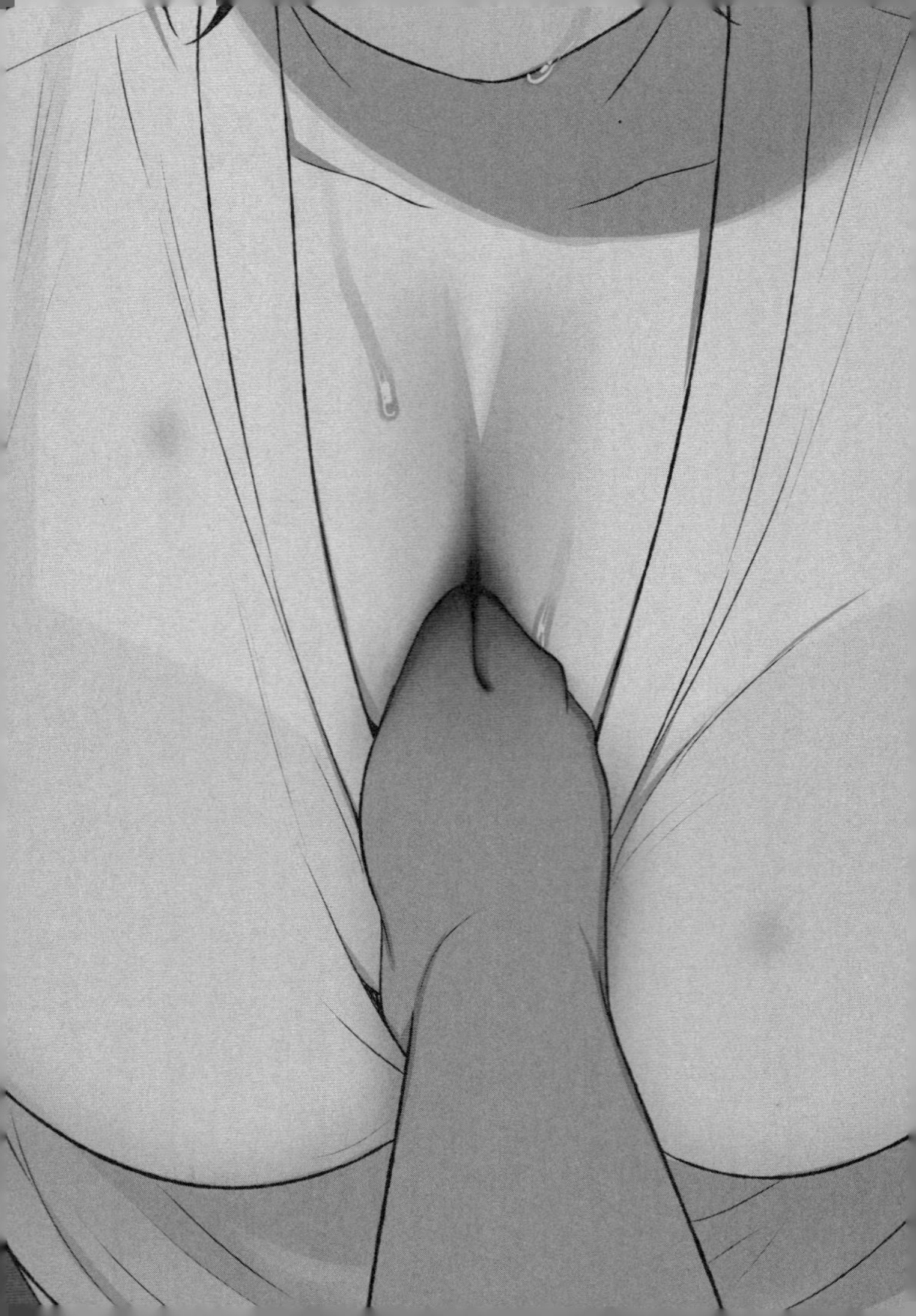

応なのは言うまでもない。それを一番実感したのは俺ではなく周りだった。

「わぷうううう!?」

「な、鳴針《なるはり》……!?」

あいつは急に鼻血を噴くと盛大に仰向《あおむ》けで倒れてしまっていた。

俺が駆け寄ると、鳴針は目を回しながらノートを抱きしめた状態で、

「ひ、人前であれだけのことをされても、怒らず受け入れちゃうなんて……巴《ともえ》さんの臣守《とみもり》さんへの想《おも》い、尊すぎます……ぐ、グッジョブ……です……ガクリ」

刺激が強すぎたんだろう。訳の分からない言葉を残して動かなくなってしまう。

一方、三条《さんじょう》先輩はと言うと、

「し、試合中にエッチなことはダメだよぉ……！」

「ぐっ……先輩、さすがにもう少しオブラートに包んでくれてもいいのでは!?」

「とにかく、ダメなものはダメなのっ……！」

常に天使のように優しく余裕のある先輩なら、あくまで事故なので仕方ないという方向で処理しそうなものだが、恐らくこういうことには耐性がないんだろう。珍しく感情を露《あら》わにして怒っており、どことなく子供っぽく感じられてしまう。

「すみません……俺が勢いあまったばかりに。以後、気をつけます」

「あっ……ご、ごめんなさい。私ったらついムキに……。臣守くんもわざとじゃないもの

ね。……でも。桃亜《とあ》ちゃんは女の子なんだし、できるだけこういうことはないようにね？」

「はい。お騒がせしました……。桃亜も悪かったな」

俺が謝ると、桃亜はもう何ともない様子で傍《そば》にきて背中をばしっと叩《たた》いてくる。

「ボクたち友達じゃんか～。気にすんなって奏治《そうじ》。——ま、他の男子に同じことされてたらキレてぶん殴ってただろうけどねー」

（ぐ……再会してからの一週間の振る舞いを見てたから、桃亜が俺を友人と思ってることは分かる。だからこの発言を聞いても冷静でいられるが、こいつはまた紛《まぎ》らわしい一言を）

おかげで、やはり先輩は今の台詞《せりふ》を聞いて勘違いしているようだった。

「わぁ、やっぱり二人はそういう……あ、ううん何でもない。それより試合、続けよっか？」

（はぁ……異性の親友がいるってのは本当色々と厄介だな……）

◆◆◆

部活が終わり、俺と桃亜は途中まで一緒の駅なので同じ電車に乗って帰っていた。

「ちくしょう、結局お前から一枚しか取れなかった……」

「わはは、奏治ってばまだ言ってやがんの。負けは負けなんだから大人しく認めろって。それにこのボクが相手なんだから仕方ないじゃん？」

壁際に立つ桃亜は自信満々に胸を張って言うので余計に悔しさが込み上げてしまう。

「くぅ……いいか桃亜、今度はもっと善戦してみせる！　だから本気でやれよっ」

「善戦？　あっれー？　ボクに勝つって言ってたのに目標落ちてる気がすんだけど」

「う、うるせえな……お前、俺が予想していたよりも強くなってるから仕方ないだろ。俺は現実的な目標しか立てない主義なんだ」

「にひひ、まあ別にいいけどねー。だいたい奏治、ボクから一枚取れるってだけでもすごいんだし、そんなに落ち込むなって～」

肩をばしばし叩かれて悔しさを噛《か》みしめる俺だが、心の半分を占めるのは別の感情だ。

俺は楽しそうな桃亜を見下ろして表情を和らげていた。

「でも、今日は本当に楽しかったな」

「うん、すんげえ楽しかった！　だからまた早く試合やりたいのに、明日部活ないとか本当意味わかんねー……」

明日は本来部活らしいのだが、校舎内の設備工事があるようで、文化系の部活は全て活動禁止が言い渡されている。次に俺と桃亜がかるたをできるのは明後日というわけだ。

「ま、こればかりは仕方ないな。俺や桃亜ん家でもできないんだし、明後日まで待とうぜ」

「うん……分かってるけどさ」

その後、つまらなそうにする桃亜を気遣い、俺は話題を振って雑談に花を咲かせた。

だがあいつは自分が降りる駅が近くなるにつれて、どんどん口数が少なくなっていき。

やがて目的の駅に到着して扉が開くも、動かなくて……。

「おい、降りないのか桃亜《とあ》？　早くしないと扉閉まるぞ」

「………………」

声をかけてもアンニュイな表情で俯《うつむ》いたままで返事がない。

しゃべらず黙っていればどう見てもかなり可愛《かわい》い女子高生なので少しドキリとしてしまうものの、今は急がなければまずいのでそれどころではなかった。

俺は見かねて桃亜の手を引っ張って下車していた。

直後に扉が閉まり、桃亜が意外そうな顔で俺を見上げる。

「え、何やってんの奏治《そうじ》？　ここお前が降りる駅じゃないじゃん」

「んなこと分かってるよ」

「じゃあ、なんで……？」

桃亜にしては珍しく心配そうに訊《たず》ねてくるので、俺は気恥ずかしくて言いよどむ。

すると、あいつは困惑したように眉をハの字にして、

「もしかして奏治、バカなの？」

「ちげーよ！　お前を気遣って一緒に降りただけだ！　心配そうな顔してたのはそういうことかよ。ったくお前は」

俺はずれた眼鏡の位置を調整し、軽く咳払《せきばら》いして言う。

「何となく、俺も桃亜の気持ちが分かる気がしたんだ。数年ぶりに大好きなやつとかるたやれて、一緒にいる時間があらためて最高だって思えた。だから……もう少し、俺はお前と一緒にだな……」

「あ……つまり、奏治もボクと同じで、もう少し一緒にいたいってこと!?」

「……まあ、ありていに言えばそういうことだよ。分かったらほら、お前ん家行くぞ」

「奏治〰〰〰！　家まで送ってくれるんだっ。何だよ気が利くじゃん！」

子供のように分かりやすく顔を輝かし、体をぶつけてじゃれてくる。

鬱陶しくも愛らしい親友の振る舞いに苦笑しつつ、俺は気恥ずかしさもあってさっさと歩き出す。すると、桃亜が隣にぴったりくっついてくるのだが、昔と違って歩幅が違うせいか桃亜が頑張って俺に合わせている感じだったのでペースを合わせて歩く。

「にひひっ。奏治〜、奏治〜♪」

また一緒に日々を送りたいと思い続けてきた親友の笑顔が、こんなにも近くにある。

(本当に最高な一日だった。ようやく桃亜と一緒に、かるたができたんだからな)

一枚しか取れなかったが、まあ今日はいいだろう。その状況は、小学校の時、初めて桃亜とかるたをやった時と同じシチュなので自然と懐かしい記憶を思い出してしまう。

これからまた一緒に平和にかるたができると思うと、今から楽しみで仕方なかった。

◆六首目　一〇〇〇分の一秒の想《おも》い出《で》・下

小倉百人一首とは、飛鳥時代から鎌倉時代にかけて詠まれた和歌の秀歌撰《しゅうかせん》だ。たった三十一文字《みそひともじ》で綴《つづ》られる世界は、四季折々の情景や人間の心模様などが繊細に描かれており、時代を超えてなお多くの人々に愛される奥ゆかしい古典文学である。

だが、そんな雅《みやび》で美しい和歌を勢いよく払い飛ばしてしまう競技がある。

小さな競技スペースの中で最速を競い合い、時おり『畳の上の格闘技』とも形容される世界でも類を見ないスポーツと文化が一体化した競技。

それが俺と桃亜《とあ》を結びつけた、競技かるたというスポーツだ。

校庭の隅でいじめっ子たちに虐《いじ》められていた俺だったが、巴《ともえ》の助太刀で難を逃れた。

そして、ひょんなことでかるた経験者と知られ、あいつに無理やり連れてこられたのは、校内にある書院造の和室だった。

「おい巴、ここって応接間じゃないか。先生にバレたらまずいだろ……」

「どうせ誰もこないって。ほら奏治《そうじ》、いいから札混ぜるぞ」

巴が青色のランドセルから取り出したのは、取札《とりふだ》が入ったいかつい箱だ。

俺の家にもあるので、あんなものを入れたら教科書が入らないことは容易に想像ができ、試しに開きっぱなしのランドセルの中に目をやると、やはり空っぽだった。

「お前な……教科書を持って帰らずにどうやって家で勉強するんだよ？」

「あはっ、勉強なんかしないからノープロブレムだ☆」

巴は八重歯を見せながらにこっとサムズアップを決める。

（そうか、巴にはそもそも勉強するって概念がないんだ。俺もバカな質問をしたな……）

軽い頭痛を覚えて眉間を押さえる俺は、呆《あき》れながら仕方なしに腰を下ろす。

競技かるたはまず、百首を裏向きにしてよく混ぜ、各自二十五枚を選ぶ。使わない五十枚の札は除外し、自陣に選んだ札を上中下段に任意で並べて十五分の暗記時間の中で配置を覚えることになっている。

そんな中、巴が裏向きにした札を混ぜながら感慨深げに語る。

「実はこの取札セット、最近死んじゃったボクの友人の形見なんだ。だから、一時は傍《そば》に置いときたいんだよ」

「……へ、へえ、友人の。……そんなに、仲が良かったのか」

急に重い話をされ、俺は札を混ぜながら言葉に窮してしまう。

巴の神妙な様子を見るに、今の話が嘘《うそ》じゃないことは何となく理解できた。

「まあ、ボクは同年代で友達いないから、その人は年の離れたお婆《ばあ》さんだったんだけどね。元クイーンのママにかるたを教えてくれた師匠で、その縁でボクにも教えてくれたんだ」

母親もクイーンだったのは初耳だが、俺はそれよりも気になることがあった。

(最近、か……。もしかして、巴《ともえ》が教室でずっとだるそうにしてるのって、その人の死が関係してたりするんだろうか？　……まさか、引退の件にも絡んでたりして)

などと考えたが、さすがに訊《き》く気にはなれなかった。

「大変、だったな……。――えっと、とりあえず始めようぜ。俺、最近成績が落ちてるし、今先生に見つかって無駄に評価を下げたくないんだよ。だから一試合だけだ。いいな?」

「ふーん。奏治《そうじ》、成績下がってるんだ。わはは、それぜったい勉強しすぎなせいだろ。たまにはこうやって遊んで、息抜きしないと伸びるもんも伸びないって」

「かるたで息抜きねぇ……」

俺は半分聞き流しながら選んだ札を上中下段に並べ、巴と一緒に暗記時間に入る。

そこでふと重要なことに気づいた。

「そういえば巴、完全に忘れてたけど肝心の読手《どくしゅ》がいないじゃないか。ＣＤやプレイヤーもないし、どうやってやるつもりだよ?」

競技かるたは読手が最大九十九枚の歌を読み、取札には下の句だけが書かれているので合致するものを速さを競って取るという競技だ。つまり百首全てを暗記していれば基本的には有利に試合を運べるわけだが、そもそも読手がいなければ始めることさえできない。

すると、巴は自分のポケットをがさごそ漁《あさ》った後、

「大丈夫って言ったろ？　じゃじゃーん、アトミック兵器・ボクのスマホ～！　今は百人一首を試合形式でランダムに読んでくれるアプリがあるんだっ」

「へえ、そんな便利なものが……。ってお前、小学生なのにスマホ持ってるのか。高そうだけどいくらしたんだそれ。家計に響かないか心配だな……」

「わはは、スマホ見て他人の家計を心配するの奏治だけだろ。便利だしお前も買えば？」

「バカ、ありえねーよ。親も自分たちの携帯代だけでひいひい言ってるんだ。それを分かっててお願いなんかできないっつの」

「う～ん……そっか。便利なんだけどなぁ」

と、何だか残念そうな巴とたわいもないやりとりをした後――

巴が壁掛け時計を見て暗記時間の終わりを告げた。

そして、いよいよ始まる。

俺の今後を変えてしまう運命の一戦が。

もちろん当時の俺は、そんなこと知る由もない。

この巴との一戦が、将来自分を全国の強豪かるた取りたちと斬り結ばせる、大きな奔流へと誘うことになるだなんて……。

「よし、奏治！　そんじゃ準備いいかー？」

「お、おう、多分配置は覚えた……。俺はいつでもいいぞ」

巴《ともえ》はさっきしんみりした時もあったが、今では俺と大好きなかるたができるとあってか、とてもわくわくしている様子だった。

アプリを起動したスマホを近くの畳に起き、巴は俺と向かい合う。

『なにわづに　さくやこのはな　ふゆごもり——』

すぐに女性の高い声で序歌が聴こえだし、俺は自然とスイッチが入っていく。

競技かるたは出だしに百人一首とは関係のない序歌が詠まれ、もう一度下の句だけが繰り返された後に一秒、間を置いて第一首の上の句が詠まれる。

『いまをはるべと　さくやこのはな——』

五七五の上の句の後に、七七の下の句が読まれる中、俺はふと巴の方を見た。

「——」

（……巴のやつ、すごく集中してるな。さっきまでヘラヘラしてたのが嘘《うそ》みたいだ）

瞬《まばた》きもせず微動だにしないため、人形を見ているような錯覚に見舞われる。

これが全国一位になる人間の集中力ってわけか……。

確かにすごい……。けど、俺だって負けない自信はある。

今よりもっと競技かるたの人口が少ない時代の話ではあるが、俺の爺《じい》ちゃんは若い頃に準名人（男性全国二位）になったことがある。その爺ちゃんに散々かるたの稽古をさせられ、今やその爺ちゃんに勝つのが当たり前になった。全国一位が相手でも太刀打ちできるに決まってる。

この時の俺は正直、巴をなめきっていたんだ。

今から行う試合で勝って、伸び悩んでいる勉強のストレス発散にでもなればいい。

そんな程度にしか思っておらず、当然のように勝つつもりでいた。

『いまをはるべと　さくやこのはな――』

「「――」」

下の句が繰り返され、互いに自陣上段より頭がはみ出ない競技線ぎりぎりのラインで構えの体勢をとる。

(ふん、見てろ巴。まずは一首目、必ず俺がとってみせる!)

一秒の間で場が静まり返る中、俺は息を止めて聴覚に全神経を集中させた。

読手《どくしゅ》が間を終え、次の歌を読むために短く息を吸う。

無音の世界に微《かす》かに空気の揺らめきが生じる、そんな瞬間だったと思う。


「!!」


――え?

弾丸が放たれたような凄まじい音が炸裂《さくれつ》していた。

遅れてそれが激しく畳が打たれた音だと認識する。

巴《ともえ》の腰が入った力強い払い手は、俺の自陣左下段の札をまとめてぶっ飛ばしていた。

札が派手に宙を舞う中、俺は前方から時間差で風圧を受けて前髪を揺らす。

(ウソ……だろ？)

だってまだ、読手《どくしゅ》の声は音にすらなっていなかった。

半音で取るとか、そういう次元の話じゃない。

神経質な居合いの達人に、一音すら発していないのに斬りつけられたような心境。

音速ともいえる速さで懐を攻め込まれた俺は、競技かるたをやっていて初めて恐怖を覚えて体が硬直してしまう。

そんな俺には構わず、巴は集中を解いてにへらっと笑う。

「あちゃー……札が襖《ふすま》に刺さっちゃったや。んまあ、いつものことだしいっか！　とりあえず、まずは一枚ボクの取りっと！」

いいわけないのだが、俺は驚くあまりツッコむ気にもなれない。

襖には深く突き刺さっているようで、札を取りにいった巴が苦戦している。

『ほととぎす——』

今しがた出た札の上の句が流れる中、俺は忘れていた呼吸をようやく再開していた。

(……間違いなく合ってる)

俺はこっそり札が持っていかれた場所に、『ながらへば』から始まる札を置いていた。

競技かるたは出札がある陣であれば他の札にも触れていいことになっているので、巴が複数枚まとめて競技線の外に出したのは『お手つき』にはならない。

（……これがクイーンの実力、なのかよ？）

想像だにしていなかった圧倒的なまでの力量差を感じ、微《かす》かに手が震えていた。

巴はほぼ無音といえる世界の中で何かを拾ったに違いなかった。

音が形を成す前の微かな響きに反射で動いたとしか思えない。

（確か前に読んだ本に、女性の話し声は通常一〇〇〇ヘルツって書いてあったっけ……）

実際は歌を読んでいるのでもう少し高いだろうが、仮に一〇〇〇ヘルツだったとすると一秒間に千回の振動だ。

巴が音が生まれる瞬間の微音に反応したと考えるなら、理論的には一回目の振動ということになる。

つまり、一〇〇〇分の一秒。

人間が熱いものに触れて手を引っ込める脊髄反射の速さは一〇分の一秒以下だ。

人が身の危険を覚えた時の反射より速いだなんて、もはや人間業じゃない。

「っ」

――大の大人を相手に無敵――

――史上最年少――

――三年連続クイーン――

――怪物――

神の領域に達した御業《みわざ》を前にして本能的に怖《おそ》れをなす俺は、巴《ともえ》に関する様々な言葉を思い出して肌が粟立《あわだ》ち、額を汗が伝う。

札を回収して戻ってきた巴が何事もなかったように座り胸を張る。

「ふっふーん、どうだ奏治《そうじ》、すごいだろっ。クラスで話題になってたらしいから知ってると思うけど、これがクイーンであるボクの実力だ！　あ、でもきっと奏治なら面白い試合するって信じてるよ。さあ、どんどんやろうぜ！」

だがその後、俺が巴から札を取る機会はなかった。

あれだけの速さが出せる相手なのだから当然だ。

それに最初に取られた札は一字決まりだったからこそ、確実に素早く取れる自陣下段に配置していたのだが、結局反応すらできずに巴に抜かれてしまった。

あの結果は俺が巴から取れる札はないことを証明したも同然だ。

初手で心を折るには十分過ぎる実力差を見せつけられた俺は、その後も持ち直すことができずにクイーンに翻弄されるばかりだった。

（こんなの嘘《うそ》だ……。俺は元準名人の爺《じい》ちゃんと毎日特訓して、最近じゃ負けなしなんだぞ。なのに、同年代のやつとこんなに差があるわけないじゃないかっ）

「ちぇ……またボクの取りか。奏治、お前ちゃんと本気でやってる？」

巴がつまらなそうにしながら不満げに訊《たず》ねてくる。

俺は内心、すごく焦りを覚えていた。

せっかく友人になれそうなやつに、さっきまですごく期待されている状況だったのだ。

なのに持ち札を一枚も減らせず、既に十枚差がついている。

ここで結果を残さなければ巴が離れていきそうな気がして怖かった。

（お、落ち着け……。せめて一枚。……そう、まずは一枚だっ）

爺ちゃんもいつも言ってるだろ。

大差がついた時こそ、遠くを見ずにまずは目の前の一枚だって。

俺は汗を拭ってずれた眼鏡の位置をなおし、あらためて札を精査する。

（いったん相手が巴なのは忘れろ。一般的にこの状況で、自分だったらどの札が最も速く取れるかを考えるんだ）

クイーンのでたらめな強さに圧倒されるがあまり、俺は視野が狭くなっていたんだろう。

すぐに吸い寄せられるように、とある札へと目がいく。

（あ、これって）

いつも事あるごとに爺《じい》ちゃんが話題にあげる『せ音』から始まる一字決まり『せをはやみ』の札が敵陣左下段（俺から見て右）にあるのを見つける。

『いいか奏治《そうじ》、この札は爺ちゃんが初恋の人と離れ離れになる際に相手から贈られた歌だ。だから私は、「せをはやみ」だけは必ず速く取ると決めとる。お前もそういう大切な札を見つけるとよいぞ。そうすればきっと試合の流れを変えるきっかけになってくれる』

のろけた調子で耳にたこができるほど聞かされた話だ。

正直俺は爺ちゃんに無理やりかるたをやらされているだけだったので、特に大切な札なんてものはなかったが、もしあるとすればこの思い出のある一枚だろう。

爺ちゃんが俺にかるたを教え出したのは、恐らく両親の目が妹ばかりにいっていたからだ。子供ながらに爺ちゃんの優しさを感じ取っていた俺は、かるたを一度も面白いと思ったことはなくても、爺ちゃんと過ごす時間は嫌いじゃなかった。

「……」

俺は集中力を高めて耳を澄ます。

一枚読まれては取られという今までと同じ状況が続くが構わない。

「はぁ……ボク、期待し過ぎたのかなぁ」

巴《ともえ》の俺への興味が、どんどん失《う》せていくのが分かり、畳に置く手に力が入ってしまう。

心は焦るばかりだが、だからこそ奥歯を噛《か》みしめて一枚に集中する。

（――……爺ちゃんとの大切な一枚、あの札だけは必ず取ってみせる！）

虹彩《こうさい》が細まり、頭と体が燃えるような感覚を覚えていた。

聴覚が異様に研ぎ澄まされていく中、最も厳しい特訓を課せられていた時期に己の内に宿した獣が目を覚ます。

下の句が繰り返された後、静寂の中で川の流れる音を聴いた気がした。


「――わっ⁉」


電光石火のごとく奔《はし》った俺の右手が、斬りつけるようにして巴の左下段を抜いていた。

自分でも音が聞こえていたかどうかさえ分からない。

ただ言えるのは、俺の目には『せをはやみ』の札が光って見えたということだ。

正確に射抜かれた一枚が激しく畳を転がり、やがて勢いを殺されて止まる。

読手《どくしゅ》が『せをはやみ』から始まる上の句を読む中、俺はすぐさま札の下へと走った。

「っ………クイーンの巴から、一枚とった」

思い出深い一枚を手にした俺は自分でも信じられず驚くばかりだ。

相手は人ならざる強さを誇る巴《ともえ》なだけに、自然と顔が弛緩《しかん》していく。

今となっては爺《じい》ちゃんにも連勝するくらいなので、今さら札をとることに感動なんてしないはずだった。

なのに、乾いた心に無性に込み上げるものがあり、胸のドキドキが止まらない。

それに——

(なんだこれ？　右手が痺《しび》れるような感覚で、視界に映る全てのものが眩《まぶ》しく感じられる)

もしかしたらそれは認められたい相手の前で結果を残せた喜び、あるいは日本一のかるた取りから一枚奪えたという感動からくるものだったのかもしれない。

いずれにせよ俺は初めてかるたを心の底から楽しいと感じているようだった。

「………。ボクから一枚……とりやがった」

「ふん、見たか巴っ。俺だって本気出せばこれくらい——」

俺が振り返った時だった。

「奏治《そうじ》っっ♪」

「ぶわっ!?」

何のつもりか、巴が俺の下へと駆け寄り勢いよく顔に飛びついてきていた。

「あはははっ！　やっぱりお前ならやるって信じてたよ。すごいすごい、すごいよ奏治〰〰！」

「だー！　なんだ急にいきなり!?　前が見えん！　早く離れ……ぐお!?」

視界が奪われるせいでバランスを崩した俺はそのまま後ろへと倒れてしまう。

「……痛《い》てて ぇ。あのな巴、お前はもう少し女子っていう自覚をだなー」

「ようやく見つけた！」

「え？」

俺の上に覆《おお》い被《かぶ》さるようにしている巴が、大きな目をいっぱいに見開いて輝かせ、興奮を抑えきれない様子で言う。

「やっぱりボク、お前となら友達になれる気がする！　あの人も言ってたんだ！　今は同年代の友人がいなくても、いつか必ず仲良くなれそうなやつが現れるって！」

「いや、ちょっと待て巴。友達はその、まあいいとして……。何をそんなに喜んでるんだよ？　俺はお前から一枚取っただけで」

「一枚取っただけで十分さ！　でもそっか……本当にお前、ボクから取ったんだな——」

しみじみとそう言った後、巴の顔がくしゃっと歪《ゆが》む。

そして、やがて細い肩がわなわなと小刻みに震えだす。

「っっ……本当に、出会えた……。鶴流《つる》さんはいなくなっちゃったけど、またボクにも友達……できそうだ…………ぅう」

「巴……」

つい今まで笑っていたはずの巴《ともえ》は、目元に大粒の涙を浮かべていた。

俺が一枚取っただけで何をそんなに感動しているのかは分からない。けど何となく、今日俺が巴に救われたような喜びを、こいつが感じているのは理解できた。

（巴も俺と同じで、ずっと学校で寂しい思いをしてきたに違いない。きっと鶴流《つる》さんって人がさっき言ってた年の離れた友人だったんだろうけど、その人も最近亡くなって……こいつは本当に一人になって……っ）

痛いほど気持ちが理解できる俺は感情が溢《あふ》れそうになってぐっと堪える。

巴が服の袖でごしごしと涙を拭って言う。

「わはは、悪い。ついしんみりしちゃった……。でも奏治《そうじ》、さっきのすごかったな！　ボクには奏治の手が、稲妻をまとってるように見えたよ。まるでナックルタイガーの音速ライジングパンチみたいで超かっこよかった！」

「巴にはそんな風に見えたのか……。実は俺も変な感覚だったんだよ。未《いま》だに腕が痺《しび》れてる感じだし、今までで一番速く取れたと思う」

過去にもあれくらい集中する時はあったが、その一歩上をいくレベルで何かが違った。

だから巴の大げさな表現も、あながち間違ってないんだろうと思える。

「はは、まーでも、巴が視認できてる時点で大して速くなかったはずだよな」

「はあ!?　お前、何言ってるんだよ奏治っ。遅かったわけないだろ！」

俺を引っ張り起こした巴が怒った様子で詰め寄る。

「言っとくけど、さっきのはボクだから見えたんだっ。多分、普通のやつじゃ目にも留まらない速さだったと思う。だって奏治は、ボクの一番手前にあった一字決まりを抜いたんだぜ？　この意味、分かるよなっ？」

「……あっ」

言われてすぐに理解する。

俺の一番手前にあった一字決まりを抜いた相手、その巴よりも速く敵陣下段の一字決まりを抜いた。それはつまり――

「もしかしてさっきの俺……初手のお前より、速かった？」

「うん、そういうことっ」

巴は既に俺をライバル視でもしているのか、腕を組んで真剣な眼差《まなざ》しで見つめる。

全身がぞわっと鳥肌に見舞われ、口の中が一瞬で乾くような緊張を覚える。

その反応は仕方がないものに思えた。

だってそうだ。

巴の話を真に受けるなら、俺はさっき束《つか》の間《ま》とはいえ、音速の世界に身を置いた。

一〇〇〇分の一秒といえる世界の扉をこじ開けたんだ。

「……っ」

俺は信じられない気持ちで痺《しび》れる手を見下ろしながら、未《いま》だ胸が高鳴っていることに気づく。そんな中、巴《ともえ》が表情を和らげて言う。

「お前、名人になれるかもなっ♪」

「え、俺が名人?」

「ああ、だってボクから取れたんだ。かるたは男女間で力の差はないし、無理な話じゃないだろ? ま、ボクに勝ってるわけじゃないから、今すぐには無理だろうけどね～」

「ぐっ……期待させといてそれかよ」

でも、なぜだろう。

不思議と名人になるのも悪くない、そう前向きに考える自分がいた。

今まで爺《じい》ちゃんにも同じことを言われてきたが、一度も本気で考えたことはなかった。

なのに俺がそう思えたのは、きっとこいつのおかげで――

「うっしゃ! ボクから取れるやつが相手と思うと燃えてきたー! 奏治《そうじ》、この後は一枚も取らせはしないから、覚悟しとけよっ。わはははは!」

「一枚も? はっ、バカにするなよ。試合の中盤で取れたんだ。普通に考えれば、もう何枚かは取れるに決まってるっつの。よし、じゃあ続きやろうぜ!」

かるたが楽しい。

巴ともっと戦いたい。

そして今よりも仲良くなりたい。

俺の中でそんな強い気持ちが芽生えており、生まれ変わったような気分だった。

全ては巴に引き上げられるようにして、まだ見ぬかるたの楽しさを知れたおかげだ。

結局その後、俺は巴の言っていた通り、一枚も取れずに終わったけど。

俺たちはこの日を境に、競技かるたを通してどんどん仲良くなっていったんだ。


おかげで朝の登校も、今までは一人で寂しいものだったのに——

「おーっす奏治！　今日もボクと一緒に学校行こうぜ！」

「おはよう巴。つか、前も言ったけど俺と肩を組むな……。歩き辛《づら》いだろ？」

「えー、いいじゃん別に……。ボク、せっかく友達できたから仲良くしたいのに……」

「……っ。あーもう、分かったよ。ただ、他のやつらに裏で何言われても知らないからな」

「おおっ、さすが奏治！　心が広ぇ〜♪　ま、全然照れてないから、ボクを女子として見てないってのもあるんだろうけど、居心地いいからいいやっ」

「誰もそんなこと言ってないだろ。まあ、こんなことされてもドキドキしないのは事実だけどな。ははははっ」

「こんにゃろー。学校ついたら、ボクのアトミック奥義で懲らしめてやるっ」

「あーもうコラ、首に腕を回すな。余計歩き辛いわっ」

とまあ、孤独だった登校時間は楽しいものへと変わり。

学校の休み時間だって――

「おい奏治《そうじ》、せっかくの休み時間だ。勉強なんてやってないでボクと遊ぼうぜ！」

「遊ぶって何やるんだよ？　悪いけど俺は少しでも勉強をだな――」

「わははは っ、そんなの知るかー！　新しいプロレス技を覚えたし、奏治には実験体になってもらう！　くらえ、アトミック流奥義・卍固《まんじ》め～！」

「ぐあああ巴《ともえ》、いきなり何を!?　って……あれ？　全然痛くない……（もしかしてこいつ、プロレス技かけるの下手？　よし、そうと分かれば――）」

「ぎゃああああ！　痛い痛いっ!?　奏治、何なのお前！　めっちゃ痛いんですけど！」

「はははははっ！　俺に喧嘩《けんか》を売るから悪いんだ。いじめられっ子をなめるなよ」

と、休み時間は一人で勉強するだけじゃなく、巴と楽しく遊ぶようにもなり。

さらには絆《きずな》を深めたおかげで、いじめっ子たちとの喧嘩だって――

「どーんなもんだい！　ボクと奏治の作戦勝ちだ！　これに懲りたら、もうボクたち最強タッグには喧嘩売らないことだな。わはははーっ！」

「と、ともへの……言うとおり、だ……。にどと、うってくんじゃ、ねーお」

「んぇ？　うわっ、何だよ奏治、お前ボコボコにされてんじゃん！　ったくもー大丈夫かよ。奏治は作戦立てるのは上手《うま》いけど、本当喧嘩はよわよわだなー……」

巴と組むようになった俺はいじめられなくなり、徐々に明るくなっていき。

そして、休みの日だって――

「よう奏治！　今日も遊びに来たぞ！」

「お、来たか巴。じゃあ早速、いつも通りかるたやるか！」

「ふふーん、それもいいけど落ち着けって。今日はなんと、じゃじゃーん！　週刊特撮ヒーローマガジンの発売日だから買ってきた！　一緒にポテチ食いながら読もうぜ！」

「お、おぉ……確か今週は忍者ライダーＺＯＯの特集だよなっ♪　マジでさんきゅー巴！

ようし、じゃあ一緒に読むか！　ちょっと待っててくれ、お茶淹《い》れてくるから！」

「わははっ、くるしゅうない～」

休日にいい気分転換ができるようになり、勉強の成績だって上がり始めた。

さらに月日が経《た》った頃には、俺たちは親公認の仲となり、休みの日はよく互いの家に泊まるようにもなって――

「くらえ奏治！　アトミック忍法・お湯でっぽう！」

「ぶはーっ!? ——……このー、やったな桃亜《とあ》！　お前もくらえっ！」

「うばばばっ!? ……う、くぅ、奏治《そうじ》ってばボクより水鉄砲上手《うま》いな……。なんかムカつく！　友達なんだし、ボクにもやりかた教えろよ！」

「友達……。ああ、俺たち友達だよなっ。はははは」

「なんだよ奏治、にやにやして。まさかボクの体に見とれてるとか～♪」

「ないない。とりあえず桃亜、気持ち悪いポーズとるのやめろ」

「あ、ひってー。もうボク怒った！　もっと奏治にお湯飲ませてやる！　そりゃ～～～!!」

「うわやめろ桃亜！　はは、はははははっ。くっそー、それなら俺だって！　くらえ～～～！」


そんなこんなで俺たちは、性別の垣根なく交友を深めていったんだ。

もうまるで同性の友達や血の通った兄弟と思われても遜色ない関係だったと思う。

当時はまだお互い体に大きな変化はなかったしそれでよかったけど、これが成長期真っ盛りな思春期となると話は変わってくる。

もしどちらかが昔のように振る舞えば、周りからは誤解されて色々困って当然だ。

それが正に今の状況なわけだが、俺はその現状に戸惑いながらも、親友が昔のままに接してくれることが嬉《うれ》しくて仕方なかった。

◆七首目　学園長のせいで俺と親友が困る

桃亜と久々にかるたをやり、二日経《た》った放課後——かるた部部室。

「いよっしゃー！　またボクの取りー!!」

畳を激しく打つ乾いた音と共に、威勢のいい声が響き渡る。

今日も取材のため初めは目を輝かせていた鳴針《なるはり》が、息を呑《の》んでその様子を見守っていた。

「す、すごいです……巴《ともえ》さんの手の動き、ほとんど見えない。それに、音が聴こえるか聴こえないかでの素早い反応……速過ぎて意味が分かりません」

「桃亜ちゃんはやっぱりさすがだね〜。でも、今日は前と違って、臣守《とみもり》くんだって——」

「——しゃー！　今度は俺の取りだ!!　序盤で二枚目、見たか桃亜!?」

「あああ!?『ふくからに』の一字決まりボクが狙ってたのに〜〜〜!!」

直後、三条《さんじょう》先輩が読んだ札を俺が取り、桃亜が悔しげに畳をばんばん叩《たた》く。

「し、素人の私から見ても、巴さんが異常な強さの選手だってことは分かります……。でも、その巴さんの隙をついて、札をとれる臣守さんって、いったい……」

「うん、鳴針さんの意見はもっともだよ……。こないだ一枚取れたことも本当はおかしなことなの。だって、桃亜ちゃんからはそもそも——」

鳴針と三条先輩が何やら話している中、桃亜は俺が札を取って戻ってくるなり、手の甲で汗を拭いつつにやりと笑う。

「へへ、ようやく昔の奏治《そうじ》が戻ってきた……。それにこれだけ早い段階で二枚目を取るとか昔じゃありえなかったよね。ボクだけじゃなくて、奏治も少しは成長してるってわけだ」

俺はスポーツ眼鏡の位置を癖で直しながら定位置に座ってほくそ笑む。

「当たり前だろ。お前を超えるつもりで今まで練習してきたんだ。昔よりも弱いわけがない。先輩も見てるわけだし……悪いが桃亜《とあ》、こっからペース上げさせてもらうぞ」

「面白いじゃん。いいよ、本気の奏治がどこまでできるか、ボクが見定めてやる」

久々に対戦してから少しお預けをくらっていたのもあり、互いに全力で真剣だった。

だがそんな状況でも楽しむことは忘れておらず、俺たちの顔には笑顔がある。

「そこっ！」

桃亜がさらに調子を上げて連取を積み重ねていく。

何者にも止めることができない戦車のような勢い。

しかし、あくまで俺は冷静だ。

こないだのように、頭を突き合わした際に思考を乱すこともない。

目を合わさず、息を止めることを徹底すれば、桃亜を意識しなくて済む。

先日久々に親友とかるたをやって最高の一時を堪能した俺は、つまらない些事《さじ》で貴重な時間を台無しにしたくない想《おも》いが強く、集中して一瞬一瞬を味わい尽くす。

「きりぎりす――」

（もらった！）

流暢《りゅうちょう》な先輩の声に反応し、俺は自陣左中段の札を二文字目を聞き終えた段階で払う。

「き」から始まる札は場に一枚しかなかったにもかかわらず、桃亜が全く反応できなかったのが意外だった。しかし、三枚目をあいつからこんなに早く取れたのは初めてなので、その原因を知ろうとする気持ちよりも喜びの方が大きかった。

「これで三枚目だ！　どうだ桃亜、やっぱり昔より成長して――」

「たんま奏治！　今のはなしだ！　だってほら、部室に客が来たせいで音が混じって……うわっ!?」

「………………」

入り口を見ると、払い飛ばされた札を額にくらった女性が天を仰いで立っていた。

人が滅多《めった》にこない場所なのもあり扉は開きっぱなしだったので、恐らくちょうど顔を覗《のぞ》かせたタイミングで俺が払った札を顔面で受け止めてしまったのだろう。

貼りついていた札がポロリと落ち、女性が俺たちへと向き直る。

「わ、わわわっ」

先輩がその女性を見て及び腰になり、必要以上に慌てているような気がした。

「……ふふふ、これはまたえらい歓迎をうけてしもうたわぁ」

長い黒髪を先輩のように束ねて前に流した女性は、袴《はかま》の袖で口元を隠しながら上品に笑ってみせる。

（糸目だから分かりづらいけど……お、怒ってる）

俺も女性から発せられるオーラに気圧《けお》されながら、一歩あとずさっていた。

（というかこの人、外見や雰囲気、それにしゃべり口調が三条《さんじよう》先輩に似ている）

けれど怒っているせいもあってか、受ける印象は全く違う。

「え、えええええっ。何で久閔《くみん》おばちゃんがここにいるの～!?」

「ッ」

未《いま》だ落ち着きを取り戻せていない先輩がそう言った途端。

女性は凄まじい速さで三条先輩の目の前まで詰め寄っていた。

「歌葉《うたは》～？　話を聞いとらんで驚く気持ちは分かるけど、おばちゃんはないやろぉ？　うち、いつも何て呼ぶよう言うてる～？」

「ふにゃ～っ。ご、ごめんなふぁい～……久閔おねーしゃん」

両頬《りようほお》を軽く引っ張られる先輩が目をバッテンにして両手をわたわたさせていた。

「だだだ、誰ですかこの人ー!?」

鳴針《なるはり》も慌てる中、俺は面倒なことになるのを覚悟ですかさず動く。

「ちょっとあなた、急にやってきて俺たちの部長に何やってるんですか!?　今すぐ手を放してくださいっ。教師を呼びますよ！　……っ!?」

ぬっと、今度は俺の方に女性が身を乗り出してくるので思わず仰《の》け反《ぞ》ってしまう。

「ん～？　言いたいことは分かるけど、まずあんたはうちに謝るべきとちゃう？　事故とはいえ、女の顔に札ぶつけたんやし。傷が残って行き遅れでもしたらどうしてくれるん？　二枚目なあんたがもらってくれるわけでもないんやろ？」

「うぐ」

皮肉たっぷりな物言いだった。

わずかな絡みだったが、すごく面倒な人というのが理解できてしまう。

「す、すみません……でした」

「素直なええ子やわ～。本人は謝ってくれたんやから、額の痛みもはよう消え去ってくれたらええんやけどなぁ。ふふ、ふふふふふ」

(かなり根にもたれてる……!!)

やっぱり相当面倒くさい人で間違いないようだった。

これ以上刺激すると余計厄介なことになりそうなので、迂闊《うかつ》な発言は控えた方がいいのは誰の目から見ても明らか。

なのに……。頭の後ろで両手を組んで静観していた桃亜《とあ》が不満げな顔でとんでもないことを口にする。

「あん？　でさー、結局このおばさん誰なわけー？」

『!?』

俺と三条《さんじよう》先輩、それに鳴針《なるはり》が雷撃に見舞われたように固まっていた。

唖然《あぜん》としてしまう俺だったが、すぐに桃亜《とあ》の下へと駆け寄って耳打ちする。

「バカかお前は……！　今のやりとり聞いてなかったのかよ!?　おばさんとか言ったら確実に絡まれるし、きっとねちねち皮肉たっぷりなこと言われるぞ。いいのかそれで……!?」

「知らねえよんなことっ。それよりボクが言いたいのは、あのおばさんの足音が混じったせいで集中力が途切れたってことだ！」

（また言いやがったこいつううううう！）

桃亜はかるたを愛していて、いつだって試合をやる時は真剣だ。

だから邪魔をされて子供のように怒る気持ちは分かるが、今は面倒なことになりかねないのでわきまえて欲しかった。

俺は桃亜がびしっと指差した方向を恐る恐る振り返る。

だが意外なことに、例の女性はもはや怒りよりも呆《あき》れの方が強いようで額を押さえており、くずおれそうになるところを三条先輩に肩を貸りる形で支えられていた。

「ま、まあ……あんたはええわ……。天才はそれくらい肝が太くて鈍感やないと務まらへんもんな」

そう言って彼女は一人で立って襟元を整えると、あらたまってにっこりと微笑《ほほえ》んだ。こうして普通にしていると、色白な綺麗《きれい》な女性という印象を受けるので、別人のように見えてしまう。

「うちは大海原《わたのはら》久閔《くみん》と申します。昔は滋賀におったけど、今では東京でかるた会の会長を務めてますわ。今回は御堂《みどう》学園長から依頼受けて、巴《ともえ》さんがクイーンになれるよう外部顧問として指導することになったさかい、どうぞよろしゅうたのんます」

美しい所作でお辞儀をする大海原さん。

浮世離れした振る舞いに呑《の》まれて思わず頭を下げる俺だったが、その言葉を反芻《はんすう》してすぐに面を上げる。

「え……学園長から依頼を受けて、桃亜をクイーンに？」

もちろん疑問を抱くのは俺だけじゃなく、桃亜も反応する。

「は？　なあ奏治《そうじ》、このおばさん何言ってるわけ……？」

「ちょ、ちょっと巴さん！　またその呼び方、ダメですよっ！」

鳴針が桃亜のおばさん呼びを聞いて青くなる中、俺は別の意味で額に冷や汗を浮かべる。

「……待てよ。これってつまり」

俺が桃亜に視線を向けると、あいつはこっちを見て、

「んぁ？　どうしたんだ奏治、そんな不安な顔して」

「……桃亜《とあ》、お前確か、かるた部には所属するだけでいいって言われたんだよな」

「うん、そうだけど？　もしその条件じゃなかったら、いくら奏治《そうじ》と同じ高校に入れるとしても考えてたと思うし……。だってボク、基本的に奏治以外とは試合したくないもん。ボクとつり合わないのに戦ったやつは、かるたが嫌いになって辞めていく人多いから……」

桃亜はさすがに周囲を気にしつつ、俯《うつむ》きがちにしょんぼりと語る。

こいつは過去、鶴《つる》流さんというとても強い師匠とかるたを楽しむ過程で公式大会などに出ていたが、自分と戦って手も足も出なかった選手が、その後にかるたを辞めたという話を聞く機会が多かったという。

しかもその原因が自分だと言われて他者に責められたとしたらどうだろう？

大好きなかるたを、自分のせいで嫌いになっていく人たちがいる……。

その事実は競技かるたを愛していればいるほど残酷に重くのしかかる。

桃亜はそんな中、大切な師であり友人でもあった鶴流さんを失い、色々と堪えきれなくなってかるた界を引退した。

俺はそういう少し込み入った経緯を、過去に仲良くなる過程で話してもらっていた。

だからこそ、何だか臭う話を聞いて不安を覚える。

（やっぱり、よく考えたらおかしいよな……）

龍国《りゅうこく》はトップ至上主義で絶対的な成果を求める学園なのに、全国を取れるほどの逸材を抱え込んでおいて生殺しにするなんてありえない。

俺は頭の中を整理する。

桃亜の推薦が決まって廃部の話はなくなった。

なぜ廃部にする必要がなくなったか。

恐らくその答えは、龍国の校風と照らし合わせれば明白だろう。桃亜という天才の獲得が決まった以上、その所属先を無くせば結果が残せなくなるからだ。

「つまり、最初からそのつもりだった？　……桃亜、もしかしたらお前」

「──失礼する」

そこで急に廊下側から渋くて低い声が聞こえ、誰かが入ってきていた。

背が一八〇以上はあるであろうその人物は、暖簾《のれん》をくぐるように室内に足を踏み入れる。

「あ……あぁっ」

俺は見た目に圧倒されるせいもあり、あとずさる最中に足が絡まって尻餅をつく。

色黒でがっしりした体。サングラスにも見えてしまう遮光レンズ仕様のいかつい眼鏡。中央で分けられ肩元まで伸びた癖のある長髪、口元に蓄えた立派な髭《ひげ》。

極めつけは糊《のり》のきいた紺のシャツと黒のスラックス、そして金の腕時計。

もうこれだけで十分堅気の者ではなく俺がびびるのも無理ないのだが、この人は先日、俺と桃亜が壇上でやらかした際に目の前にいた龍国の学園長・御堂正光《みどうまさみつ》だった。

三条《さんじよう》先輩と鳴針《なるはり》も急な学園長の来訪に驚いた様子で、あわあわと忙《せわ》しなくお辞儀をする。

「学園長先生、こんにちはっ」

「部長か。……うむ」

御堂《みどう》学園長は先輩に軽く相槌《あいづち》を打った後、桃亜《とあ》に視線を移そうとする。

しかし、その前に一番手前にいた俺を物々しいオーラを漂わせながら見下ろす。

「っ」

「……ふん」

情けない格好で息を呑《の》む俺を見て、まるで虫ケラには用はないとでも言いたげな態度で桃亜に視線をやる。そして、わずかに口元を緩めた。

「挨拶が遅れてすまない。あらためて我が学園へようこそ……『春雷《しゅんらい》』」

「……は？　春雷？」

俺は気後れしながらも言葉を繰り返す。

すると桃亜が俺の横までバタバタと駆けてきて、

「あー、それはボクのことさ。ようおっさん！　推薦面接の時ぶりっ……じゃなかった。入学式の時ぶりだな！」

『ッ……!?』

この時、俺と鳴針、三条先輩は同時に凍り付いた。

俺は相手が教師と分かっていながらも恐怖を覚えてすぐさま桃亜に囁《ささや》く。

「桃亜、バカかお前っ……！　相手はヤク……じゃなかった、学園長だぞ。さすがにおっさん呼ばわりはまずいだろうがっ。早く謝れっ。お前、埋められるぞ!!」

「はぁ？　奏治《そうじ》バカなのお前？　言ってること意味わかんねー」

「俺を憐《あわ》れんだ目で見るお前の方が分かんねーよ……！」

どうしたもんかと焦る俺だったが、そこはさすが上級生。

三条先輩がすかさず話を逸《そ》らしてくれる。

「え、えっと……臣守《とみもり》くん、春雷っていうのはね、かるた界において桃亜ちゃんを指す二つ名なんだぁ」

「……二つ名？　春雷って、言葉の意味的には……春先に鳴る雷のことでしたっけ。確か、別名が――」

「『虫出しの雷』。冬眠していた地中の虫たちを呼び覚ますと言われるためそう呼ばれる。正に彼女にふさわしい名だ」

学園長が急に補足を入れるので俺はびくつきながらも疑問を口にする。

「桃亜にふさわしいって……どういう意味です？」

「君は知らんのか」

腕組みする学園長はそう言うと、意外にも饒舌《じょうぜつ》に語り出す。

「彼女は九年前に彗星《すいせい》の如《ごと》くかるた界に現れ、他を全く寄せつけない凄まじい強さで史上最年少でクイーン位に輝いた。その戦い様は疾風迅雷……。恐らく誰もが思ったことだろう。あの少女に勝てる者は地球上には存在しないと。それほどに圧倒的だった」

あまりの強さに当時一部メディアで取り上げられて大騒ぎとなり、同年代の未経験者は刺激を受けてかるたの世界に足を踏み入れ、経験者たちは齢七歳の子をライバル視して研《けん》鑽《さん》の道を突き進んだ。

桃亜《とあ》の登場を機にかるた界のレベルは数年巻く形で飛躍的に上昇したと言われるほどで、現クイーンや準名人も彼女に強い影響を受けて今があるとされているらしい。

「今のかるた界にいる者たちは少なからず彼女に影響を受けている。……当時まだ眠っていた者たちを一気に呼び覚ました神の如き存在、故に春雷《しゅんらい》……そう呼ばれる」

「むふふーんっ♪」

桃亜が猫のような口をして自慢げに大きな胸を張っていた。

きっと「ボクすごいだろう?」などと言いたいんだろうが、俺は友人が元クイーンという肩書に留《とど》まらないすごいやつと知らなかったため驚くばかりだった。

(すげえ……桃亜がでたらめに強いことは知っていたけど、かるた界でそこまで神聖視される存在だったなんて初耳だ)

一部メディアで騒がれながらも俺が詳細を知らなかったのは勉強ばかりしていたからだ

ろうが、とにかく傍《そば》にいる小さい桃亜がやけに大きく見えてしまっていた。

学園長の話はさらに続く。

「そのような現状や輝かしい実績もあり、かるた界の生きる伝説とまで呼ばれている。引退して今なおかるた界に影響を及ぼし続け、全国に多くのファンを持つ特異な存在だ。……きっと今回、公式戦に復帰するとなればそれだけで話題になるだろう」

「うんうん、おっさんの言う通りだな！　ボクが公式戦に復帰すれば、話題になるのは当然で…………——はぇ？　今なんて？」

（やっぱり、そう来るか……）

俺は今の話を聞き、自分の予想が当たっていたことを知って手で額を覆う。

次の瞬間、学園長は素直に頭を下げていた。

嘘《うそ》をついた汚い大人なら居直ると思っていただけに、俺は目を瞠《みは》る。

「すまない巴《ともえ》。私は推薦の面接時、大会には出なくていいと嘘をついた。だが、悪いが君には秋口に行われる東日本予選に参加してもらい、もう一度クイーンになってもらう」

「え、クイーンに……？」

訳も分からず拍子抜けしている桃亜を前に、学園長は面を上げると重々しく頷《うなず》く。

「それが理事会が要求している成果だ。果たされなければ、かるた部は今年度をもって廃部となる。どうか分かって欲しい」

聞けば、今までは部員も規定人数に達していたため問題視はされていなかったが、昨年所属が三条《さんじよう》先輩だけだった時点で廃部にして手狭になっている他の有力部活動へ場所を渡すという話が出たらしい。そこで学園長は廃部を防ぐべく桃亜《とあ》という逸材を入学させ、大きな結果を残すことで存続を認めてもらえるよう交渉したという。

「っ……ボクが、公式戦？　待ってよそんな……ウソだろ？」

桃亜は説明を受けるも、急な話過ぎて未《いま》だに動揺しており一歩後ずさる。

こいつが部に入ったのは、俺とかるたをやるためだ。

決して他の誰かと対戦するためじゃない。もしそんなことになれば、誰かがかるた嫌いになる原因を作ってしまう可能性が高い。拒絶して当然だ。

やけに動揺する桃亜が怪物でも前にしたように俺にすがりついてくる。

「い、いやだ……そんなのボクは嫌だからなっ。ていうかおっさん、後だしじゃんけんみたいで卑怯《ひきよう》じゃん！　なあ奏治《そうじ》、お前もそう思うだろ？　なんか言ってやってよ！」

昔から桃亜は男子たちよりも堂々としていて怯《ひる》む姿なんてめったに見せなかったので、こんなにも落ち着きをなくしているのは珍しい。

要するに桃亜にとって復帰話というのは、それだけ寝耳に水のありえない話なのだ。

桃亜の立場で考えれば、鶴《つる》流さんと自身を結び付けてくれた大事なかるたを誰かに嫌いになって欲しいわけがなかった。だから桃亜は引退して、基本的には俺や母親としか競技かるたを行わないようになったんだ。

なのに今、本人の気持ちを考慮することなく大人の都合で復帰を余儀なくされている。

笑顔が似合う大事な親友をこんな顔にさせている。

「ッ」

俺は親友と共通の敵をいつの間にか睨んでいた。

既にさっきまで相手に抱いていた恐怖心はなく、一言物申そうと身を乗り出すのだが、

「頼む、この通りだ。このかるた部は私にとって何としても残したい大事な場所になる。だから……巴《ともえ》には悪いが、もう一度クイーンになって欲しい……お願いだ」

「……っ」

「……おっさん」

もう一度ただならぬ様相で深々と頭を下げられるせいで、俺は言葉を呑《の》みこむ形となり、桃亜も何やら思うところがある表情で学園長を見つめる。

「……」

大海原《わたのはら》さんはその状況を表情を変えることもなく静観している。

事情は分からないが、学園長はこんな年の離れた桃亜に必死に頭を下げてまで、このかるた部を守りたいだけの理由があるらしい。

しかし、学園長の腰が低かったのもここまでだった。

畳みかけるならこちらが怯《ひる》んだ今だと察知したのか、今度は強気に出てくる。

「巴《ともえ》、嫌だとは言わせんぞ。それにお前は私が合否の連絡をした際、こうも言っていたはずだ。部室は入学予定の幼なじみと唯一かるたを取れる場所になるだろうから死ぬほど助かると……。つまり、この場所をそれ程までに欲すなら、どのみちクイーンになるしか道はないというわけだ。違うか？」

いよいよ見かけ通りの本性を出してきたと言わんばかりの凄《すご》みが漂っており、俺はごくりと喉を鳴らしながら、ずれるはずのないスポーツ眼鏡の位置を調整する。

（桃亜《とあ》、そんな話を学園長にしてたのか……。恐らく合格した喜びで何も考えずに話したんだろうけど、弱みを握られる形になっているし、今となっては完全に悪手だ）

部室は俺と桃亜にとって大切な場所なのは言うまでもない。

しかし今、その大事な場所が桃亜の返答によっては消滅する危機に面しており、ただただ焦りばかりが募っていく。

学園長が腕を差し出すようにしながら低い声で告げる。

「さあ巴、請けると言え。悪いが君に拒否権はない。君の処遇など、私の一存でどうとでもなるということを理解したまえ。そう、たとえば断った場合、強制退学という手も——」

「ッッ……!!」

今まで我慢していた俺の中で、何かがブチッと切れた気がした。

俺は歯噛《はが》みしながら俯《うつむ》き、震える拳《こぶし》を握りしめ、

「ふざ……………な……っ。――……おい！　ふざけるなよ学園長……っっ!!」

「えっ？　ちょ、奏治《そうじ》……？」

熱くなる俺は構わず吠《ほ》えていた。

相手が教師だとか、内申がどうだとか、本来気にすべき大事なことが全て吹き飛ぶ。

先程から親友を理不尽に追い詰め、笑顔を曇らせ、人として軽視してばかりのこの男が許せなくて仕方なかった。気づけば俺は学園長に掴《つか》みかかろうとしていた。

「わ、わーっ！　おいおい待てって奏治！　ん〰〰っ……やば、こいつ……昔よりも力、強い〰〰っっ……!!　ふんぬ〰〰〰っ!!」

桃亜が焦って後ろから制服の裾を引っ張ってくる。

きっと目をバッテンにしながら必死に踏ん張っているんだろうが、昔はそれで止められていた俺も今では力で勝るせいで完全には止めきれない。

俺は瞳孔が細くなる感覚を抱きつつ、今にも殴り掛からんばかりの威勢で叫ぶ。

「あんた、さっきからなんだ桃亜に対して！　嘘《うそ》までついて入学させといて、自分の勝手な要求を呑《の》まないと強制退学だ!?　いい加減にしろ！　こいつは俺のたった一人の親友なんだ。これ以上悲しませるような真似《まね》をしてみろ……ただじゃおかねえぞ!!」

「ほぉう」

遮光レンズ越しにわずかに垣間見《かいまみ》える瞳がギロリと俺を射抜くが決して怯《ひる》まない。

だがそんな状況で学園長は俺ではなく、後ろにいる桃亜《とあ》に問いかける。

「巴《ともえ》、君が言っていた幼なじみというのは臣守奏治《とみもりそうじ》で間違いないな。もし仮に私の頼みを聞かない場合、彼の学費免除という待遇も剥奪《はくだつ》すると言ったらどうだ？」

「……!?」

新たなカードが切られ、俺は顔から血の気が引くのが分かった。

もしそんなことになれば、俺の家の家計からして私立の高額な学費を払うことなどできないため、退学するしかなくなる。龍国《りゅうこく》の中でトップの成績で頑張ることができれば、ネームバリューを駆使して有名大学に学費免除で行くことも可能になり、大企業の就職へと繋《つな》がって家計を助けるという夢も叶《かな》えられる。だからこそ今まで俺は龍国に入るため地道に努力を積み重ねてきた。だが、待遇を剥奪されてしまえば全てが台無しだ。

目の前が真っ暗になる俺は一気に脱力してしまう。

「……」

同時に俺を抑え込んでいた桃亜の力も弱まるのが分かった。

あいつは俺が昔から目標を掲げて勉強を頑張ってきたのを知っている。

二人の大事な居場所となる部室もかかっている状況でそんなカードを切られてしまえば、もうこれ以上自分の我を貫き通すのは難しいと思ったのかもしれない。

「──」

「……え、桃亜《とあ》？」

桃亜が覚悟を決めた様子で俺を守るようにして目の前に立っていた。

昔と違って小さく見えるが、その背中はとても大きく映ってしまう。

桃亜は堂々と両腰に手を当て、奔放な調子で明るく言い放つ。

「あーもう分かったよおっさん！　このボクがクイーンにでも何でもなってやろうじゃん。その代わり、部室は好きに使わせてもらうからなっ」

「いや、待て桃亜、それじゃお前が……！」

「にひひっ、気にすんなって奏治《そうじ》。ボクは大丈夫だから、ぜんぶ任せとけ！　ボクたちの大切な居場所を守るためなら、他の誰かと戦うのなんて屁《へ》でもないさ！」

「……………」

振り返って笑顔で胸を叩《たた》く親友を目にし、俺は俯《うつむ》いてしまう。

（本当、何やってんだ俺は……）

大丈夫だから気にするな？

冗談はよせよ桃亜、俺が気づかないとでも思ってんのか？

きっと他人なら気づかないだろうし、お前は完璧に振る舞ってるつもりなんだろう。

けどお前………。笑顔、引《ひ》き攣《つ》ってんじゃねえかよ。

「――……っ！」

俺はぐっと拳《こぶし》を握りしめ、唇を噛《か》んだ状態で勢いよく面を上げる。

「え……奏治っ？」

こちらを見上げる桃亜は俺から逞《たくま》しさのようなものを感じとったのか、戸惑った様子であまり聞いたことがない女の子らしい声音で名を呼んでいた。

俺は迷いなく真《ま》っ直《す》ぐに学園長を見つめ、桃亜の横に並んで手を握りしめていた。

「なんだ臣守《とみもり》、私に何か言いたいことでも？」

「と、臣守……くん？」

心配げな三条《さんじよう》先輩の声が後ろからする中、俺は堂々と学園長の問いに答える。

「はい。桃亜が大きな決断をした以上、俺が何もしないなんてありえませんから」

友人に背負わせるだけ背負わせて、利益だけ得るのは間違ってる。

そんなのは友達じゃない。

目の前の障害をどうしても避けて通れず、仮にそれを取り除《のぞ》けるのが友人だけなんだとしても、俺は――

（一人で背負わせるような、意気地なしではありたくない）

一緒になって前進していける、並び立つ関係でありたいんだ。

そう、幼い頃に憧れたアトミックレオやナックルタイガーのように……。

俺は力強く一歩前へと進み出て、桃亜《とあ》の手を引っ張り傍《そば》へと手繰り寄せる。

そして、高らかに告げた。

「桃亜がクイーンを目指すというなら、俺も一緒に名人を目指します！」

「……奏治《そうじ》、お前」

驚いた様子の桃亜が斜め下から食い入るように俺を見つめているのが分かる。

学園長の瞳が遮光レンズ越しに眇《すが》められるのが見てとれた。

「……名人だと？」

「そうです。俺と桃亜のどちらかがタイトルを取れたら、廃部はなしでお願いします」

恥じることなく真《ま》っ直《す》ぐに答える。

ここまで臆面もなく言い切れるのは、桃亜の言葉があったからだ。


『──お前、名人になれるかもなっ♪』


あいつと初めて試合をした際、一枚取った後に言われた言葉だ。

神の領域に達したと言える天才に認めてもらえたんだ。

きっとあの一枚の先に名人へと繋《つな》がる道は必ずある。

そう信じて止《や》まない俺はまやかしではなく、親友と一緒に本気で成し遂げるつもりで自らの言葉を胸に刻む。

学園長が顎髭《あごひげ》に手を当て、神妙な様子で俺を観察しながら投げかける。

「巴《ともえ》……確か君は以前、言っていたな。その幼なじみは、自分から一枚取ったんだと……。

………なるほど」

部室に来た際、桃亜を見て浮かべた微笑が俺に向けられていた。

つんつん。

「ん？」

俺は脇腹をつつかれ、桃亜を見下ろす。

いっぱいに見開かれた瞳をキラキラと輝かせ、子供のように俺を見つめる親友がいた。

満面の笑みと共に愛らしい八重歯を見せつけるあいつは次の瞬間、

「おわっ!?」

猿の赤子みたく俺に飛びついてきたかと思うと、思いっきり抱きしめてきて。

「ありがとう奏治〰〰っ!!　お前が一緒に戦ってくれるなんて、ボク嬉《うれ》しいよ！　やっぱり持つべきものは奏治だな！　あははっ。ボク、今でも奏治のこと大好きだっ♪」

「ああああもうお前はっ！　ほっぺをすりすりすな〰〰！　つか、誤解されるような発言はやめんかーっ……!!」

たおやかな柔らかい体を押しつけられて一気に赤面する俺は堪《たま》らず絶叫する。

「わ、わわわぁ～……やっぱり二人は、大人な関係なんだねっ」

「きましたぁー！　人前でも遠慮のない二人の関係……その名はずばり『ラブ』！　この一言に尽きます～～～！」

またしても三条《さんじょう》先輩が赤くなって盛大に勘違いをする中、鳴針《なるはり》は興奮気味にノートに何やら描きなぐっているようだった。

「桃亜《とあ》、二人が変な誤解してるだろ！　さっさと放しやがれ……!!」

「やーだねっ。もう少しいいじゃんか～。ボクたち友達だろっ？　──あ、でも奏治《そうじ》」

桃亜は押しつけていた頬《ほお》を離すと俺の首元に手を回し、わくわくした面持ちで、

「目指すからには絶対一緒に頂点とろうなっ！　かるたは競技人口増えたって言っても、まだまだマイナーな競技だし、日本で一番になれば世界最強ってことだっ。今日からボクとみっちりがんばって、地球上でナンバーワンのかるた取り目指そうぜ！」

にひひっと心底明るい少年のような笑顔を浮かべる桃亜。

灰汁《あく》のない親友の笑顔を見て、俺は状況も忘れてつられるように微笑を灯《とも》していた。

「世界一か……上等だ。『当代無双』を掲げる学園の生徒なわけだし、やるならそれくらいの結果は残さないとな。……そうでしょ、学園長？」

挑発するようにして流し目で問いかける。

御堂《みどう》学園長は腕組み状態で固い表情を浮かべていたが、やがて破顔してみせた。

「いいだろう。その覚悟、私が見届けよう」

ようやく話がまとまったせいか、或《あ》るいは名人戦の方でも賭け馬を擁立できた喜びもあってか、学園長は見るからにご機嫌な様子で腕組みを解いてみせた。

「では早速、君たちには明日から本格的に練習を行ってもらう。先程話があったように、既に大海原《わたのはら》くんが外部顧問として付く手筈《てはず》となっている。数多《あまた》の有名選手を育て上げた有力な指導者だ。師として仰いで励むように」

（既にって……やっぱりこの人、端から桃亜にノーと言わせないつもりだったな）

俺は学園長に呆《あき》れながら未《いま》だ自分にしがみつく桃亜の方を見ると、同じことを考えているのか「うぇー」とでも言いたげな顔で俺を見ていた。

（やっぱりこの人、ヤ●ザだ……）

何となく同時にそう思った気がした。

どちらかが世界一になる必要があるというのは、高いハードルなのは間違いない。

でも、きっと桃亜と一緒なら――

「奏治、がんばろうなっ！」

「ああ。二人で絶対、天辺《てっぺん》とろうぜ」

俺は何にでもなれる気がして、熱い炎を胸に宿した。

◆幕間《まくあい》　予感

大海原《わたのはら》久閔《くみん》は奏治《そうじ》や桃亜《とあ》と対面した後、二人の試合形式の練習を見た。

そして初日の指導を終え、学園長室へと立ち寄っていた。

「大海原先生、お疲れ様でした。どうでしたか、巴《ともえ》の調子は？」

強面の学園長が凄《すご》みのある声で向かいのソファに座る久閔へと問う。

彼女は元クイーンなだけあって堂々としており、澄ました様子で品よく茶をすする。

「ふふ、あの子は何ら問題ありませんねぇ。間が空いたっちゅうのに、ブランクを感じるどころかさらに腕を上げてはる。ほんま怪物という名がふさわしいですわぁ」

「その話を聞けて安心しました。では今のままで十分、通算四期目のクイーンが狙えるということですね？」

「ええ。あとあの子に必要なんは経験くらいとちゃいます？　巴さんが巣ごもりしとった間、周りも遊んどったわけやないですし。……あの子の実力は今でも群を抜くレベルなのは間違いない。せやから後は周りがこの数年で築いた経験の差を埋める。これさえできれば怖いものなしですわ」

「ふん、やはり巴は他とは違う。完全に別格の神童の中の神童。あなたにお任せしておけば間違いはなさそうだ」

「……」

久関は茶を口に持っていく手を止めていた。

巴桃亜がクイーンに返り咲ける確率は非常に高いが、確実かと言われると断言できない要素が今のかるた界には転がっている。

その要素というのは何より、現クイーンの存在だ。

かつての桃亜と同様、三期連続で女王の座を守っている。

しかも、クイーンになった年齢は桃亜よりは遅いが、かつて桃亜の母親が樹立した史上最年少記録の次につける速さでタイトルをとっていた。

おまけに、少々厄介な噂《うわさ》を伝え聞くので余計に楽観視はできない。

「……大海原先生、どうかしましたか？」

「いいえ、何でも。巴さんがクイーンになった後のことを考えて、ついわくわくしてもうただけです。うちは必ずあの子を返り咲かせますさかい、心配せんといてください」

「頼もしい限りだ。期待していますよ」

目を伏せて涼しげに微笑《ほほえ》む久関を前に、学園長もわずかに口元を緩める。

彼は両膝《りょうひざ》の上に肘《ひじ》を置くと、組んだ手の上に顎を乗せて久関を見据えた。

まるで今から本題に入るとでも言わんばかりに。

「それで……あいつはどうでした？」

「学園長が言うてるんはあの子のことでしょなぁ。巴《ともえ》さんから札取れる時点でおかしいし、そら目をかけたくなって当然やわ」

「完全に拾いものですがね。巴と張り合える者がいるとは、私は露ほどにも思わなかった」

「……普通あのレベルやったら、うちが顔や名前に覚えがあるはず。せやのに全く記憶がない。つまり、今まで大きな表舞台に姿を見せたことがあらへんっちゅうことや。学園長が知らんのも無理のない話ですわ」

二人の間に妙な空気が流れる。

しかし、それは決して悪いものではない。

「あいつは巴だけに負担をかけまいと、名人を目指すと言っています。本来は巴にタイトルを取らせることが、あなたと交わした契約だ。だから私から無理は言えない。……だが、もしあなたに余力があるなら、彼も見てはもらえないだろうか？」

「……」

久閑《くみん》はお茶を少し残した状態で湯飲みを置いた。

一説には出された茶を飲み干すと底に茶葉が沈殿するためマナー違反になるという。

学園長は湯飲みの中へと一瞬視線を寄越《よこ》した後、彼女の反応を窺《うかが》う。

「臣守奏治《とみもりそうじ》……。あの子も巴さんと同様、うちが教えることはあまりないですねぇ」

「ほう。というと？」

「巴さんみたく、誰かにかるたをみっちり教えてもろうた痕跡が見えますねん。その誰かはきっと、かるた界のレジェンドである斎木鶴流《さいきつる》さんレベルとはいかんまでも、確かな実力者なのは間違いない。おかげで考え方や手筋はいいものを持ってはる……」

「つまり、名人を狙える器だと？」

「ふふふ……おもろい質問ですねぇ」

久関は巾着を持って立ち上がると、居住まいを正して背を向ける。

「今日見た感じ、あの子はプレッシャーがかかる場面で自滅する節がある。ただ、その弱いメンタルを矯正できるんならおもろいんとちゃいます？　まあ、その辺は鍛えたところでそれを自信に変えれるかは本人次第なわけやけど」

結局、面倒を見るのか見ないのかよく分からない言葉を残して彼女は扉へと向かう。

学園長は確信しているように告げる。

「あなたなら臣守を見過ごせないはずだ。私は信じてますよ」

出て行く間際、久関は振り返って微笑《ほほえ》む。

「ふふ。まあ一つ言えるんは、うちはタイトルを狙える子しか面倒みらんっちゅうことですわ。今のかるた界はスターを発掘してプロデュースするんが急務。実力があっても大事なもんを持っとらん子は面倒みても時間の無駄やし、放っておく主義ですよ？」

◆八首目　名人請負人が面倒を見てくれなくて困る

学園長による一計もあり、思いがけずして名人を目指すことになった翌日。

俺たちは部室で大海原《わたのはら》先生が見守る中、試合形式の練習に励んでいた。

ちなみに今日鳴針《なるはり》は部活を休んでいる。ある程度漫画のネタがまとまってきたので、今日はネームを担当に送るべく、作業に集中したいらしかった。

「くそっ……また負けた！」

「わはは、またボクの勝ち～っ。これで973勝0敗だぜぃ！　奏治《そうじ》は前より強くなってるけど、まだまだですな～。むふ……むはははっ！」

桃亜《とあ》が高笑いする中、俺はかつてこいつと別れる際にした約束を思い出して歯噛《はが》みする。

（この五年、遊んでたわけじゃないんだぞ。なのにまだこんなに差があるのかよ。昔より健闘はしてるけど、この調子じゃいつまでたっても勝てやしない。それに――このままじゃ、名人にだって……）

「まーまー奏治くん、そう落ち込むなって。このボクに勝てないのは仕方ないじゃん？　これからだよこれから～！　ボクと一緒に特訓していこうぜ！」

「痛い痛いっ、人の背中をばしばし叩《たた》くなっ」

変な文字の入った白Tシャツ、下はスカート、脚は踏ん張りが利くように生足という出で立《た》ちの桃亜と俺が戯れていると、読手《どくしゅ》を務めていた三条《さんじょう》先輩が感心した様子で言う。

「でも臣守《とみもり》くん、負けたとはいえすごいねぇ。引退してブランクがあるとは言っても、あの桃亜ちゃんからまた三枚だよ？　これって本当にすごいことだよ～」

昔、爺《じい》ちゃんにも言われたことがある言葉だった。

確かに桃亜ほどの天才から三枚取れるというのはすごいんだろう。

けど、かつてこいつとクイーン戦で戦った挑戦者たちほどではないと思うので、この程度で褒められるのは何だか気恥ずかしかった。

「はは……そ、そんなことないですよ先輩。俺なんてまだまだですって」

「謙遜しなくていいのに～。……あ、ところで、臣守くんって試合中は雰囲気変わるよね。やっぱり今つけてる眼鏡のせいかな？　それって競技かるた用で買ったのぉ？」

「これですか？　あはは、実はそうなんですっ。普通の眼鏡だとずれるんで、先輩が愛してやまないかるたを集中してやるためにもわざわざですね――」

「フライ・ザ・アタ――ック！」

「ぶほおおおっ!?」

横から飛び出してきた桃亜が顔にボディプレスをかます。そのせいで俺は弾力ある物体の餌食となって一瞬で先輩の視界内から弾《はじ》き飛《と》ばされていた。

「え、えええええっ……ちょっと桃亜ちゃん、なにやってるの？　ダメだよ、そんな乱暴なことしちゃ。臣守《とみもり》くん、大丈夫～？」

若干青ざめた先輩がすぐに俺の下へと駆け寄って傍《そば》へと屈《かが》む。

控えめにいって天使だった。

「痛《つ》ぅ……俺は大丈夫なので気にしないでください先輩。——つうか桃亜《とあ》、てめーはいきなり何しやがるっ⁉」

「はあ……？　黙れよカス」

なぜか桃亜がゴミを見るような目で俺を見下ろしていた。

昔から俺たちは仲が良かったが、たまにこうやって険悪になることもあった。

そういう時、特に男勝りな一面がある桃亜はけっこう口が悪くなる。

「……カスって、急に何だよ？」

「奏治《そうじ》は今さ、先輩の気を引くためにその眼鏡を自分で買ったことにしようとしただろ？　でもそれってボクが中一のお前の誕生日にプレゼントで送ったやつだよね？」

ぎくっ。

桃亜は勘が鋭いところがあるため全てお見通しのようだった。

友情の証として送ったものが、意図しない形で利用されようとしてキレているようだ。

「コホン……わ、悪かったよ。ちょっと見栄《みえ》を張りたくなっただけだって」

「ふーん、見栄ねー」

「と、とにかく、ダメだよ桃亜ちゃん？　女の子がその……大事な場所を男の子に押し当てるなんて。さすがにちょっと破廉恥だよぉ～っ」

すたすたと歩き出した桃亜が、ふいに先輩の背後に回っていた。そして。

「昼夜逆転の術」

ふぁさ。

「え？　あれ、急に目の前が真っ暗に……ん？　後頭部に何か柔らかいものが……あ、もしかしてこれって……わ、わわわっ。桃亜ちゃんの、お、おっぱ――」

「このバカたれが――っ!!」

ぺしーん！

その後、俺は桃亜を正座させて説教していた。

「まったくお前は、これからお世話になる先輩になんてことしてるんだ！」

「ぶーっ……だって奏治が、ボク以外と友達作ろうとしてんだもん。ボクはお前だけいれば十分だって思ってんのに」

友達って……なるほど。桃亜は単純だから、俺の行動を見てそういう風に思ったのか。

俺が先輩を異性として見ているから怒ってるんじゃなくて、他に友達を作ろうとしているように見えたから拗《す》ねていると……。

何だよこいつ、可愛《かわい》いところあるじゃないか。

って……まあ、もちろん。今のはあくまで友人としてって意味だけど。

俺は親友の微笑《ほほえ》ましい一面を目の当たりにして説教する気が失《う》せてきてしまう。

「——三条《さんじよう》先輩、この度はうちの桃亜《とあ》が失礼しました。本人も反省してるようですし、どうか許してやってください」

「あ、ううん。私はそもそも怒ってないから大丈夫だよぉ。桃亜ちゃんが可哀想《かわいそう》だし、それ以上はお説教しないであげて……？」

実害を受けてるのに桃亜が可哀想と主張し、心底心配している様子。

（はぁ……三条先輩は本当に天使だ～）

「あれ？　奏治《そうじ》けっこうキレてたから長引きそうと思ってたのに……もう許してくれんの⁉　わはは、ラッキー。なんか今日、雨降りそー♪」

「バカ、呑気《のんき》に喜んでんじゃねえよお前は。まずは慈悲深い先輩に謝らんか」

「オッケー。三条先輩、さっきは……って、なんか先輩付けで呼ぶのメンドいな？　下の名前は確か歌葉《うたは》だから……あ、そんじゃ、ウータンでいいやっ」

「はあっ⁉　お前は先輩になんてあだ名をつけてんだよっ。それじゃまるでオランウータン……この麗しい見た目に全く似合ってないからやめてさしあげろ！」

俺は先輩を気遣って全力で否定するが、彼女はやんわりと手を打ち鳴らし、

「わぁ、ウータンって可愛《かわい》い～。私、あだ名とかつけてもらったことないし、何だか嬉《うれ》し

いなぁ。それ、採用しちゃうね？　あまり固いのは好きじゃないし、今度から気兼ねなくウータンって呼んでね～」

「「えええええっ⁉」」

俺と同時に叫んだ桃亜が、驚いた様子でこちらに視線を送る。

（なあ奏治、どうしよう。ボク、今の冗談で言ったのに、本人からＯＫ出ちゃった！）

（お前でもさすがに今のは冗談だよな。なのにまさか本人からＯＫが出るとは……）

何となく互いの表情を見て気持ちを理解する俺たちだったが、三条先輩がお気に召して受け入れた以上、どうすることもできなかった。

「あ、それより～、二人はかるた界の頂点を目指してるわけだから、続けて試合した方がいいよね？　休憩挟まなくていいなら、さっそく二試合目はじめちゃおっか～？」

「んーっと……ボクは奏治とかるたやりたいからそれでいいけど、う、ウータンは試合したくねえの？　かるたが好きだから部に入ってるわけだろ？」

「桃亜ちゃん、気遣ってくれてありがとぉ。でも、私は歌を読む方が好きだから、気にしなくていいよ～」

「んぁ？　どういうこと？」

にこっと微笑む先輩に対して桃亜が首を傾《かし》げる。

実は事情を知る俺は咳払《せきばら》いをした後に雄弁に語りだす。

「いいか桃亜《とあ》、三条《さんじよう》先輩は虫も殺せない優しい性格をしていらっしゃる。そういう慈悲深い気質もあって、愛する和歌がのった札を乱暴に扱うことを心底憂えておられるんだ。だから試合をやらない読み専として、かるたを嗜《たしな》んでいるってわけなのさ」

「あー、そういや奏治《そうじ》って、ウータンとは体験入学の時に色々話してるんだっけ。ふーん、ボクは読むより、断然試合する方が楽しいけどなー」

「私が特殊なだけだから、普通はそうだよね」

と、三条先輩は苦笑しつつ、手に取る札を大事そうに抱え込む。

「万葉集、古今和歌集、新古今和歌集、和歌って本当に色々なものがあるけど、意味を知ると昔の人と私たちって、心の働きは何一つ変わらないんだなって思えるの。歌を読んで意味を実感する時、千年の時を超えて昔の人と繋《つな》がれる……そんな気がするから、私は音の響きも含めて、和歌がとっても大好きなんだぁ」

今正に先輩は千年に近い時を超えて古人と繋がっているのかもしれない。

その表情はとても柔らかく、話しかけるのが憚《はばか》られるほど幸せそうだ。

桃亜はそんな先輩を見て、頭の後ろで手を組んで嬉《うれ》しそうにする。

「わはは、ウータンは本当に和歌が好きなんだな。ボクは意味とかほとんど知らないけど、昔から和歌の音は大好きだから何となく気持ちはわかるぜっ」

「ふふ、桃亜ちゃんとは気が合いそうだねぇ。私は基本的に直接相手はできないと思うけど、和歌好きが高じて専任読手《どくしゅ》を目指してるから、今後は読手として二人に協力していくつもりだよ。よろしくね～」

「おう、よろしくー！」

　専任読手になりたいと言う先輩に対して思うところがある俺だったが、今はとりあえずよかったと安堵《あんど》していた。

（桃亜が先輩と仲良くやれるか不安だったけど、同じかるた好きって共通点もあるし、何とかなりそうだな）

　と思いつつ、俺は今の会話を聞いてふと思い出したことがあったので訊《たず》ねる。

「そういえば確か桃亜って、母胎にいる頃から母ちゃんに百首の音を毎日聴かせられてたんだっけ？」

「うんっ。そのおかげか、今でもかるたの音を聴いてるだけですごく気持ちいいから好きなんだ。スマホのプレイリストにも入ってるから未《いま》だに毎日聴いてる～」

　だいぶ前に訊《き》いた話だったが、どうやら俺の記憶は正しかったようだ。

　桃亜のお母さんは元史上最年少クイーンで娘にも自分と同じ強いかるた取りになって欲しかったらしい。だから身重《みおも》になった際、百人一首のＣＤを微音で流し、我が子に音を刷り込ませて聴覚や音感を鍛えるという超英才教育を施した。

　俺はそんな話を思い出しながら考え込む。

「……お前の強さって、確実にそういう部分がベースになってるよな」

三つ子の魂百までじゃないが、母胎にいる頃から百首の音に触れ、幼い頃からかるた好きだったというのは、力をつけていく上ではやはりでかい気がする。

(俺が今から桃亜《とあ》に追いつくには、練習するだけじゃなくて、かるたに触れる時間を増やすことも必要そうだな。……そうすれば自《おの》ずと、名人の座にも近づけるはず)

勉強がそうなように、必ずしもかけた時間に比例していい結果が出るわけではないが、少なくとも桃亜という天才がかるたに費やしている時間分だけは努力しないと、こいつには追いつけない気がした。

「——……桃亜、俺たちはどちらかがクイーンか名人にならないといけない。三条《さんじょう》先輩が言うようにゆっくりしてる暇はないし、二試合目を始めようぜ」

「いいね奏治《そうじ》、気合い入ってるじゃん。ボクもこの五年間、奏治と全然やれなくて獣のように飢えてたし、どんどんやってやってやりまくろう!」

「……っ」

桃亜の言葉を聞いた先輩がそわそわして若干赤くなっていた。

「あのな桃亜……気持ちは嬉《うれ》しいが、もう少し言葉は選べよな?」

「はあ? 何の話?」

思春期の高校生だということを自覚せず、昔のように自由気ままに発言するので、もう少し自重して欲しいものだった。

「……」

再度試合を始めようとした俺だったが、大海原《わたのはら》先生のことが気になって視線を送る。

彼女は初めに軽く会話した程度で、以降は黙ったまま試合を静観していた。

昨日も会話をしたのは最初だけだったので、怒らせると面倒な人という情報以外何もなかった。

三条先輩が俺の気持ちを察したのか、苦笑しながら語る。

「久閔《くみん》お姉ちゃんは、実は私のお母さんの妹さんなんだぁ。小さい頃からよく会ってたから、その関係でかるたを教わって私は好きになっていったんだよ～」

「妹……なるほど、道理で三条先輩と似てるわけですね」

「なんや勝手にうちの紹介かいな。……まあええ。それやのに、歌葉《うたは》は選手としてやってへんのやからもったいないわぁ。ほんまこの子は叔母泣かせやで」

「えへへ……ごめんなさい」

先輩は頬《ほお》をぷにぷにやられながらも続ける。

「二人共、久閔お姉ちゃんの指導力は折り紙つきだから、信じてついていけばきっと大丈夫だと思うよぉ。お姉ちゃんは関西の諸賀《もろが》先生と並んで『名人請負人』って言われるぐらいにすごい人だから～」

「名人請負人……？」

「あ、ボクそれ知ってる！」

首を傾《かし》げる俺をよそに、桃亜《とあ》が無邪気に手を挙げていた。

「ママから聞いたことあるよ。同門だけど仲が悪くて、東と西に別れてどっちが多くの名人、クイーンを育てられるかを競いあってる指導者がいるって」

「さすが桃亜ちゃん、かるた界について詳しいね〜。その通りで、お姉ちゃんと諸賀《もろが》先生は現役だった頃にクイーンの座を奪ったり奪い返したりした経緯もあって、引退した今も土俵を変えて争ってるんだぁ」

「イヤやわ〜。別にうちは争ってるつもりはないんやけどなぁ。実際のところ、周りが面白がってそないなこと言うてるだけで、仲が悪いなんてあらへんで？」

（まあ、この人も性格に難ありな感じはするけど大人だもんな。周囲から見たらそう見えるだけで、いい大人同士で争ってたりは――）

そう思っていた矢先、大海原《わたのはら》先生は上品に微笑《ほほえ》みつつ、

「まあ、来年は何が何でもあの女には負けへんけどな〜？」

と、暗い笑みを浮かべて明らかに闘志を燃やしていた。

（……前言撤回。この人、めちゃくちゃ対抗心燃やしてるじゃないか。……こえー）

その後、話を聞くと。

大海原先生が面倒を見る東京 曙《あけぼの》会勢は、去年の名人・クイーン位決定戦トーナメントにおいてあと一歩のところまでいったらしい。だが、諸賀という人が率いる近江高砂会勢《おうみたかさごかい》に敗れ、名人・クイーンと直接対決できる挑戦者の権利を得られなかったという。

「ま、せやけど、うちも運がええ。このタイミングでかるた界の金の卵を指導できるんやから。来年、あの女の顔を見るのが楽しみやな～……ふふふふふふ」

「……………」

最強といえるジョーカーを手に入れて喜ぶ大海原先生だったが、それとは対照的に桃亜が沈んだ様子で俯《うつむ》いたことに俺はすぐに気づく。

その理由に思い至るのにも、あまり時間はかからなかった。

（桃亜……。そうか、こいつにとってかるたの師匠は、友達のように仲がよかった鶴流《つる》さん以外にありえないもんな。きっと今、すごく複雑な心境に違いない……）

新しい師匠を受け入れたくはないが、俺とかるたをする居場所を守るためには受け入れざるをえない。心の葛藤が手にとるように分かる俺は居たたまれない気持ちになる。

すると桃亜の異変を感じ取ったのか、今まで微笑んでいた大海原先生が急に神妙な面持ちとなって言う。

「巴《ともえ》さん、あんたの事情はわかってるつもりやで？　引退宣言出した理由も時期が時期やっただけに丸分かりや……。ショックのあまり、今まで天岩戸から出てこれへんかったんもようわかる。けどな、うちが指導するとなった以上は厳しくいかしてもらうで」

「……」

俯《うつむ》く桃亜《とあ》の顔は窺《うかが》えない。

デリケートな問題だけに、もう少し気遣ってあげて欲しいと俺が思っていると、大海原《わたのはら》先生は桃亜の様子を見ていつの間にか表情を和らげていた。

「ふふ。まーでも、別にうちを斎木鶴流《さいきつる》さんの代わりに師匠と思えとまでは言わへん。あの人に教わった部分は変えんでええ。そんなことせんでも、あんたは十分強いはずやしな」

「え、本当にいいの……？」

「うちはかまへん。面倒はしっかり見るつもりやけど、しんどかったら師匠とは思わんでええわ。ただ、あんたがクイーンに返り咲けるよう用意するメニューはしっかりこなしてもらうけどなぁ」

「おぉ……！」

桃亜が感動したように目を輝かす中、俺は胸を撫《な》で下《お》ろす。

「ふう。桃亜、理解がある人でよかったな」

「ああっ！　このおばさんけっこう緩いし、上手《うま》くやっていけそうな気がする！」

（こいつはまた！）

「……わわっ」

青ざめる先輩に反応して大海原先生の方を見ると、何だかぷるぷると震えていた。

「我慢や我慢……せっかく転がり込んできた金の卵。怒ったらあかん。怒ったら……」

(何かぶつぶつ言ってる……。桃亜は甘やかすと調子に乗るタイプだし、はっきり怒ってやった方がいいと思うんだが)

ピリピリした空気が漂っていたが、大海原先生が仕切り直すように咳払《せきばら》いする。

彼女は邪気のないにこやかな微笑を浮かべていた。

「とにかく、巴《ともえ》さんの事情はかるたファンならみんな知ってはるし、引退理由も同情できるだけに復活を待ち望んでる人が仰山《ぎょうさん》おる。縁を結んだ以上、うちはあんたを世に送り出す責任があるし、しっかりやらせてもらうつもりやわ。……それに、かるた界は今、資金難で大会運営が厳しいのが実情。せやから今必要なんは広告塔になれるだけの突き抜けた存在……つまり巴さん、あんたや」

「はえ？　ボク？」

「そう」

真剣な面持ちでゆっくり頷《うなず》く大海原先生だったが、一瞬楽しげに微笑《ほほえ》んだ気がした。

彼女はそれを隠すためか、袖口で口元を隠しながら語る。

「『五年ぶりに復活を遂げた怪物、その年で再びクイーンに返り咲く！』――これだけで十分インパクトあるし、昔よりもさらにメディアの食いつきがいいのは確実やわぁ。そうなればＣＭの依頼もきて連盟に資金が入って、大会の運営に協力してくれるボランティアの人らにも必要最低限の経費を出せるようになるし、新しい人材もどんどん入ってきてかるた界が大いに盛り上がる……。その他にも色んな展開の仕方はあるし、巴《ともえ》さんを返り咲かせることでいいこと尽くめっちゅーわけや。うふ……ふふふふ」

半分自分の世界に入っている先生を見て、桃亜《とあ》が若干引いた様子で耳打ちしてくる。

「……なあ奏治《そうじ》、この人本当に大丈夫なのか？」

「桃亜が心配する気持ちは分かるが……お前への気遣いは感じられるし、大丈夫だろう。まあちょっと独特で皮肉屋っぽくて面倒な部分はあるけど……ほら、かるた愛はあるっぽいし……うん、多分問題ないはずだ」

「普通に色々ありすぎじゃね……⁉」

無理くりまとめると、さすがに桃亜から突っ込みが入ってしまうが、俺は気になっていることがあったのでいったん流して先生へと訊《たず》ねる。

「あの、大海原《わたのはら》先生、さっきから桃亜の指導の話ばかりですけど、学園長から俺のことはお願いされてませんか？　昨日話したように、一応これでも名人を目指してるので、ご指導をお願いしたいんですけど」

今後に関わる大事なことなので、俺は真剣な面持ちで真《ま》っ直《す》ぐに問う。

「うーん？　あんた、名前なんや言うてたっけ？」

「……やっぱり、かるた界隈《かいわい》では聞かへん名やなぁ。うちはあくまで巴さんの指導って名目で呼ばれてるわけやし、確約はできへんで。けど、珍しいスポーツ眼鏡の選手。……東日本やと、あの子と当たると盛り上がりそうで……ふふ、それに……さっきの三枚取り」

「臣守《とみもり》奏治です」

「……？　あの……結局、見てもらえるんでしょうかっ？」

「気が向いたらな。あんたはついでや。あくまでメインは巴さんっちゅーことで」

「ええ、そんな久閔《くみん》お姉ちゃん。臣守くんは強いから見てあげてよ～」

「わははっ。ま、奏治が強いのはボクが知ってるし、指導されなくても大丈夫だろ」

桃亜のやつ、他人事だと思いやがって……。

まあそれだけ、俺を信頼してるってことなんだろうけど。

とりあえず、現段階で実績も可能性もあるのは桃亜なので、学園長や大海原先生が桃亜に全振りで賭けるのは仕方ないようにも思えた。

（……でも、やっぱり俺は桃亜だけに負担を背負わせたくはない）

こうなったら勉強みたく独学に近い形でやるしかないか。

期待されていなくても絶対結果を残してみせる。

桃亜のためにも、必ず……!!

◆幕間《まくあい》　動き出す世界

名人・クイーン位決定戦が行われ、競技かるたの聖地として崇《あが》められる近江《おうみ》神宮。その聖地がある滋賀大津に、全国レベルの選手を輩出し続ける名門『近江高砂会《たかさごかい》』というかるた会がある。五十名近い会員たちを指導しているのは、かつてクイーンになった経験もある妙齢の女性、会長の『諸賀鏡花《もろがきようか》』だ。

「はいはい、ほなまたな」

柔らかい関西弁で電話を終えた彼女は、色彩豊かな袴《はかま》の袂《たもと》にスマホをしまう。

そこで、既に会員の者が来ていることに気づいた。

「なんや要《かなめ》、もう来とったん？　あんた、今日も相変わらず早いなぁ。まだ練習開始まで二時間はあるっちゅうのに、ほんま熱心な子やで」

鏡花は目を伏せた状態で短い黒髪をかきあげ、呆《あき》れた調子で言うが、その顔は笑っており歓迎の色で満ちている。

「すみません、諸賀先生」

市民会館内の三十畳はあるであろう広間の入り口。そこで鏡花の電話が終わるのを行儀よく待っていたのは、見るからに育ちが良さそうな優しい雰囲気の好青年だ。

苦笑する彼は、上は卯《う》の花色、下には紺の無地袴というすっきりした出《い》で立《た》ちで師匠の下へと歩み寄り、礼儀正しく会釈する。

「今日は早く学校も終わりましたし、みっちりご指導いただきたくて、早めに来てしまいました。練習が始まってからだと、どうしても先生の目は他のメンバーに移ってしまいますので」

「ふふ……若いのが惜しいところやけど、あんたみたいな二枚目にそう言われると悪い気はせえへんな」

鏡花は袂から煙草《たばこ》を取り出しながら薄く笑う。

要の耳元で切《き》り揃《そろ》えられた髪は手入れされた女性の髪のように艶《つや》やかで真《ま》っ直《す》ぐだ。黒々として青みがかっているようにも見えるため、人の目を引く美しさがある。

おまけに小顔で色が白く芸能人顔負けに容姿が整っている美男子なので、彼がひとたび微笑《ほほえ》めば数多《あまた》の女性がくらりといくであろうことが容易に想像できてしまう。

要が遠慮がちに澄んだ声で言う。

「あの、先生……広間での喫煙は」

「ん？　ああ、せやった。つい手癖で取り出してまう。あかんわー」

「………。それで諸賀先生、今からよろしいでしょうか？」

「要はいつも前のめりやなぁ……。ま、ええで。今日もしっかり指導したるわ」

「本当ですかっ？　ありがとうございます！」

四月から高校一年に上がっただけあってだいぶ大人びてきている印象ではあるが、かるたのことになると未《いま》だ穢《けが》れを知らぬ子供のような笑顔を垣間見《かいまみ》せる。

(ほんまこの子はかるたに対してどこまでも一途《いちず》で真《ま》っ直《す》ぐやわ。ま、おかげで今年、ようやく準名人の座を手に入れることができたわけやけど)

人間としても純粋で紳士的。

優しさだって十分にあるとてもええ子。

けど、こっから先は今まで以上に心を鬼にせんと上には行けへん。

五年前、春雷《しゅんらい》に手酷《てひど》く負けた時以上の闘争心を呼び覚まさなあかん。

そうでもせな、今の名人に届くわけない。

『六歌仙《ろっかせん》』の一角を崩すんは、それだけ茨《いばら》の道っちゅうことや。

(要《かなめ》、あんたのためにも、まだまだ厳しくしていくつもりやけど堪忍な)

鏡花《きょうか》がそんなことを考えつつ、今しがた電話で聞いた話をしようとすると、タイミングよく要が訊《き》いてくる。

「ところで諸賀《もろが》先生、楽しそうに誰かとお話されてましたけど、もしかして大海原《わたのはら》先生でしょうか?」

「よう分かったな要。楽しそうに話してたかは別として、あんたも興味抱きそうなおもろい話しとったで?」

「僕が興味を抱く話、ですか？　いったいどんな内容だったんでしょうか……？」

大きな目を見開き、きょとんと首をかしげる要。

鏡花は袖間から扇子を取り出すと、赤紅が乗った唇を隠して愉《たの》しげに語る。

「別に大した話やあらへん。かいつまんで話すと、大海原《あのおんな》が東京の名門校でかるた部の顧問をすることになったっちゅーだけの話や。それをわざわざうちに言うてくるんやから、相変わらず嫌みな女やわぁ……フフフフッ」

「あ、あはは……諸賀先生たちは、相変わらず仲がよろしいですよね」

「まあ、そんな話はどうでもええねん。問題は、その学校のかるた部にとんでもない新入生が入ってきたってことや」

「……とんでもない、新入生？」

要の緩んでいた表情がわずかに緊張感を帯びる。

名人戦のトーナメントに出られるA級選手（四段以上の者）は勘がいい者が多い。A級の中でトップ近くに君臨する要がそうなのは言うまでもなく、やがて一つの事実に行きあたったようで虹彩《こうさい》を揺らす。

「っ……まさか、諸賀先生」

「さすがやなあ要、多分あんたが考えてることで正解やわ。言うてる新入生っていうのは、今のかるた界を作り上げたと言われる神童。かるたの申し子、巴桃亜《ともえとあ》……。またの名を春雷……。師匠の死を受け五年も休眠しとった巨人の復活や」

「──!?」

春雷《しゅんらい》復活の報を聞き、雷に撃たれたかのように要《かなめ》の動きが停止する。

突然のことすぎて驚く彼は、口を半開きにした状態で指先を震わせる。

「……本当に……彼女が?」

「ウソ言うてもしゃーないやろ。真実やで」

「じゃ、じゃあ…………もしかして彼もっ!」

要は驚愕《きょうがく》と焦りと興奮に見舞われるせいで舌がもつれながらも、身を乗り出すようにして『彼』という言葉を口にした。

「……? ああ、いつも言うてる何某《なにがし》のことかいな。確かあんた、巴《ともえ》さんと手合わせして負けた後、追いかけて再戦を挑んだ際に、傍《そば》におった無名の選手にこてんぱんにやられたんやったなぁ。当時、巴さんと並んで若手最強とか言われとったんに、結局他の選手と同様に負けた挙句、どこの誰かも分からん馬の骨にまであっさり負けてしまうなんてほんま情けない。はよう名人くらいなってもらわんと、会の面汚しでしかあらへんわ。なあ要?」

「っっ……くぅッ」

俯《うつむ》いた要が悔しさを噛《か》みしめて全身を震わせる。

やがて、彼はすぐさま取札をとりに行くと、札を並べて両陣の五十枚と睨《にら》み合《あ》う。

「――――！」

そして、読手《どくしゅ》がいないにもかかわらず一人で試合を始める。

手を伸ばす札に迷いがなく、取っては頭を振って今のは相手の取りだと言わんばかりに悔しげに札を敵陣の方へと渡す。まるで見えない誰かと戦っているようで、何となくいつかの試合のシミュレーションをしていることが理解できる。

（始まった……。またこの子は、過去にあった一戦を再現しとるわ。もうずっと一途《いちず》に、ひたむきに真《ま》っ直《す》ぐに、例の相手を追いかけ続けとる……。でも、それでええ。今のあんたに必要なんはその目や、要……。ライバルの存在があんたを強くする）

一流のかるた選手ともなると、将棋や囲碁のプロ棋士のように試合の手筋を全て覚えているという。ただでさえそうなので、印象的な試合ともなれば数年経《た》っても記憶に焼きついたまま離れることはない。

要はその軌跡を何百何千となぞり、自分に屈辱的な負けをもたらした相手との再戦をずっと待ち続けている。綺麗《きれい》な顔とは裏腹に両手の拳《こぶし》が擦り切れて分厚くなり、タコができてしまっているのは、畳での起居を幾万と繰り返してきた何よりの証だ。

幻影と向き合いながら、要は思う。

（巴が復活するなら、きっと彼も表舞台に現れるはず。あの時、二人と会ってる僕にはそれが分かる。……もう二度と彼には……負けたりしないっ!!）

師匠の鏡花《きょうか》でさえ、視認しづらいほどの動きで札を吹き飛ばす。

（いい調子や要《かなめ》。あんたはその一念があったからこそ、ここまで来れた。本人も本能的に分かっとるんやろうけど、巴《ともえ》さんに負けたことは気にせんでええ）

なんせ、あの子は別格や。当時のうちらから見ても異常な強さやった。

遡ればあの子の母親も史上最年少でクイーンになった逸材やし、そもそも二人の師匠の斎木鶴流《さいきつる》はんも人間とは言い難《がた》い取り手……。まず人としての規格がちゃうねん。

せやからそこは見らんと、春雷《しゅんらい》から一枚取ったとかいう何某《なにがし》に集中すべきや。

今の要なら必ず勝てる。

なぜかって、あんたは仲の良かった親友と縁切ってまで、何某に勝つための時間を作ってここまで来た。

（……ああ、縁切ったとかいうと、一時的に切られただけや言うて佐叉実《さざみ》に怒られてまうな。しかし今回の春雷の件、何よりもまずはあの子に連絡いれたらなあかんわぁ）

ま、いずれにせよ、春雷が復活するおかげで、かるた界はまた騒がしくなる。

間違いなく面白いことになるやろうし、愉《たの》しみでしゃーないわ。

◆九首目　親友と罰ゲームのデートをすると困る

大海原《わたのはら》先生が外部顧問に就任して三週間ほどが経《た》った四月下旬。

明後日からゴールデンウィークという浮かれた気分の中、俺と桃亜《とあ》は祝日である昭和の日に一緒に映画を観に街へと出かけていた。

「あーおもしろかった〜！　やっぱヒーローものは最高だよねっ」

「……ああ、そうだな」

映画館から出て満足そうに振る舞う桃亜とは対照的に、俺はある理由で落ち込んでいた。

「何だよ奏治《そうじ》しょんぼりして。どうしたの？」

「はは……財布が軽いんだよ。お前に奢《おご》ったせいで余計にな」

臣守《とみもり》家は小遣い制ではないため、たまに家業を手伝った際にもらえるお駄賃やお年玉でやりくりする必要がある。最近は桃亜を祝ったりで何かと支出も多かったので出費は控えたかったのだが、今回の件に関しては自業自得なので仕方なかった。

「わはは、だったら昨日、ボクにあんな約束しなけりゃ良かったのに」

「お前の言う通り過ぎて返す言葉もねえよ……我ながら自分が憎いわ」

この三週間ほど、俺は桃亜と部室でかるたを取ってきたわけだが、多く取れても三枚が限界だった。それ以上の結果をなかなか残せず悔しかった俺は、自分を発奮させるためにも、昨日試合前に「この試合で勝てなかったら桃亜《とあ》の言うことを何でも聞く」というバカな約束をしてしまったのだった。

桃亜が口元に手を当て、意地悪げな笑みを浮かべる。

「ぷぷぅ……奏治《そうじ》はプレッシャーに弱いからボクはやめといた方がいいって言ったのに、無理してやるから結局一枚しか取れないんじゃん。ま！　おかげでボクは観たい映画をタダで観れたから別にいいけど～♪」

「ぐぅ……お前、自分の懐が痛くないからって余裕ぶりやがって。つうか桃亜、ポップコーンと飲み物まで奢《おご》らせるとか鬼かよっ。この悪魔め……！」

「え～、何か言った？　奏治がそういう態度なら、お昼も奢ってもらっちゃおうかなー」

「は!?　お前は俺を破産させるつもりかっ。奢るのは映画だけって話だろ。もう今日は昼飯代すら出せるか危ういっての……」

「わははは、冗談だって。仕方ないなー。昼ご飯はボクが奢ってやるから任せろっ」

桃亜が自分の胸を叩《たた》き、ぽよんと柔らかい物体が揺れる。

「本当かっ!?　マジでいいのかよっ？」

「ボクは奏治と違って小遣い制だし気にすんなって。それにボクたち友達だろ？」

「桃亜……。いや、じゃなくて桃亜さまっ!!」

映画を観ている際、昼飯代のことがずっと心配だったので、心底助かったと思う俺は柄にもなく桃亜をさま付けで呼んでいた。

「はっはーん。もっとあがめたまえ、敬いたまえ～。でもそうだな、その代わり奏治、食事中はボクの言うこと何でも聞いてね？」

桃亜がずいっと迫り、むふふんとでも言いたげな妖《あや》しい笑みで見上げてくる。

正直嫌な予感しかしなかったが、背に腹は代えられないので受け入れるしかなかった。

「分かったよ。けど、とんでもないお願いは聞けないからな」

「わかってるってー。んじゃ、モール内に色々あるみたいだし行こうぜー」

◇◇◇

その後、俺たちは安さ重視で手頃なファーストフード店に入っていた。

これが彼氏彼女の関係ならデートだということを意識して店選びにも時間がかかるんだろうが、俺たちは気を遣う関係でもないので、満場一致ですぐに店は決まったのだった。

「奏治奏治、このチーズハンバーグカレー、超うんめー！」

「ははは、そうかよ。せっかくの外食なんだし、ゆっくり味わって食べろよ。まあつっても、今回は俺が払うわけじゃないけどな……」

安い料理を最高に幸せそうに頬張《ほおば》る親友を見て俺は笑顔になってしまう。

（こうして一緒に外食するのも実に五年ぶりだよな）

桃亜《とあ》と再会してから、休日は互いの家を行き来するだけで、外に遊びに行ったりはなかったため、今日はそういう意味では特別な日だった。

「なあ桃亜、この後は何するよ？　休日に外で遊ぶのは久々なわけだし、思いっきりやりたいことやろうぜ」

「まぐまぐ……。確かによく考えたらかなり久々だよなっ。うーん……じゃあ昔みたいにゲーセンに行くのはどう？　奏治《そうじ》と一緒にシューティングやパンチングマシーンで遊びてぇ〜♪」

「ゲーセンか。確かに昔はよく行って遊んだっけ。それくらいなら俺の財布も持ちそうだし、飯食い終わったら行くか」

「うん！」

俺と一緒に遊べることがこの上なく嬉《うれ》しいんだろう。一切澱《よど》みのない無垢《むく》な微笑《ほほえ》みは、何か勘違いしそうなほどに眩《まぶ》しく、俺は軽く視線を逸《そ》らす。

そんな中、ふと斜め向かいの席から聞き覚えのある声がして目を向けた。

「入学したてなのに可愛《かわい》い子はほとんど彼氏持ちだし嫌になるよな。中でも臣守《とみもり》の野郎、あいつだけは許せん！　だって完全に巴《ともえ》さんと付き合ってる仲なのに未《いま》だに認めないんだぜ？　あれじゃ巴さんに失礼だよな。あんなエロかわ彼女がいながら認知しないとか、あいつは本当に最低の嘘《うそ》つき野郎だ！」

(げっ！　田中《たなか》じゃねえか。それにクラスの男子連中まで……。話してる内容が桃亜との交際ネタだし、この状況を見られると少しまずいな)

現状、俺が桃亜と付き合っているという確定的な証拠はないので、今のところ学校生活で特に大きな弊害はない。ただ、休日に仲良く飯を食ってる姿を見られてしまえば、俺がスクールライフを送る上での安全は担保されなくなるだろう。

(……何としても、見つかるわけにはいかねえな)

しかし、俺が頭を低くしたところで桃亜がこちらにフォークを突き出してくる。

「はい、奏治。あーん♪」

「あーんって……おい、何のつもりだ桃亜。つかこれ、人参《にんじん》じゃねえか……。まさかお前、未だに苦手なのか？」

「しょーがないじゃん。だって人参って人参の味するんだもん……」

困惑顔で当然の感想を述べる桃亜を見て、俺は溜《た》め息《いき》を漏らす。

「あのな、人参を食べて人参の味がするのは当たり前だ。高校生にもなって好き嫌いするんじゃねえよ、ガキかお前は」

「えー、いいから食べてよ奏治ー。ほら、食事中は何でも言うこと聞くって言ったじゃん？」

「くぅう……そこでカードを切ってくるのかよ」

田中《たなか》たちにあーんして食べさせてもらっているところを見られれば完全にアウトだ。

交際確定の烙印《らくいん》を押され、今まで以上に教室で冷たくされかねない。

別にそれでもいいのだが、余計な波風を立たせないに越したことはないのでできれば避けたい。だが、桃亜《とあ》の言うことを聞くのは約束なので断ることができなかった。

「あーもう分かったよ。ほら、さっさとしろ……あーん」

俺は田中たちの方を気にしながらも口を開ける。

「あ、ちょっと待って。他にもまだあった。……ここにも……こっちにもまだいた！　見て見て奏治《そうじ》、じゃーん、人参《にんじん》バーベキュー！」

フォークにいくつもの人参を刺して見せびらかす桃亜。

本当にガキでしかなくて、周囲を気にする俺は恥ずかしくなって小声で促す。

「いいからほら、はやくしろ」

「わかった。あーん♪」

ぱくっと一気に頬張《ほおば》って咀嚼《そしゃく》する。

よく考えると、また間接キスをしていることになるので今更になって恥ずかしくなるが、意識するとよくないので考えないようにする。

「ふぅ……桃亜、お前もいい年なんだし人参くらい食えるようになれよな」

「今は一応食べれるけど、奏治がいるなら甘えようかなって思っただけ～」

「別に食べれるのかよ、ったく……」

両肘《りょうひじ》をついた状態で頬を抱え、彼氏に甘えるような無防備な笑顔を向けてくる桃亜。

俺は思わずドキリとし、再び顔を逸《そ》らしてしまっていた。

そして、その視線の先にはというと――

『～～～～～～ッ』

「!?」

凄まじいオーラを放ちながら俺を睨んでいる田中たちがいた。

(まずっ！　見られてたか……!!)

俺は慌てて目を逸らすが、その後も殺気めいた視線を感じてしまう。

桃亜は田中たちには気づいておらず、飯を食い終わってこんなことを言い出す。

「あ、そうだ奏治！　デザートも頼もうぜ。どれにする？　ボクはストロベリーパフェにしようと思うけど」

「お、俺はいい……。桃亜の奢《おご》りって分かってて頼むのも悪いしよ」

「うーんそっか。別に遠慮しなくていいのに。じゃあ、ボクのを一緒にシェアして食べようぜいっ」

「待った！　やっぱり俺も別で注文する。悪いがいいか……？」

「わはは、奏治ってばころころ変わってへんなやつ。おっけー。そんじゃポチっとな」

注文した後、しばらく待つとすぐにパフェが来たので美味《おい》しくいただいた。

その間も田中《たなか》たちの視線がきつく、居心地が悪くて仕方なかった。

あいつらに捕まって五年ぶりの大切な時間を邪魔されたくなかった俺は、桃亜《とあ》が食べ終わって会計するのを待った後、すぐに店を出た。そして田中たちから逃げるように別階にあるゲーセンへと向かったのだった。

「はぁ……ここまで来れば大丈夫だろ。桃亜、おごってもらって悪かったな。ごちそうさん」

「気にしない気にしない。ところで、ここまで来れば大丈夫ってどういう意味？」

「お前、やっぱり気づいてなかったのか。クラスの男子に田中っているだろ？　あの連中が傍《そば》にいて、ずっと俺たちの方を監視してたから厄介だったんだ」

「クラスの男子の田中？　そんなやついたっけ？」

難しい顔で首を傾《かし》げる桃亜。

「本気で言ってんのか？　お前、それ本人の前で言うなよ。絶対泣くぞ……」

「知らねっ。ボクは奏治《そうじ》と仲良くできてればそれでいいし。にひひっ」

「……っ」

他の男は眼中にないので俺だけいればいい。

目の前にいる小悪魔ともいえる存在は、とびきりの笑顔でそんなことを言う。

今日の桃亜は白のチュニックに裾長の黒いテーラードジャケット、ジーンズ生地のショーパンという出《い》で立《た》ちで、大胆にも脚をさらけ出している。いつも以上に異性として魅力的に映る格好でそのような発言をするので、俺はたまったものじゃない。

(変な意味じゃないって分かってるが、それにしても俺の親友は性質《たち》が悪すぎる……)

ドッ、ドッ——。

最近、桃亜を友人と分かっていながらも愛らしいと思う機会が何度もあったし、その上で今日立て続けに意識せざるを得ない事故が起きるので自《おの》ずと鼓動が速まっていく。

「と、とりあえず……さっそく何かゲームやろうぜ。確かシューティングやパンチングマシーンやりたいって言ってたっけ？」

「うんっ。……あ、でも奏治あれ見てよ！　何かイベントっぽいことやってる！」

「ん？　本当だ。何だあれ？　柵に囲まれた中にカラフルな風船が敷き詰められてるみたいだが……」

「なんか楽しそう！　行ってみようぜ奏治！」

俺は好奇心旺盛な桃亜に手を引っ張られ、イベントコーナーへと向かった。

柵の近くにはスタッフがおり、案内板が置いてあったので目を通す。

「へえ、制限時間内に二人一組で風船を割っていくわけか。一定以上のポイントを稼げば、豪華景品があたるくじを引けるっぽいな」

「奏治《そうじ》、しかも景品の中には最新のゲーム機器もあるっぽいぜ！　これはやるっきゃないな！」

「確かにやらない手はないか。……いや、でも待て。割り方が指定してあるぞ。二人一組で抱き合い、お腹《なか》で風船を割るのが条件。ま、マジかよ……これを俺たちでやるのはさすがに……。あーしかもダメだ。カップル限定のイベントらしい。道理でそこまで人が並んでないわけだ。桃亜《とあ》、残念だがこれをやるのは――」

「やろう!!」

ずいっと身を乗り出した桃亜が力強くそう言って目を輝かせていた。

「は？　やろうって……俺たちはカップルじゃないだろう？」

近くに客を案内しているイベントスタッフがいるため、俺は小声で言う。

「今だけ付き合ってることにしちゃえば大丈夫だって。それとも奏治は、ボクと一瞬でもカップルになるのは嫌なわけ？」

後ろ手を組んだ状態で俺を見上げる表情は、どことなく楽しそうな雰囲気を孕《はら》んでいる。見ようによっては何か特別な感情を秘めた乙女のようにも見え、無駄に引き込まれるせいか再度胸が高鳴りだす。

「桃亜とカップル……？　べ、別に……嫌じゃないが」

内心の焦りとは裏腹に不思議とそんな言葉が漏れ、自分でも驚いてしまう。

「そっか、じゃけってーい！　並ぼう並ぼうっ」

俺からすれば踏み込んだ気がする決定的な言葉でも、桃亜にとっては普通の会話と何ら変わらないらしい。桃亜はいつも通り明るく振る舞い、俺の背中を押してくる。

（――しまった……意図せずやる流れになるとは。一時的なカップルはまあいいとして、俺は桃亜と今から何度も抱き合うわけだろ？　そんなことを繰り返せば、嫌でも……）

白のチュニックを盛り上げる立派な膨らみへと視線を送る。

ハグしあえば、あの胸の感触だって味わうことになるだろう。

（しかも桃亜のことだ。絶対あいつ、景品のために全力で抱きついてくるに違いない）

いくら桃亜を友人だと思っていても、そんな風に幾度となく抱き合えば友人と見れなくなる可能性が高い。

桃亜を一度強く異性と認識してしまえば、後戻りできない可能性もある。そう考えると怖いが、これからもあいつと一緒にいるならこういうことは何度も起きるだろう。親友とは今まで通り接したいし一緒に居続けたい。ここで引き下がるわけにはいかなかった。

「はい、では次の方どうぞー。お二人はお付き合いしているカップルでよろしいですね？」

受付のお姉さんが満面の笑みで言う。

次の瞬間、俺の腕は柔らかいものに挟み込まれていた。

「はいはーい！　ボクたちいつもこんな風にラブラブでカップルやってま～す！」

「ちょっ……くっつきすぎだろ!?」

「しーっ、いいから。ちゃんとそれっぽく振る舞わないとゲームさせてもらえないだろ。ほら、奏治《そうじ》もあわせてよ」

「くっ………しょうがねえな……」

乗り掛かった船だ。今さら降りるわけにもいかず、俺は笑顔をぴくつかせながら、

「は、はは、こいつの言う通り、俺たち昔から仲がよくて最近付き合いだしたんですよ。だから色々とまだで……でも………す、好きなんです！」

「っ」

腕を抱く桃亜《とあ》がぴくりと反応した気がした。

「……おい桃亜、言っとくが、あくまで演技だからなっ」

「あ？　うん、分かってるって。何かむずっとしたっていうか、とにかく何でもなーい」

明るく振る舞う桃亜だが、心なしか腕に込める力が弱くなっている気がした。

「まあ！　付き合いたてのカップルさんだったんですね！　いいですねいいですね♪　それでは、中にお入りくださーい！」

柵の中はカラフルな風船で満ちており、基本的に足の踏み場がなかった。

俺たちはお姉さんにルールを説明されて位置につく。

「さあ目標の千ポイントに届くのか！　ではでは～、スリー、ツー、ワン……スタート！」

お姉さんが首から提げていた笛を吹き、始まりのホイッスルが鳴り響く。

（えーい、考えても仕方ない。こうなりゃ自棄《やけ》だ！　やるならやるで最高の結果を残してやる！）

桃亜との接触に不安を抱きながらも、俺は一念発起して動き出す。

「そら、こい桃亜！　まずは一個目だ！」

「おう、任せとけ奏治！」

（――俺たちは友達！　何度もハグしあった程度で壊れる友情関係じゃない！）

今から襲い来るとんでもない誘惑に備え、俺は自分に言って聞かせる。

しかし、俺を見舞ったのは予想外のものだった。

「ヒップ・ザ・アタ～～～ック!!」

「ぐほおおっ!?」

風船を添えていた下腹部に強烈な衝撃が奔《はし》っていた。

俺は急なことにもかかわらず何とか踏ん張ってこらえる。

あまりに強い衝撃だったため見事に風船は割れていたが、ツッコまずにはいられない。

「お、お前っ、何で尻なんだよ!?　ハグでって言われてるだろうが！　つか……俺に押し当てたままの尻をどけんか……！」

「わはは、つい楽しくなっちゃって。ごめんごめん……」

今や俺の股間にはジーンズ越しにも分かるむちんとした張りのある臀部《でんぶ》が押し当てられており、顔が茹《ゆ》だるほど熱くなる俺は思わず尻を叩《たた》く。

「今のはノーカウントになります。ちゃんとハグで割ってくださいねー」

桃亜《とあ》が尻をのけた直後、スタッフのお姉さんから声がかかる。

（ったく……。柔らかいものが来るのは分かってたが、まさか柔らかいは柔らかいでも別のもんを押し当てて来るとは。しかもさっきの体勢、色々とまず過ぎるだろっ）

残像が頭から離れずありえない妄想をしてしまう俺は頭を振って正気を保つ。

「ようし、そんじゃ本格的にいくぞ奏治《そうじ》！　ボクたちの本気を見せてやろうぜ！」

桃亜は呑気《のんき》なもので、さっそく風船を持って互いの下腹部辺りにセットすると俺の腰に手を回してきて――

「そりゃっ！　……って、割れない。もう奏治、ちゃんとやってよ。ほら、ボクのこと、もっとしっかりぎゅっとして？」

（ぐはっっ!?）

憂いが感じられる表情で見上げられ、如何《いか》にも彼女のような甘い台詞《せりふ》を漏らす。

全身が一気に火照るほどの破壊力ある攻撃をくらい、俺は大ダメージをおう。

（ま、まずい……。桃亜が可愛《かわい》い異性にしか見えないっ）

むしろこのシチュでそう見えない男などいるわけがない。

それほどに今の桃亜は女子としての魅力に溢《あふ》れていた。

桃亜が違った生き物に見える俺は、腰の方に手を回しながらも指先に痺《しび》れるような感覚を抱いて触れることさえ敵《かな》わない。

「おーい、聞いてんの奏治？　時間ないって分かってんのかよっ。……あ、ていうかもしかして、ボクとハグするのが恥ずいとか～？」

ぷぷっとでも言いたげな舐《な》めた態度で桃亜が問うてきていた。

「ば、ばばば、バカ。そんなわけ、ない……だろ」

「わははは！　動揺してるのバレバレだってー。そういや前に奏治、成長したボクを女と感じる機会があると困るとか言ってたっけ。オッケー。それならこの機会にボクに慣れさせてやる。奏治はそこでじっとしてて～！　そりゃあっ！」

パンッ！

桃亜が思いっきり体を密着させてハグをする。

おかげで風船は破裂するが、俺はその音にすら一切反応できない。

先程桃亜から受けた精神攻撃プラス、今のハグで脳がショートしかかっていた。

「楽勝～！　一個目クリア～！　次次っと！」

俺の状況など知らず、桃亜は楽し気に次の風船をセットする。

「えいっ！　……――えいっ！　――え～～～いっっ♪」

短時間の間で何度も密着され、休む暇さえ与えられない。

俺は緊張と興奮のあまりどんどん呼吸が短くなっていき限界まで心拍数が上昇する。

そして極めつけは——

「あん？　なんだこの風船、膨らみが足りないのかなかなか割れないいんだけど。ん〜〜っ
……ん〜〜〜〜〜〜〜〜っ！　ふんぬ〜〜〜〜〜〜〜〜〜〜〜〜〜〜〜〜〜〜〜〜〜〜〜ッ！」

「……っ……待て桃亜《とあ》、そんなに何度も……」

むにゅん、むにゅん、むにゅにゅうう〜〜んっ。

ムキになる桃亜が強めのハグを繰り返すせいで、俺の鳩尾《みぞおち》付近にもちもちした弾力ある膨らみが続けて押しつけられ、形を変えながら柔らかさを提供してくる。

既に精神的な限界を超えている俺はまともに思考が働かない。

桃亜はそんな俺にトドメを差すべく、最後にこれでもかというほど強いハグを行う。

「ぎゅうううううっ！」

努力の甲斐《かい》あってようやく風船が割れていた。

達成感があったんだろう。

桃亜のやつが俺にぎゅっと抱きついたまま見上げてくる。

「えへへ〜。どうだ奏治《そうじ》、ボクのハグすごいだろっ♪」

この状況で極上のスマイルを送ってくるんだから、本当にこいつは性質《たち》が悪い。

最後の最後で真のトドメの一撃をくらった俺は、頭が完全にショートしてしばらく黙ったまま動けなかった。

◇◇◇

「ふぅ……残念。規定の数に届かなかったからくじ引きできなかった。でも、奏治《そうじ》の面白い姿も見れたし楽しかった～！　また機会があったらやろうな奏治っ」

「すぅ……はぁ……。だ、誰がやるか。もうやらないっての」

俺は深呼吸した後、何とか言葉を返す。

衝撃的な出来事の連続だっただけに、桃亜《とあ》と直接視線を合わせることができない。

今日が合いでもしたら、ようやく収まり始めた鼓動が再びうるさくなりかねなかった。

「わはは、奏治ってばまだ照れてやんの～。まあ？　ボクの魅力なら仕方ないよねー。あ、それよりちょっと待ってて奏治。トイレ行ってくる」

「あ、ああ。ゆっくりでいいぞ……」

ふざけて色っぽいポーズをとっていた桃亜がトイレの方へと駆けていき、俺はようやく一息つける時間を得ていた。

傍《そば》のベンチに腰を下ろして胸に手を当てる。

（……まだドキドキしてる。さすがに今の桃亜に何度もハグされちゃ仕方ないか。それにしても、いつもと違ってなかなか収まらねえな）

俺は一瞬嫌な考えを抱いてしまい、否定するように頭を振る。

（違う。いつも以上に激しいスキンシップを取ったから一時的にこんな状態に陥ってるだけだ。落ち着け俺……。異性間の友情は、どちらかが相手を異性と認識した時点で終わる。桃亜はお前の友人だ。俺たちにおいては男女間の友情は成立する……いいな、冷静になれ）

焦りながら自分に言い聞かせている時だった。

複数人の足音が俺の前で止まる。見上げると、そこには――

「……た、田中《たなか》？　お前ら、どうして」

最悪なことに、撒《ま》いたはずの田中がさっきの連中たちと一緒に俺の前に立っていた。彼等《ら》は笑顔を浮かべてはいるものの、憎悪めいたオーラをまとっており指を鳴らしている。

「臣守《とみもり》さー、巴《ともえ》さんとは付き合ってないんだよな？　なのに何でカップル限定のゲームに参加してるんだよ？　やっぱりお前、付き合ってないってのは嘘《うそ》だったんだな～？」

「は、はは……待て落ち着け。あれは桃亜からお願いされて仕方なくだな――」

「お前、この期に及んでまだ俺たちに嘘をつくつもりか!?　く～～っ、バカにしやがって。いいか臣守、俺たちだって、俺たちだってな！　巴さんみたいな可愛《かわい》くてバインバインな彼女と付き合いたいんだよ！　なのにお前は、お前は～～～～～～～!!」

（こいつ、やっぱり面倒くせえ……。誤解は解かないと学校で会った際に変な絡み方をされそうだが、この状況で言い訳なんてできそうにないしどうしたもんか――）

俺が困っている時だった。

そこへ、さらに面倒な相手がやって来てしまう。

「あれ、臣守《とみもり》さん！　それに、クラスの田中《たなか》くんたちじゃないですか～！」

「あ、鳴針《なるはり》ちゃん！」

一人で買い物にでも来てたのか、ワンピース姿の鳴針が一人でこちらに駆けて来る。

「あれ、でも臣守さんが巴《ともえ》さんと一緒にいないなんて珍しいですね。何だか、個人的にちょっと残念です……」

「何で勝手に残念がってるんだお前は……。別に励ますわけじゃないが、俺は今日も桃亜《とあ》と一緒だ」

「え、そうなんですか!?」

沈んでいた鳴針がすぐに明るい表情を見せる。

「それより聞いてよ鳴針ちゃん！　臣守の野郎、巴さんと付き合ってないとか言っておきながら、さっきカップル限定でできる風船割りゲームで何度もハグしあってたんだぜ！」

「何度もハグ……何ですかその状況！　わぷー、詳しく聞かせてください！」

興奮気味に目を輝かせてバッグからノートを取り出す鳴針。

「臣守さん、今の話どういうことですか!?」

「やい臣守！　さっきのがどういうことなのか詳しく聞かせろ！」

「ちょ、寄るなお前ら……だからあれは、桃亜から頼まれて仕方なく……。あーもう、桃亜！　早くしろ！　まだか!?」

女子トイレに向かって呼びかけると、タイミングよく桃亜が顔を覗《のぞ》かせる。

「え、なに奏治《そうじ》？　ボク、まだ手洗ってないんだけどー」

「いいから、早く逃げるぞ！　こいつらに絡まれちゃせっかくの休日が台無しだ！」

「わ、ちょっと奏治強引っ。まだ手洗ってないって言ってるのに！」

俺は桃亜の手を引き、一目散に鳴針たちの下から逃げ出していた。

◇◇◇

「はぁ……はぁ……もう、追ってきてない……みたいだな」

「わはは、なんかこれデジャブな気がするー」

「何でお前、そんなにピンピンしてんだよ……」

広い公園の芝生で寝転がる俺は、汗一つかかずに胡坐《あぐら》をかいてる桃亜を見て息を整える。

ちなみに桃亜は公園のトイレで手を洗い済みなので衛生的な問題は解決していた。

「わはは、ボクはガリ勉マンな奏治《そうじ》よりも体力あるからねー。でもさ奏治、このレベルの走り込みを続けたら、体力や精神面に不安があるお前も東日本予選を戦える選手になれそうだよな。何だったらボク、毎日付き合うぜっ」

「そりゃどうも……。でも、何で急にそんな話するんだよ？」

「んふふ〜。だってボク、こないだ奏治が一緒に戦う決断してくれたのが未《いま》だに嬉《うれ》しいんだ〜。協力できることは何だってするつもりだから、いつでも言ってよっ」

太陽のように明るい笑顔は守ってやりたくなるほど一切の澱《よど》みがない。

最近は部活の件で悶々《もんもん》としているのもあり、桃亜《とあ》の申し出は正直ありがたかった。

「さんきゅー桃亜。……今のところ大海原《わたのはら》先生はお前の指導しかやってないし、少しでも強くなるために協力してもらえるのはすごくありがてえよ」

あの人にとって俺はあくまでついで。気が向いたら指導すると言っていた言葉に嘘偽《うそ》りはなかったようで、俺は既に三週間も放置されている。

まあかといって、じゃあ桃亜をバリバリ指導するかというとそうでもなく、たまに細かい指摘を少しするだけで、ほとんど口出ししてこない。いつも俺たちの試合を見てるだけと言ってよく、顧問らしいことはやっていないに等しかった。

「うーん、クーミンなー」

桃亜が腕を組み、大工の棟梁《とうりよう》のような難しい顔をする。

ちなみに、クーミンというのは大海原先生の下の名前「久関《くみん》」から取ったようだ。

桃亜は顔合わせから二日目には先生をこのあだ名で呼んでおり、さすがに自由過ぎるだろうと思ったが大海原先生は桃亜には甘く、特にお咎《とが》めもなかったためすっかり呼称として定着していた。

「ボクを気遣ってか、あまり色々言ってこないのはありがたいけど……。でもそれなら、奏治をしっかり面倒見てあげて欲しいよね」

「俺もそう思わなくはないが、すごい人なわけだし、桃亜のことを見ながら色々と考えてるんじゃないか？」

「そうなの？　わはは。とか言って、実は何も考えてなかったりしてー」

「バカ、それはむしろお前だ」

俺は軽口で返して身を起こす。

すると、ふいに桃亜が妖《あや》しい笑みを浮かべて言う。

「むふ、もしかしてクーミン、ボクが強いからって楽しようとしてないよね～？　ま、でもそれは仕方ないか。だって指導相手はこのボクなわけだし♪」

「こら、調子に乗るんじゃない。ん……でも待てよ。けっこう信頼されてるならゴールデンウィークの部活日程は緩い可能性あるし、遊ぶ時間が取れるかもな」

「あ、確かに奏治の言う通りだっ。ボクの実力を信頼してるなら、クイーン目指すといっても普通に休みをくれそうな気がする！」

「だな。そういやまだ連休の予定を話してなかったけど何するよ？」

桃亜《とあ》と過ごす毎日が楽しいせいもあり、直近の予定を話す暇さえ持てていなかった。

「ボクは奏治《そうじ》が一緒なら何でもいいぜっ。お金かかんないことやろう！」

「桃亜……。——……ああ、さんきゅ。じゃあ今日の帰りにでもじっくり話し合うか！」

桃亜はこう見えて昔から俺の家庭事情を気遣ってくれる。

それは今も変わらずで俺は無性に嬉《うれ》しく、ますます連休が楽しみになってしまう。

（やっぱりこいつは、俺の最高な親友だ。……でも、何だろうなこれ）

「よし、休憩したし、奏治ももう大丈夫だろ！　さっきは邪魔が入っちゃったから、別のゲーセン探そうぜ。今日は今日で遊びつくして、ゴールデンウィークも遊びまくる！　ほら奏治、早くしないと置いてくぞ～！」

「あ、ちょっと待てって桃亜！　ったく、本当どんだけ元気なんだよお前は……！」

その後、俺たちは明後日から始まるゴールデンウィークに想《おも》いを馳《は》せつつ、まずは今日という日を堪能した。しかし、桃亜と別れるまで俺は気が気じゃなかった。

なぜなら風船割りをしてけっこう時間が経《た》つというのに、未《いま》だに胸は異様な高鳴りを見せており、いつもと違ったのだから。

嫌な予感を抱く俺は、きっと気のせいだと自分に言い聞かせ、考えないようにした。

◆◆◆

翌日、俺は桃亜と一緒にいるとやはりおかしな気持ちになることを自覚していたが、意識しないように努めた。

昨日は結局、ゴールデンウィークに何をするかの話はまとまらなかったので、今日は桃亜と一日中予定を話し込んでいた。

放課後になる頃には何となく予定が決まったので、明日を楽しみにしつつ部室へと向かった。だがそこで俺たちは大海原《わたのはら》先生から重大な事実を告げられる。

「連休中はいつが休みかって？　ふふ、おもろいこと聞く子らやな～。巴《ともえ》さんはクイーンを目指しとるんやから、そんな暇あるわけないやろぉ。競技かるた、舐《な》めてるん？　明日から連休の最終日まで、龍国《りゅうこく》の研修会館に他校をいくつか呼んで強化合宿やるさかい、覚悟して臨むように」

「「…………」」

「じゃあ、ゴールデンウィーク中はかるたを読み放題ってこと～？　わぁい、たくさん和歌に触れられるなんて嬉しいなぁ♪」

「へ、合宿？　あの、大海原先生、それって私も参加でしょうか……？」

「鳴針《なるはり》さん、もちろん、あんたも部活メンバーなんやし参加してもらうで」

「そそそ、そんなぁ。連休中に原稿を進めようと思ってたのに〜！　……しゅん」

喜んでいるのは三条《さんじよう》先輩一人だけで、俺と桃亜《とあ》は鳴針同様、合宿の話を聞いて落胆せずにはいられなかった。

（はぁ……どうやら俺たちは大海原《わたのはら》先生を見くびっていたらしいな。前に言っていた通り、しっかり桃亜を育てるつもりはあるようだし、かなり厳しい人のようだ……）

◆十首目　地獄のＧＷ合宿

ゴールデンウィーク初日。

校舎から離れたところにある研修会館三階で、強化合宿の開会式が執り行われていた。龍国《りゅうこく》近郊でかるた部がある高校を八校ほど呼んでの行事の幕開けだ。

研修会館は様々な講習会やセミナー、オリエンテーション、合宿を想定して建てられたものらしく、三階が収容人数百人以上の畳み敷きの大広間、二階が寝泊りできる宿舎、一階に広い調理場、食堂があり、生活するには何一つ困らない設備が整っている。

俺が合宿で一番心配しているのは、桃亜が俺以外のやつとかるたをやることだった。あいつは自分が誰かと対戦することで、相手を傷付け、かるた嫌いにさせてしまうんじゃないかと恐れている。一応事前に三条先輩が気を遣って桃亜と対戦してくれたが、先輩は特に選手として上を目指しているわけじゃないので、大差で桃亜に負けても落ち込んだりはしなかった。その反応を見て、桃亜も少しは前向きになったようだが、俺が心配なことには変わりない。

「てなわけで、皆さんには四泊五日の合宿で試合漬けの日々を送ってもらいます。短い期間とはいえ共同生活、何や色々あるかもしれへんけど、前向きに切磋琢磨《せっさたくま》してかるた道に励むよう努めてください。以上で挨拶とさせていただきます」

今日も袴姿《はかますがた》の大海原《わたのはら》先生が趣旨を述べて挨拶する中、一人だけ寝息を立てるやつがいた。

「くかー……すぴ～っ」

「本当このアホは……。おい、桃──」

桃亜《とあ》に声をかけようとした瞬間、先日から続くおかしな反応が俺を襲う。

(まただ……。ゲーセンの後からマジで何だっていうんだよ)

親友に接触しようとすると活発になる胸を押さえ、こいつは友人だと言い聞かせて平静を保つ。俺は周囲の視線を気にしつつ、目の前で船を漕《こ》ぐ桃亜に小声で話しかける。

「おい桃亜、居眠りかますせいで余計目立ってるぞ」

「んぁ……？」

史上最年少でクイーンとなり、三連覇するという金字塔を打ち建てた有名人とだけあって、周りはその存在に気づいているようで桃亜を見て何やら話している。

「……見ろよ、な？　面影あるし、やっぱり見間違いじゃない。あいつ、巴《ともえ》桃亜だよっ」

「やっぱり、本物……。ずっと眠っていた伝説が復活するって噂《うわさ》、本当だったんだ」

「今回の合宿って総当たり戦だろ？　俺、絶対勝てないよ……」

「びびりすぎ。ブランクあるんだから昔ほどじゃないはずよ。私たちでも勝てるわ」

齢九才の少女がかるた界に示した強さは尋常ではないもので、数多《あまた》の者たちに影響を与えたという。そのせいもあって周囲には復活した桃亜を見て驚く者や対抗心を燃やして鋭い視線を飛ばしてくる者たちが目立つ。

「ふわぁ〜、ねむてぇ……」

だが当の本人は柳に風で周囲の反応を一切意に介していない。

天才、怪物、などと言われるだけあって大物感が半端なかった。

「しっかり起きてろ。後輩の不始末が三条《さんじょう》先輩の責任にされる可能性だってあるんだから」

「もぉ、なんだよ。昨夜、奏治《そうじ》がボクを寝かせてくれなかったのが悪いんじゃん」

「うっ、それは……」

「ボクは早く寝たかったのに、奏治が終わるごとにもう一回って言うから付き合うの大変だったんだからなっ」

昨日、合宿の件が告げられた後、俺たちはゴールデンウィークに休日がないと分かったため、せめて今日遊ぼうという話になって桃亜の家へと向かい、ゲームに興じた。

途中まで俺と熱中してゲームをやりこんだ桃亜だったが、こいつは昔から寝る時間が早いのでやがて風呂へと行き、俺はその間も家ではできない遊びにのめりこんだ。

結局、その後もずるずるとやってしまい、桃亜を何だかんだ十時ごろまで付き合わせてしまったため、この件に関して俺が言い返せる余地はないと言ってよかった。

「すまん、昨日のは完全に俺が悪かった……」

「終わるごとにもう一回って、もしかしてあの人、とんでもない性豪モンスター……？」

「こら、目を合わしちゃダメ。一歩間違えれば子作り合宿になっちゃうかもよっ」

桃亜《とあ》の紛《まぎ》らわしい言い方のせいで誤解されているようだったが、これは俺が受けるべき報いなので堪えるしかなかった。

「はい、ほんならさっそく試合を始めるさかい、準備運動しといてなぁ」

やがて開会式が終わり、大海原《わたのはら》先生が次の行動を促す。

Tシャツに下はジャージという出《い》で立《た》ちの生徒たちが動き出し、俺と桃亜も立ち上がる。

俺は心配事の件を桃亜に問う。

「なあ桃亜、今日から最終日まで総当たり戦で他のやつらと試合するわけだが、無理はするなよ。もしきつくなったら俺に言え。大海原先生に事情を説明してやるから」

「奏治《そうじ》が心配してくれるのはありがたいけど、別に大丈夫だって。それよりも怖いのは、二人でかるたやれる場所がなくなることだし。けどま、もしきつくなった時は奏治に言うよ。でも正直ボクは、今日はそれよりもお前が活躍することで頭がいっぱいだから楽しみの方が勝ってるんだよね～♪」

「え、俺の活躍を期待してるのか？」

「うんっ。だって奏治、確か今までほとんど他のやつらと試合やったことないだろ？」

「まあな……。昔、爺《じい》ちゃんに連れていかれたE級とD級の大会の時ぐらいだ。それ以外はほとんど外で誰かと試合した経験はないいな」

「だろ？　だったら今日奏治の実力がたくさんのやつらに伝わるはずだ。今からわくわくが止まらね～っ」

「はは、そうかい」

友人が自分の活躍を信じ、期待しているというのは嬉《うれ》しいものだ。

俺は親友と言葉を交わして不自然に速まり出した鼓動を無視し、必ず桃亜のためにもいい結果を残してみせると心に誓う。

「よし桃亜、それじゃあ周りもやってるし、俺たちも準備運動始めようぜ」

「おうっ。いつも体育の時に組むやつがいない奏治を、今日はボクが相手してやるっ」

「あのな……他人事のように言ってるけど、それお前のせいでもあるからな？」

と、俺たちが準備運動を始めようとしていると。

「臣守《とみもり》さん、何やってはるん？　あんたはこっちや、こっち」

「え、大海原先生？　こっちって……いやあの、俺は今から試合があるんですが」

そう返すと、先生は袖で口元を隠しながら笑う。

「今回の合宿は龍国《うち》が主催や。お客さんの面倒は基本的にこっちが見なあかん。つまりうちが言いたいんは、この五日間、誰が掃除や食事の準備をするんって話や。とてもやないけどうち一人じゃ回らへんし、巴《ともえ》さんをクイーンに返り咲かせるためにも、あんたには手伝ってもらうで？　ほなこっちや、行こうか？」

そこで他校の生徒がいる環境で不安そうだった鳴針《なるはり》が活《い》き活《い》きとした表情で言う。

「あ、じゃあ私も合宿中はお手伝いですね。まだ一字決まりの七首しか覚えていなくて試合できるレベルじゃないのでホッとしました～」

「鳴針さん、あんたは試合やってくれててええ。うちが手伝いをお願いしたいんは、あくまで臣守《とみもり》さんや。行くで」

「えええっ、臣守さんの方が強いのに何で私が試合組で雑用じゃないんですかー⁉」

「鳴針が雑用でいいとは思わないが、こんなのおかしいでしょ！　引っ張らないでくださいって。俺も試合しなきゃ強くなれないのにそんな……くぅ……と、桃亜《とあ》ーっ！」

「奏治《そうじ》！　ちょっとクーミン、どういうつもりだ⁉　待ってろ奏治、今ボクが――」

だが、そこで桃亜の前に女子のギャラリーが立ち塞がっていた。

「やっぱり、あの巴《ともえ》桃亜さんですよね！　私、昔からファンなんです。サインください！」

「あ、ずるい！　私も巴さんを目指してかるたを始めたのに。私もお願いします……！」

「あたしだって！　女の子なのにかっこいい巴さんが昔から憧れだったんです。お願い、L●NEのID教えてーっ！」

「わあ⁉　お前らなんだよっ。今ボクは忙しくて……って、こら押すな！　押すなってば！　そ、奏治――っ！」

しばらくして。

今生の別れともいえるシチュエーションで桃亜と別れた俺は、会館の二階にいた。

頭には頭巾、口元にはバンダナマスク、体には清掃エプロンという完全武装の格好だ。

「ほな臣守さん、着替えてもろうたところで、今日あんたがこなすメニュー言うで。まずはゲストの皆さんが泊まる二十四部屋分の掃除や。まだみんな上に荷物置いてはるけど、終わり次第移してもらう予定やから、埃《ほこり》一つ残さんよう気をつけつつ早めに終わらせるように。ほんでそれが終わったら、うちが出す車で明日の朝食までの食材の買い出しや。さらにその後は昼食の用意と、終わり次第夕食の準備。三時はおやつとお茶を出す予定やからその準備もやな。あーあと、六時から入浴できるようにしとかなあかんし、大浴場の掃除とお湯張り、湯加減の調整もお願いするわ～」

「――――」

「合宿中、臣守さんには今のメニューを毎日やってもらうから、そのつもりでてきぱき動くように。基本、歩いてだらだらするんはＮＧやで～？　予定は詰まっとるし、常に走って時間を節約できるよう努めて、自分に負けへんよう厳しくことにあたるように」

正直、直前まで試合をする気満々でいたので気持ちが追いついていなかった。そのため、受け入れがたい理不尽な用事を押しつける大海原《わたのはら》先生に抗議しそうになる俺がいる。

（桃亜の指導しかしないのは百歩譲っていい。でも俺だって同じ部員じゃないか。なのに、自分だけ試合をさせてもらえず雑用だなんて……）

一切指導してもらえていないこともあり、つい感情的になりそうになる。

しかし俺はふと、昨日合宿を告げられた後に先生が話していた内容を思い出す。

「明日の合宿の目的は、今まで雲隠れしとった巴《ともえ》さんのリハビリや。あんたが引退しとった間も、他の選手たちは実力の底上げを行ってきた。実力では上回るとしても、経験値的なもんや体力では向こうの方が上やねん。てなわけで連休中、今までの分を取り戻す勢いで試合こなしてもらうさかい、そのつもりでおるように」

この合宿はそもそも、桃亜《とあ》のために組まれたものだという。だったら合宿が予定通り進むよう雑用をこなすのは、廃部阻止のため頑張る親友に協力することへと繋《つな》がる。

それに大海原《わたのはら》先生が俺にやるよう求めてきた内容は、偶然なのだろうがそれをこなせば俺の弱点克服にも繋がりそうなものだ。

（現状、俺に足りないのは桃亜にも言われた体力、そして精神力……）

常に走れという要求に加え、無理ゲーとも思える詰め詰めのスケジュール。

これらをこなせば、きっと体力も精神面も鍛えられるのは間違いなかった。

「どうしたん臣守《とみもり》さん？　返事は？」

「――……分かりました。合宿中は毎日、今言われた用事をこなしてみせますっ」

名人へと至る方法は何も試合をやることだけじゃないはず。

きっと今回のお題は、名人を目指す俺の糧になる。

そう思い、つまらないプライドを捨てる俺は前向きに捉えて受け入れていた。

「ふふ、素直なんはほんまええことや。ほんなら、まずは掃除をはよう終わらせるように」


それからの俺の毎日は非常に忙《せわ》しないものとなった。

まずは朝五時に起きての朝食の準備。選手たちは六時半に起きて七時には飯を食べるので、それまでにご飯やみそ汁、日替わりのおかずを大海原先生と用意して配膳までをこなす。終わったら流し込むように飯をかきこみ、選手たちが使った食器を一人で洗い、次は部屋のごみ回収と軽い清掃。ここには会館の掃除も含まれる。

九時には桃亜を見ていた大海原先生が三階より下りてくるので一緒に車で買い出しへ。

当然、材料の持ち運びは俺だ。今回の合宿参加者は指導者を含めれば全部で約六十人×三食分なので一度の買い物で買う量は半端ではない。購入が終わったら車へ何往復もして詰め込み、学園についてからも駐車場から遠い会館まで何往復もして食材を運ぶ。

もちろんこの間、歩くことなど許されない。

泳ぎ続けなければ開けた口から酸素を取り込めずに死ぬまぐろになった気分だった。

とまあ、こんな調子で消灯の二十一時まで動き回り、朝まで泥のように眠るというサイクルを繰り返す。

しかし、疲れてるのは俺だけではなく選手たちも同じなのは間違いなかった。

競技かるたは試合の進行によって札の位置が変わり、一試合の中で都度暗記をやり直す必要があるので、それだけでも結構なエネルギーを使う。さらには一瞬の速さを競う行為を最大九十九回繰り返すので消費カロリーは凄まじく、一試合で三キロ減ってしまう人もいると聞き及ぶほどだ。そんな頭と体を同時に酷使するハードな試合を一日に十回以上こなせば疲れ果ててしまうのは当然といえる。

いつも元気なあの桃亜《とあ》でさえ、空き時間に俺に絡んでくる余裕はなかったし、そんな状況であれば他人とかるたをやるのがどうのと気にしている暇はないように思われた。

しかし、人間は慣れる生き物。

三日もすれば、雑用で動き回る俺を見て陰口を叩《たた》く余裕のあるやつらも出てくる。

「あの人ってさ、やっぱり弱すぎるから雑用やらされてるのかな？」

「どう考えてもそうでしょ。強かったり見込みがあるなら雑用なんてやらされないって」

「だよねー。そもそも龍国《りゅうこく》って王者とか言われるだけあって他の部は強いけど、かるた部は毎年てんで残念な感じだし、強いのは特待で呼ばれたって噂《うわさ》の巴《ともえ》さんだけで当然か」

「最初見た時は巴さんと一緒にいて本格的なスポーツ眼鏡までかけてるから強いのかと思

ったけど、蓋を開けてみれば飯炊き係……くく、マジで腹痛いわぁ」

「もうダメだよ、じろじろ見て笑っちゃ。本人も気づいちゃうし悪いって～」

（――いや、既に丸聞こえなんだが……!?）

三日目の夜、体の疲れも抜けきらずに既に限界突破している中、俺は食堂でせっせとご飯をよそいながら突っ込んでいた。

すると、内緒話をしている女子たちと同じ高校のＴシャツを着る男子が苦笑しながら彼女たちへと声をかける。

「こらこら君たち、お世話をしてもらっているのに憶測で失礼なことを言っちゃいけないよ。別に試合をして実力を測ったわけでもないんだろ？」

「あ、三萩野《みはぎの》せんぱ～い！」

三萩野と呼ばれた男子は身長一八〇程はある高身長のイケメンだ。少し癖っ毛の茶髪が妙に色気を出しており、嫌みのないさっぱりした笑顔は白馬に乗った王子様を連想させる。

彼が現れた途端、同校の女子たちが周りを囲み、他校の女子たちも色めき立って視線を送る。が、桃亜はというと――

「うへぁー……」

興味もないし疲れの方が深刻らしく、テーブルに上半身を預けてぐだっとしていた。

「……わ………わぷー……」

鳴針《なるはり》はというと、席に辿《たど》り着《つ》くことすらできずに地面に倒れてピクピクしている。

三萩野《みはぎの》が優しく微笑《ほほえ》み、女子たちに言う。

「とにかくいけないよ、人を勝手に推し量ったりしちゃ。彼だって試合をすれば強いかもしれないし、人がいないから仕方なく割り当てられてる可能性だってある。違うかい？」

「確かに三萩野先輩の言う通りですね♪　雑用くんだって強いかもっ」

「でもでも、三萩野先輩には敵《かな》わないですよね？　だって先輩今日も、C級なのに他校のB級選手を寄せ付けないレベルの強さだったですし」

「本当先輩ってすごいですよね！　だってまだかるたを始めて半年ですよ。なのにもうC級だし才能ありまくり。やっぱりバスケで全国行ってた人は何やらせてもすごいな〜！」

「はは、そんなことないさ……。僕だって最近は伸び悩んでる。いつB級に上がれるかは分からないんじゃないかな？」

「えー絶対連休明けの公認大会で昇段できますってー。三萩野先輩はすごい人ですし！」

二枚目なだけではなく、性格もよくて謙虚。

非の打ちどころがない存在といってよく、何だか眩《まぶ》しく感じられてしまう。

だが、今の俺はそんなことより時間通りに夕食が始められるかの瀬戸際だったので、脇目も振らず黙々と作業する。

と、そこで三萩野が時計を確認して俺へと視線を送り——

「君たち、それより彼一人だと大変だ。少しは合宿にも慣れて余裕が出てきているようだし、彼を手伝ってあげよう」

『はーい！』

女子たちが素直に返事をして俺の下へとやってきて配膳を手伝ってくれる。

（――三萩野か……。いいやつっぽいけど……いや、深くは考えないでおこう）

今は急ぐべきなので、俺は先程まで自分の愚痴を言っていた女子たちに軽く礼だけいって作業に集中したのだった。

そして翌日、合宿四日目の午前。

連日にわたる過酷な作業で体が悲鳴を上げる中、俺は意外にも束《つか》の間《ま》の休息を得ていた。

なんと今朝、大海原《わたのはら》先生から昼は弁当をとるので昼食の準備は不要と言われたのだ。

疲れている俺を気遣ってくれたのかは不明だが、おかげで次の作業時間になるまでゆっくりすることができている。

「はぁ……本当に助かった」

正直、疲れがピークで体よりも先に心が折れそうだったので、ここでブレイクできるのはありがたいとしか言いようがない。

（でもこれくらいで音を上げてる内は、名人に届きっこないよな。特にメンタル面をしっ

かり強化していかねえと）

競技かるたはどうしても、精神的な弱さが原因で守りに入ると負の連鎖に陥りやすい。自陣はとれても敵陣に手が出にくくなる上に、相手に及び腰なのが伝わり、桃亜《とあ》みたいな強い選手が相手だと精神的に崩そうとして果敢に自陣を攻め込んでくる。

そうならないためにも、俺みたいに攻めがるたを教わってきた人間は、不利な状況に陥った時でも守りたい欲をぐっと我慢できる強い精神力が必要だった。

例えば、今グラウンドを走っている桃亜のような強さが。

「はあっ……はあっ……負けて……たまる……もんかぁぁああっ！」

先頭の後を辛《つら》そうに走っていた桃亜が活を入れてトップへ踊り出るところだった。

今、桃亜を含む選手たちはサッカー場を囲む陸上コートでマラソンを行っている。

大海原《わたのはら》先生は俺と同じく桃亜の疲れも限界なのを察したのか、ここぞとばかりにマラソンメニューを課していた。

「桃亜のやつ、頑張ってるな。やっぱりあいつは強いよ……」

俺は本当は部屋でゆっくりしていてもいいのだが、桃亜が心配でこうしてグラウンドの日陰で見守っている。

桃亜があんなに必死なのは、何としてもクイーンになるために違いない。

俺も頑張らなければと改めて自分に言い聞かす。

（しかしマラソンか。効率的に体力と精神力を鍛えるなら、けっこうコスパよさげだな）

などと冷静に分析していると、ふいに横から声がかかっていた。

「彼女、頑張ってるよね。かるたも強いし、さすが史上最年少クイーンだ」

「っ!?」

ぎょっとして立ち上がると、昨晩女子たちを誘導して助けてくれた三萩野《みはぎの》がいた。

「あんた、確か、女子たちに声掛けをしてくれた……」

「？　ああ、昨夜の一連のやりとりを聞いていたのか。うちの後輩たちが悪かったね。どうか許して欲しい」

「いや、結局手伝ってもらったからいいけど……。とにかく助かった。ありがとな」

俺は初対面の相手にぎこちなくお礼を言うと、三萩野は静かに微笑《ほほえ》んで壁に背を預ける。

「せめてもの償いさ、気にしないでくれ」

「………………」

やべ、今までの人生において同年代の男子とまともに話す機会多くなかったし、何話していいか分かんねえな。……き、気まずい。

手持無沙汰にする俺だったが、ふと疑問を抱くので訊《たず》ねる。

「ん？　ていうかあんた、練習に参加していないってことは体調でも悪いのか？」

三萩野が弱ったような笑顔を浮かべて俺を見た。

「以前バスケをやっていた時に怪我《けが》をしたせいで、あまり足の調子がよくないんだ。バスケでは全国にいくほど活躍はしていたんだけど、怪我の後遺症でやめざるをえなかったんだよ。だから激しい運動はちょっとね……」

「……そうか、聞いて悪かったな」

「いいさ、落ち込む時期はもう過ぎた。今はこうして目標を新たに前へと進んでる。君が気にすることじゃないよ」

高い位置から真っ白な歯を見せて爽やかな微笑を注がれる。

(何だろう。昔見た誰かと重なる気が……——誰だったか?)

そう思いつつ、三萩野《みはぎの》の長い腕と大きな体躯《たいく》に目が行く。

C級という話だったのでそれほど強くはないんだろうが、こういう選手を相手にするとプレッシャーがすごそうだと考えてしまう。

三萩野がトップを走る桃亜《とあ》を見つめながら語る。

「僕もかるた界でいう彼女程じゃないけど、バスケ界ではそこそこ名の知れた選手だったんだ。でも怪我のせいで全てを失った。うちはスポーツ一家だから、両親には残念がられたよ。けど、一番残念だったのは僕だ。スポーツで輝くほど楽しいことはないからね」

「……もしかして、かるたを選んだのはそういう理由なのか?」

競技かるたは文化系に見られがちだが、れっきとしたスポーツだ。

札を取る際は全身を使うため下半身も重要だが、他の競技ほど激しい動きを延々と繰り返すわけではないので、怪我持ちの三萩野でもプレーできるんだろうと思われた。

「ああ、その通りさ。しかし、スポーツはいい……。実にいいっ」

「ん？　――……っ!?」

スポーツの話題になった途端、三萩野の笑顔が爽やかさを増してこれでもかというくらい眩《まぶ》しく輝く。おかげで俺はぎょっとして黒縁眼鏡がずれてしまう。

三萩野は大仰に両手を広げながら、

「大舞台で輝く高揚感。浴びせられる声援、拍手、歓声。相手が強ければ強いほどそれらは際だったものとなり、僕を最高の感動へと導いてくれる。そう、つまりスポーツは僕にとって最高のエンターテインメントってわけなんだ！」

（……はは。やっぱり、ただのイケメンじゃなかったな）

俺は昔いじめにあっていた関係で、いない者として扱われることが多かった。おかげで色んなやつの表も裏も見ることになり、人が何かしら欠点や癖を抱えていることを知っていた。だから三萩野のような善人を見た時も何かあるとは思っていたが、どうやらこいつの場合、スポーツをこよなく愛するスポーツ狂という特徴があるらしかった。

三萩野が自分の言説に酔うように額に手を当ててほくそ笑む。

「スポーツで注目される楽しさを知っている身としては、バスケはできずとも他の違う競技でもいいからもう一度輝きたい——そんな風に悩んでいる時にこの競技に出会った。だから僕は本当にかるたには感謝しているんだよ」

きざっぽい仕草で髪をかきあげる三萩野《みはぎの》を白い目で見つめる俺だったが、その言葉を聞いてふと思う。

(——かるたがなかったら、きっと俺は桃亜《とあ》と親友になれていなかったよな)

そう思うとぞっとするし、かるたには感謝してもしきれないので気持ちは分かる。

だが、三萩野は俺とは違う。

「そんなに目立ちたいものか？　俺は別に親友とかるたをやれればいいから、よく分からないんだが」

三萩野の心地よく伏せられていた目が、はたと開いていた。

「やれればいい……。なるほど、君はそういう考えの持ち主か」

どこか乾いた笑みが漏れた後、三萩野が壁から背を離して俺を見据える。

表情は穏やかだが、瞳には侮蔑の色が滲《にじ》んでいるように見えた。

「君がどうして飯炊き係なのか分かった気がしたよ。僕はそうじゃないと思っていたのに、今ので何となく実力も分かった……。上を目指さず、やれればいいだなんて、きっと最高の舞台でプレイしたことがないんだね。何とも哀れだ……」

「……」

本当は名人を目指しているが、最高の舞台でかるたを取ったことがないのは事実なので俺は特に何も言い返さない。何より誰かから疎まれることには慣れているので、よく思われようと思って否定するつもりは一切なかった。

「ちなみに最後に参考までに。君、階級は何になるんだい？」

「C級だけど？」

「僕と同じC級か……」

三萩野は何やら神妙な面持ちで考えた後、

「かるたを始めて半年近くでここまで来たが、どうやら僕は早くB級へと上がった方がよさそうだ。君のように志が低い相手が多い階級では、上位に進んでも感動を覚える試合はできないだろうからね。それに同じ東京なら、君と当たる可能性もあるわけだし」

「そうかよ。じゃあさっさと上に行くことだな。あんたがC級にいる限り、俺なんかと当たって負ける可能性は常にあるんだから」

特に意識せず確率的な話をしただけだったが、三萩野がその言葉にくいつく。

「はは、君が僕に勝つ？　言っておくけど、僕はB級相手にも難なく勝つ選手だよ？　あまり大見得《おおみえ》を切ると、あとで自分が恥をかくことになる。調子に乗らないことだね」

三萩野が挑発的な笑顔を浮かべて去ろうとする。

だが、最後に俺の脇で止まると冷たく囁《ささや》く。

「もし、君とやる時がくれば全力で叩《たた》き潰《つぶ》そう。相手が非力過ぎる場合、対戦する僕も観客も面白味《おもしろみ》がなく、それだけでスポーツとしては罪だからね」

「……あんたの好きにしてくれ」

興味なく返事をすると、三萩野《みはぎの》は陽《ひ》の下へと出て去っていく。

暗がりにいる俺とは対照的に、その背中は眩《まぶ》しく感じられた。

◆◆◆

その日の夜。夕食後に俺が全員分の食器を全力で片づけていると、大海原《わたのはら》先生から二階の自分の部屋へ来るよう声がかかっていた。

何事かと思いながらも作業を中断し、俺は先生の後に続いて部屋へと入る。

「し、失礼します……」

「あ、奏治《そうじ》……ひさしぶり～……。……うはぁー」

「桃亜《とあ》……何だよお前、その格好」

室内には桃亜がおり、稽古着姿で大の字になっていた。面と向かって顔を合わせるのは確かに久々なのだが、それにしても格好が無防備過ぎる。シャツがわずかに捲《まく》れてヘソが見えているものの、正直疲れているのでそれ以上突っ込む気にもならない。しかし、それでもゲーセン後から続く俺の異変は続いているようで、静かに鼓動が活発になり始める。

「お前、他の選手と同様にかなりバテてるみたいだな……。まあ、俺もだけど」

「しょーがないだろー。ただでさえ疲れてるのに、クーミンがマラソンさせんだもん」

「あはは、こうなっちゃうのも仕方ないよね……。臣守《とみもり》くん、今日は大目に見てあげて～」

「三条《さんじょう》先輩……」

桃亜の傍《そば》には先輩が見守るように正座しており、団扇《うちわ》で扇《あお》いでいる。

きっと体の熱が引き切らない桃亜のための処置なんだろう。天使だ。

先輩は恐らくこの四日間、百人一首読みあげ専用機・あり●け（ランダムに読んでくれる）などを使わない形で全ての試合で和歌を読んだに違いない。桃亜と同じで久々に話すが、普段は美しい声に少し掠《かす》れが感じられた。

「ところで鳴針《なるはり》がいないようだが……」

「あー、うにうには完全にバテちゃってて、部屋で死ぬように寝てる……」

（まあ仕方ないか。あいつ、普段は漫画ばかり描いてて運動してるイメージないし……）

「なんやしゃーないな。まあええ。ほな、明日は片づけやらで時間とれん上に、もう日数もあらへんから先に今後の予定伝えとくで」

「ほら、桃亜」

「んー」

先生の話が始まるので俺は少し躊躇《ちゅうちょ》を覚えながらも桃亜《とあ》の手を引っ張って起こした。

「連休明けた三日後の土曜、文京区で公認大会があるさかい、二人には出てもらうからそのつもりで。まあ公認大会言うても、巴《ともえ》さんは既にA級九段で昇段は関係あらへんから単なる腕試しってところやな」

公認大会は昇段試験も兼ねており、階級別の試合で上位に入ると級位を上げることができるが、先生の言う通り既に桃亜はA級最上段に近いので関係ない。むしろ関係あるのは、

「で、臣守《とみもり》さん、あんたは確か前に話聞いた時、C級や言うてたやろ？　名人目指してるなら十月の東日本予選までにはA級になっとかなあかん。それは分かってるな？　あと週末の大会、学園長命令でC級で優勝するようお達しがきてるから頑張るように」

「え、学園長命令……？」

俺が問いかけると大海原《わたのはら》先生が少し重たげに頷《うなず》く。

「そうや。ちなみに、C級の大会で一位になれへんかった場合やけど、あんたにはかるた部をやめてもらう」

「……っ」

あまりに唐突な内容で俺は言葉を継げずに固まってしまう。

真っ先に目の色を変えて反応したのは疲れているはずの桃亜だった。

「はあ!?　一位になれなきゃ奏治《そうじ》が部をやめる!?　クーミン、何言ってんだよ！　奏治は

ボクと一緒にトップ目指すって言ってるのに、何で一位になれなかっただけでやめなきゃいけないんだ！　そんなの絶対おかしいだろっ⁉」

「うちに言うても知らへんわぁ。全ては学園長が言うてることやねんで？　けどまあ、学園長も上から色々言われてるようやし、仕方ないんとちゃう？　臣守さんは本来勉強特待生なわけやし、学園側からしたら部活にかまけて成績落としてもろうたら困る。せやから大会で結果を残せへんようなら時間かけるだけ無駄やし、強制退部にして勉学に集中してもろうた方が学園的には得。特待生は確か、特例で部活所属せんでもええんやろ？」

「ううっ……何だよあのおっさん。またわけわかんないこと言いだしやがってっ」

桃亜は焦りと怒りが去来しているようで、拳《こぶし》を握ってわなわなと震えている。

その反応は無理もないことだった。

こいつは俺との大事な場所を守るため、クイーンを目指している。なのにクイーンになったところで肝心の俺が部にいないんじゃ頑張る意味がない。怒って当然だ。

しかし、俺は動揺してはいたものの、学園長の言っている意味を理解できるだけの冷静さは残っていた。

（龍国《りゅうこく》はトップ至上主義……。学園側が各特待生の能力に応じた結果を望むのは当然だ）

俺の場合は勉強で全国レベルの活躍をすることを期待されて推薦で選ばれてる。

桃亜と違って実績のない競技かるたに時間を費やして芳《かんば》しくない結果を残すくらいなら、

本業の勉学に早々にウェイトを置くべき、その考えは普通に理解できてしまう。

この状況で俺が取るべき選択肢は一つしかなかった。

正座する俺は唇を引き結び、真っ直《ま す》ぐに大海原《わたのはら》先生を見据えて告げる。

「わかりました。それしか俺が部に残る方法がないっていうなら、一位になってみせます。ただし約束を果たせたら、もう二度と後付けの要求をしないよう学園長に伝えてください。また同じことが起きれば、クイーンを目指してる桃亜《とあ》に迷惑ですから。お願いします」

「奏治《そうじ》……」

頭を下げる俺を見て桃亜が不安げに名前を呼ぶ。

「ふふふ。普段はなよっとしたイメージやのに、ここぞという時の決断力と負けん気は大したもんやわ。ええで、あんたの気持ちはうちがしっかり伝えといたる。ただし、約束は約束や。無理やったら退部してもらうで。試合には覚悟して臨むように」

「え、え〜っ……！　臣守《とみもり》くん、本当にそれでいいのぉ？」

三条《さんじょう》先輩はわたわたしていたが、学園長命令なだけにそうするより他ない。

その後、入浴時間まで残りわずかとなっていたのもあり、大海原先生は早々に解散を告げてミーティングはお開きとなった。

◆十一首目　二人の居場所

その夜、俺は寝付けずにいた。

合宿中はいつも布団に入った瞬間記憶が飛んでいたが、退部の件が頭を過《よぎ》るせいでなかなか眠れなかった。

「……C級の大会で一位か」

なってみせるとは言ったものの不安しかない。

というのも、現在の自分の実力が周りと比べてどの程度か分からないためだ。

この合宿で試合をできていれば一種の試金石にはなったんだろうが、残念ながら雑用ばかりだったので参考になるデータが何一つない。

「——……いや、待てよ。そういえば昔、けっこう有名な選手に勝ったことがあったっけ」

小学生時代の記憶だが、そいつは俺と同い年で若い世代の中ではかなり強い選手だと桃亜が話していた気がする。

（……顔は何となく覚えてるんだが、名前は何だっけか？）

まあしかし、所詮それも数年前の話、正直当てにはならない。

「あとは、今の桃亜から三枚くらい取れるのが、どれだけの価値があるかってことくらいか。それが分かれば、周りと比べる指標にはなるかもな……」

などと一人考えを巡らしている時だった。

……もぞもぞ。

暗闇の中、俺が入る布団の足元付近で何かが蠢《うごめ》いた気がした。

気のせい？　と、俺は一瞬思うのだが……再び。

……もぞもぞもぞ。

（やっぱり何かいる！）

そう思った矢先、その何かが急にせり上がってきて、次の瞬間。

「ばあっ！」

「ぎゃあああああああああああ！」

月明かりが差し込む薄闇に男とも女ともとれない顔が突如として現れ、俺は叫んでいた。

「バカ！　大声出すなって奏治《そうじ》……！　ボクだよ、ボクだってば……!!」

口元が手で覆われる中、桃亜《とあ》の声がすることに気づく。

激しい動悸《どうき》と混乱に見舞われる俺だったが、何とか状況を呑《の》みこんで心を落ち着かせる。

「はぁ、はぁ……お前かよ桃亜……！　バカな真似《まね》するせいで心臓が止まるところだっただろうがッ。……つか、いつの間に入った!?」

「わはは。やっぱボクのアトミック忍法の前では、奏治も気づくことすらできないよねえ。反応おもしろかったし、またやろーっと♪」

「アホ、次やったらナックルプロレスの刑だからなっ」

俺は馬乗りになられた状態で頭へチョップをかましてお仕置きとした。

その後、桃亜は俺の隣で横になっていた。

本来なら明日もあるし、誰かに見つかると不純異性交遊として処理されかねないのですぐ帰すところだが、俺はひとまず様子を見ることにした。

（くそ、また胸の鼓動がうるさくなってやがる……。やっぱり俺、桃亜のことを……？）

風船割りゲームをして以来、おかしな現象は続いている。しかも今は同衾《どうきん》しているのもあってか余計に鼓動がうるさく感じられるが、俺は敢《あ》えて目を瞑《つぶ》ることにする。

（――……桃亜はマラソンをして今日は合宿の中でも一番疲れているはず。なのに俺のところに来たってことは、理由は一つだろうな……）

何となく予想を立てる中、仰向《あおむ》けの桃亜がようやく口を開く。

「なあ奏治、大丈夫だよな？」

「……Ｃ級の大会のことだろ？」

「うん。ボクは奏治のこと信用してるけど、お前ってほら、メンタル弱いじゃん？」

「うっ」

本当のことなので否定はできない。

「あと、それなりに人が集まる大会の決勝だと注目されるし、基本勉強ばっかで引きこもってきたコミュ障の奏治《そうじ》にはきついと思うだんよね」

ぐさぐさぐさっ。

(ぐうっ……そこまではっきりと)

恨み言の一つでも言いたくなるが、心配させているのは俺だ。

今は黙って桃亜《とあ》の不安を少しでも取《と》り除《のぞ》くべく話を訊《き》くことに専念する。

少しシンと静まり返った後、桃亜がポツリと言う。

「……奏治、本当に大丈夫？」

(……あっ)

横を見ると、寝返りを打った桃亜が不安げな表情で俺を見つめていた。

いつもは男顔負けの活発な表情をすることも多い。

だが今は本気で心配しているせいか、弱々しさが感じられる物憂げな面持ちだ。

月明かりに照らされる影響で、女らしい容姿の魅力がこれでもかというほど引き出されており、俺は円《つぶ》らな瞳で見つめられるだけで心が大きく揺れ動いてしまう。

おまけに大き目のTシャツに包まれる膨らみが横になるせいで歪《いびつ》な潰れ方をしていて、余計に豊満さと柔らかさを強調している。おかげで俺は嫌でも異性として見てしまう。

(見てない。俺は何も見てないっ)

俺は自分に言い聞かせ、反対方向に寝返りを打って目を閉じて心を落ち着かせる。

すると、桃亜が布団から出る気配を感じとり、そのすぐ直後――……もぞり。

「もお。ボクは真剣に話してんだから逃げるなよ奏治っ」

「!?」

桃亜のやつは俺が寝返りを打った方向から布団に侵入を果たし、まるで浮気を追及する彼女のように少しご立腹な様子で俺を睨んでいた。

「っ……くぅ…………――はぁー……」

さっきよりも至近距離であるにもかかわらず、桃亜に照れや遠慮は一切ない。

こっちだけ動揺してバカみたいだと思った俺は、呆《あき》れるように溜《た》め息《いき》を漏らしていた。

年頃の男女が同衾《どうきん》しているというのに桃亜はいつも通りなので、俺は早鐘を打つ鼓動をよそに少しだけ冷静さを取り戻す。

「別に、逃げたわけじゃねえよ……。……とにかく桃亜、俺のせいで心配かけて悪いな」

「ううん、いいよ別に。だって奏治は仕方ないだろ？　根っからの陰キャで引きこもり体質のガリ勉マンなんだし」

「あのな。お前は擁護してるのか貶《けな》してるのか分かりづらいんだよ」

俺はすっぱい表情で睨んだ後、仕切り直すように真剣な面持ちで言う。

「桃亜は何も心配しなくて大丈夫だ。お前は何も気にせず、当日は自分のなすべきことをなしたらいい。俺も負けじと全力で目標を達成する。何しろ一位になれなきゃ、部に残ってお前とかるたができなくなるんだ。何が何でも、優勝してみせるさ」

仮に退部になったとしても、かるた部に出入りできるだろうと思うのは甘い考えだ。それだと意味がないので、恐らくあの学園長は退部後に出入りしてると分かったら特待生の処遇を剥奪《はくだつ》するなどのペナルティを設けるはずだ。

何となくそうなると分かるだけに、絶対に今度の大会は優勝しなければならなかった。

「…………」

「…………」

なぜか桃亜《とあ》が無言でじっと見つめてくるので、俺も雰囲気に堪えて見つめ返す。

ここで目を逸《そ》らしては、こいつを安心させることができない気がした。

それから、しばらく視線を交わした後、

「おぉ、再会してからあんまりボクと長く目を合わせなかった奏治《そうじ》が逸らさなかった。目は口ほどに何とかっていうし、けっこう本気みたいだから大丈夫そうかも！」

「判断基準はそこかよ。まあ、人の本気度を測るには一つの方法なのかもしれないが……なんていうかお前、その辺は女性のそれなんだな」

まるで男の本心を探るいっぱしのレディのよう。

男っぽい桃亜も立派な一人の女子なんだなと改めて実感する。

「あん？　何の話？　よくわかんねえけど、奏治がボクと同じくらい危機感を持ってるっ

て分かったら安心しちゃった。それだけ緊張感もって挑めば大丈夫そうだし、何より奏治《そうじ》は強いから問題なさげだなっ」

「はは。ああ、桃亜《とあ》が心配するほどじゃないから、分かったらさっさと自分の部屋に帰って寝ろ。大海原《わたのはら》先生にでも見つかったら、多分お前といえども怒られるぞ？」

と、目を伏せて語る俺が桃亜を見ると。

「すぅー……すぴぃ〜〜っ」

「ってここで寝るなよ!?」

気持ちよさそうな顔で清々《すがすが》しいほどの爆睡をかます桃亜がいた。

つうか寝るのはやっ！

しかし、突っ込んだところで後の祭り。

桃亜はいくら揺すってもわけのわからん寝言をのたまうだけで起きなかった。

「まったく、仕方ないやつだな……」

桃亜は三条《さんじょう》先輩たちと同じ部屋なので今から運び込むわけにもいかない。

一晩俺の下で寝かせて、朝こっそりと帰すしかなかった。

俺は桃亜が風邪《かぜ》を引かないよう掛け布団を譲って肩までかけてやる。

「よもすがら〜、ものおもうころは、あけやらで〜……むにゃむにゃ……奏治〜っ」

「あでっ!?」

桃亜が横に倒した腕が顔面にあたり、俺は一人呻《うめ》くが親友の寝顔を見て微笑《ほほえ》んでいた。

「本当、よっぽど信頼してくれてるんだな。俺の言葉を聞いただけで安心して寝やがって」

一瞬で寝るほどなので、きっとかなり眠たかったはずだ。

なのに俺のことを心配するあまり、誰かに見つかるリスクを冒してまで部屋に来た。

親友を愛らしく思い、この横顔をいつまでも眺めていたい気持ちになってくる。

そこで桃亜の顔が寝苦しそうに歪《ゆが》む。

「う〰〰ん……奏治ー、もう離れ離れは……ごめんだからな～」

「……桃亜」

俺はその言葉を聞いて、考えるように仰向《あおむ》けになって目を閉じる。

（桃亜の言う通り、ようやく再会できたっていうのに離れ離れは絶対にごめんだ）

小学生時代、桃亜の転校が告げられた時の記憶が断片的に蘇《よみがえ》る。

「転校!?　しかももっと前に出てた話って……桃亜、何で早く言わなかったんだよ!?」

「仕方ないだろ！　ボクの父ちゃんの仕事の都合で、まだはっきり決まってたわけじゃなかったんだから！　とにかく、全部あのハゲが悪いんだーっ！」

「いや、別に桃亜の父ちゃんはハゲてないだろ……って、そうじゃなくて！　もっと早く言ってくれれば、俺からお願いすることだってできたかもしれないじゃないか！」

「子供がお願いしたところで何も変わらないに決まってるじゃん……。奏治《そうじ》は何も知らないからそんなことが言えるんだ。バカ……」

「な、何だよ!? 別に俺が悪いわけじゃないだろ!?」

「ボクが悪いわけでもない！　あーもう、何だよ。人が勇気出して言ったのに、何でボクが責められなきゃいけないんだ……。奏治のドアホ……もうしらねえ！」

「あ……おい待てよ。桃亜《とあ》っ……！」

終業式の一か月前のやりとりで俺たちは喧嘩《けんか》をした。

俺は突然の報告で焦るばかりで余裕がなかったし、桃亜の方もまだ事実を受け入れられていなかったようで余裕がなかった。どっちが悪いっていうのは正直なかったと思うが、それから俺たちは一切言葉を交わさなくなった。

離れ離れになるという事実を直視したくなくて、互いに接触したくなかったんだと思う。

そして終業式当日、式の終わりに一言だけ桃亜が俺に話しかけてきた。

「今日の午後、三時に家を出発するから……」

やりとりはそれだけ。

あんなに毎日遊んで最高に仲がよかったのに、俺が学校で親友と最後に交わした言葉はそれだけだった。

最後にちゃんと会って別れの言葉を伝えたい気持ちはあったが、一か月もまともに話していない気まずさと、大好きな親友と本当にこれっきりになるんだと思うと怖くて、なかなか桃亜の家に向かう勇気が出なかった。

けど、あいつは俺にとって初めての友人であり、他に代わりなどいない唯一無二の親友。

喧嘩をしていようが大事な存在なのは変わらない。

だからこそ、離れ離れになるんだとしても、これで関係を終わらせたくはなかった。

でも、このまま別れれば、今後俺たちはどうなるか分からない。

最悪、二度と連絡を取ることもないかもしれなかった。

——……そんなのは、絶対に嫌だっ。

そう思った時には、俺は家を飛び出していた。

全力で自転車を漕《こ》いで通い慣れた桃亜の家へと向かった俺だったが、到着する頃には三時を過ぎていた。

しかし、あいつは俺をギリギリまで待っていたのか、家付近まで来た時、ちょうど母親に連れられて肩を落とした様子で車に乗るところだった。

すぐに扉が閉まり、車はゆっくりと発進する。

「桃亜っ！」

俺は自転車を必死に漕ぐが間に合わない。

焦ってペダルを踏み外したせいで激しく転倒し、膝《ひざ》を擦りむいて出血するが、痛みなど感じる余裕もなく、すぐに立ち上がって走り出す。

「桃亜《とあ》……桃亜────っ……!!」

何度も、何度も名前を叫ぶ。

だが、俺の想《おも》いとは裏腹に車は徐々に加速して距離を離していく。

「いやだ……もう独りはいやだっ！　頼む桃亜……おいていかないでくれ……！」

ふいに大粒の涙が頬《ほお》を伝い、心の声が漏れる。

俺はいじめられても泣くことはなかったが、桃亜と出会ってたくさんのことに気づかされた。その中の一つが、俺は強いわけでも何でもないということ。傷ついた心から必死に目を逸《そ》らしてきただけの、ただの意地っ張りな寂《さみ》しがり屋《や》という事実だった。

だからこそ等身大の自分のままに叫んだ。

行かないでくれ。傍《そば》にいてくれと。

俺の声が届いたわけではなく、単に桃亜が最後にもう一度後ろを確認したんだろう。

走り続ける俺は、涙で滲《にじ》んだ視界に窓から顔を出す桃亜を捉えていた。

「奏治《そうじ》────ッ!!」

「桃亜っ……!!」

あいつの声も俺と同じで震えており、瞳からは光るものが落ちる。

ようやく気づいてもらえたが、酸欠なのもあって最後に何を伝えたらいいか分からない。

仲直りの言葉や、引っ越し後の連絡手段はどうするかなど、話すことは色々あった。

でも、桃亜は俺なんかよりも分かっていたんだと思う。

今、一番どういう言葉が俺たちにとって必要なのかを。

だからあいつは叫んでいた。

「せをはやみ、いわにせかるるたきがわの！」

（――あっ）

百人一首の七十七番。

再会を誓った歌、その上の句だった。

俺が一番思い入れがある札であり、あまり歌の意味を知らない桃亜に以前教えたことがあった。

俺も咄嗟《とっさ》に息が苦しいながらも叫びかえす。

「われてもすえに……あわむとぞおもう！」

もう体力はそこで限界だった。

俺は足を止め、車はどんどん遠のいていく。

桃亜が最後に声を振り絞っていた。

「奏治ー！　必ずまた連絡するっ。ボクたちは離れても、一生友達だーっ!!」

「はぁ……はぁ……。桃亜…………あぁ……当たり前だ。……ずっと、友達だっ!!　あと……俺、次会う時までに、お前より強くなっててみせるからッ……!!」

それから俺たちは、親同士が仲が良かったのもあって再び繋《つな》がることができ、高校で再会するまで毎日のように連絡を取り合ったのだった。


「――……」

仰向《あおむ》けで懐かしい記憶に耽《ふけ》っていた俺の表情は穏やかなものに違いなかった。

桃亜《とあ》が横で寝ている状況で未《いま》だに心臓は嫌な音を立て続けているが、今はそんなことどうでもよかった。

(俺たちは長い時間を経て、ようやく再会できたんだ。だからこそ、何としても――)

やがて目を開けた俺は、表情が引き締まる感覚を覚える。

(今度のC級の大会、絶対に優勝してみせる)

桃亜の言った通り、もう離れ離れになるのはごめんだ。

こいつと一緒にいるためにも、負けるわけにはいかない!

◆幕間《まくあい》　虚《うつ》ろな目の化物

何度も畳を打つ音が響き渡る。

連休明け、まだ陽《ひ》の高い夕刻。

日本庭園を備えた立派な屋敷の縁側で、諸賀鏡花《もろがきようか》は電話をしていた。

『諸賀先生！　今の話は本当なんですね!?』

「嘘言《うそゆ》うたってしゃあないやろ？　もちろん、ほんまの話や」

電話の相手は扇橋要《おうぎばしかなめ》で、受話口からは冷静さを欠いた声が響く。

「ま、あんたが驚くのも無理ないわ。ずっと意識してきた二人が、同時に表舞台に出てくるんやから。そういう意味では、情報をくれたあの女には感謝やな」

『……次の土曜、ですね。その日に東京へ行けば、彼等《ら》の試合が見れる……っ』

鏡花は電話越しでありながら、教え子の武者震いを感じ取っていた。

長年、要は今か今かと雪辱を果たす機会を待ち続けて鍛錬を積み重ねてきたのだ。

前のめりになってしまうのは無理もないことだった。

「その日は稽古日で、あんたへの取材もある予定やけど、別に行ってきてええで。その方があんたにとってもいい刺激になるやろうし」

『先生……』

師が快くそう言ってくれるのは、要《かなめ》が今以上の結果を残すことを期待しているからだ。賢い弟子はその想《おも》いをくみ取り、気を引き締める。

『ありがとうございます！　相手をしっかり観察し、自分の糧にできるよう努めます』

「ふふ。ほな、伝えることは伝えたし、もう切るで。今はお得意さんの指導中やさかい」

――バンッ……!!

電話を終えた鏡花《きょうか》が、後ろから聞こえ続けていた音の方を振り返る。

「……」

竜胆《りんどう》の間と呼ばれる和室で、黙々と素振りを行うのは一人の小柄な少女だ。

視認不可能な素振りを繰り返しながらも息一つ乱していない彼女は、糊《のり》のよくきいた行灯袴《あんどんばかま》を身に着けており、無言で素振りを続ける。その度にカチューシャでかきあげられた美しい白銀色の長髪が揺れる。彼女の瞳には色が灯《とも》っておらず人形のよう……。きっと見るものが見れば死人のように映るに違いない。それほどに人ならざる気配が漂っている。

「ほんで？　話戻すけど佐叉実《さざみ》、あんたはどないするん？」

「……」

巴桃亜《ともえとあ》が長い眠りから復活する――

鏡花は大海原久閔《わたのはらくみん》よりかるた界を揺るがす一大ニュースを聞き、誰よりもその知らせを待ち望んでいるであろう美福門《びふくもん》家の跡取り娘、美福門佐叉実に話をした。だが彼女はわずかに目を見開いただけで、すぐにいつものように黙々と練習を始めて今に至るのだった。

佐叉実が春雷《しゅんらい》復活をどのように思っているかは分からない。

しかし、

（ま、聞かんでも今の心境くらい分かるけどな）

薄く微笑《ほほえ》む鏡花の視線が、激しく打ち鳴らされる畳へと移る。

その畳は他と比べ、見るからに青々しくて真新しい。

なぜそこだけ畳を新調しているかというと、佐叉実は今膝《ひざ》をつく場所を定位置として昔から稽古に励んできているからだ。同じ場所に衝撃を与え続けると畳はささくれだって肌に繊維が刺さり危ないため、心配性な彼女の親が劣化が酷《ひど》くなる度に換えてきた。

佐叉実を幼い頃より指導してきた鏡花は、一畳分の畳を新調してきた回数が何回、何十回ではないことを知っている。

佐叉実はそれだけの努力を積み重ねてきたからこそ、二年前に史上三番目の若さでクイーンとなり、現在二度の防衛を果たし三期連続頂点に君臨している。

けれど、彼女は輝かしい実績や名誉を手にしたというのに、まったく満足した様子も見せずに今も毎日厳しい特訓を自分に課して技を極めることに余念がない。

それは一重に、佐叉実がある目的を果たすためだけに、かるたをやっているからだ。

恐らく彼女はその目的を達成するまでは止まらない。

鏡花《きょうか》は煙草《たばこ》に火をつけて一服つけながら言う。

「あんたが憧れてた唯一の友人、扇橋要《おうぎばしかなめ》を変えてしまったんは巴桃亜《ともえとあ》で間違いない。要はあの子にこっぴどく負けたせいで、全てを捨ててかるたに打ち込むようになったんやからな」

けれど、そのせいで佐叉実《さざみ》は一人ぼっちになってしまった。

両親から話を聞くに、要は引っ込み思案な彼女にようやくできた友達だったという。

それだけに、彼との交流がなくなった佐叉実は、しばらく何も口にできないほど落ち込んだらしい。

だが……いつまでも落ち込んでいる彼女ではなかった。

ある日をさかいに佐叉実は吹っ切れ、親友を変えてしまった巴桃亜という存在に異常なまでの執念を燃やすようになった。

そして鏡花という師が家に招かれるようになり、師匠がいる時はもちろんのこと、一人の時もほとんどの時間を練習に捧《ささ》げた。

普段の努力がどれほどかというのは、先月換えたばかりの畳表面が既に摩耗しているのを見れば一目瞭然だ。しかもそこには薄っすらと斑状の黒ずんだ染みがついており、彼女のテーピングだらけの利き腕と照らし合わせれば、それが何かは容易に想像できてしまう。

――ビッ！

最後にもう一度空を切り裂き、素振りを終えた佐叉実がようやく面をあげる。

その表情は波の立たない水面《みなも》のように静かで寒気を覚えるほど冷たい空気をまとう。

「日課の素振り千回、終わったわ……。でも、何だかまだ……納得がいかない。おばさん、もう千回やるから、指導はその後にしてくれる……？」

「ええけど、うちはその間に時間が来るし帰ってまうで？　巴さんが出戻る話聞いて勇むんは分かるけど、今から飛ばしてもしゃーないやろ。あの子に勝ちたいなら特訓だけやなくて、まずは今の実力を測るくらいの余裕がないとあかんのとちゃう？」

「……」

佐叉実は思うところがあるのか、しばし考えた後、立ち上がっていた。

立ってもせいぜい鏡花の胸元にも届かないほどに小柄だ。

彼女は縁側まで出ると、眼前に広がる立派な日本庭園を眺めながらふと呟《つぶや》く。

「……あの女だけは、絶対に許さない」

（——……怨恨、親友の敵討ち、あるいは女の嫉妬ってところやろうなぁ）

なぜ巴桃亜に勝ちたいのか、鏡花は佐叉実に訊《たず》ねたことはない。だが彼女の両親より伝え聞いた話から察するに大方そんなところだろう。

当時の要は同年代との試合においては負け知らずで、相当な自信を持って輝いていた。

佐叉実はそんな友人に憧れに近いものを抱いていたらしい。しかし春雷《しゅんらい》に負けたせいで要は自信を失い、彼女に何としても勝つため佐叉実《さざみ》を捨てて離れていった。

その状況を招いたのは紛《まぎ》れもなく巴桃亜《ともえとあ》だ。

佐叉実が恨みにも近い感情を抱き、今日まで心が壊れてしまうほど激しい練習を積み重ねてきたのは、史上最強といわれる相手に一矢報いるために違いなかった。

(出会った頃はおどおどしとって、言葉遣いも丁寧なかわいい子やったけど、とことん自分を追い詰めていったせいでえらい変わってしもうた。……まあおかげで、考えられんほどの実力を身につけたわけやけど)

「おばさん……やっぱり次は、体幹と足先の力を鍛えたいわ。日課の竹馬をやってくる」

「勇むな言うたばかりやのに、あんたはホンマうちの話聞いてへんな。あと、うちはおばさんちゃう言うてるやろ？　――……フフ、でもま、おもろいからええわ」

何でも巴桃亜は、あの久閔《くみん》をおばさん呼ばわりするほど肝が太くて豪気らしい。

正に天才と言われるにふさわしい大物感あふれる振る舞いだ。

(せやけど、うちの子も負けてへん。これはおもろいことになりそうやわ)

神に選ばれしかるたの申し子《カイブツ》と、後天的に天才の領域に足を踏み入れた化物――

(果たしてどっちが強いか見物やなぁ)

鏡花《きょうか》は口角を吊《つ》り上《あ》げ、そう遠くない未来へと思いを馳《は》せる。

すると、既に庭園内を竹馬で闊歩《かっぽ》していた佐叉実が思い出したように振り返る。

「……日曜、あの女を見てくるわ」

「ちゃうで佐叉実。土曜や土曜」

「？　土曜……そうだっけ？」

「日曜いっても試合は見られへん。……はぁ、あんた一人やと心配やな。一応同じ会のメンバーなんやし、要《かなめ》と行ってきたらええんとちゃう？」

「……」

師匠として二人の関係を気遣うが、余計なお世話だったようだ。

佐叉実はすぐに鏡花へと背を向け、

「ダメ。要と話すのは、あの女を倒してから……。それまでは……絶対に――」

そう言って竹馬を操り、広い池の中へと飛び出す。

ところどころに屹立《きつりつ》する岩を足場とし、競技かるたにおいて重要とされる体幹の強さを発揮して岩から岩へと飛び移る。

それはまるで義経《よしつね》の八艘《はっそう》跳び。

美しい舞を披露するようにはっきりとした軌跡を描きながら、彼女は道なき道を華麗に進んでいく。

◆十二首目　いざ、表舞台へ！

合宿漬けの連休が終わり、大会がある土曜まではあっという間だった。

「わ、臣守《とみもり》さん、ナイスな袴姿《はかますがた》ですね！　羨ましいです〜！」

「そうか？　サンキュー鳴針《なるはり》。こういうの着慣れないから落ち着かないけどな」

「本当だ〜、臣守くんの真紅の袴姿、とってもかっこよくて似合ってる〜」

「え、そうですか三条《さんじよう》先輩っ？　あはは、まいったな〜」

会場となる文化センター会館。その二階にある男子更衣室から出ると、待っていてくれた三条先輩が嬉《うれ》しい感想を口にしてくれるので、俺はつい舞い上がってしまっていた。

「……あ、それはそうと鳴針、お前今日せっかく袴で試合に出れるチャンスだったのに、辞退してよかったのか？」

「本当だよ鳴針ちゃん。私みたいな性分ならともかく、せっかく久閔《くみん》お姉ちゃんも勧めてくれてたんだから、思い切って大会に出ればよかったのにぃ……」

「え、えへへ……こないだの合宿ですごい負け方をたくさんしましたし、やっぱり私には早いかなと思って。もう少し強くなってからにします。先生にも袴にも悪いですし……」

すると、更衣室で着付けを行ってくれた大海原《わたのはら》先生が遅れて出てきて、

「普段はちんちくりんな臣守さんでも見違えるんやから、馬子《まご》にも衣裳《いしよう》ってほんまやなぁ。

袴の力に感謝せんといかんで～？」

「ぐっ……大海原先生、それははっきり言い過ぎでは？」

「そ、そうだよ久閦おばちゃんっ。臣守くんは袴の力がなくてもそこそこに――」

「ん～～？　歌葉《うたは》、今なんて～？」

「ふにゃ～～。ご、ごめんなふぁ～～い」

いつかのようにおばさん呼びしてしまった先輩が両頰《りょうほお》を引っ張られていた。

「ちょっと先生、やめてあげてください！　……それに、周りから見られてますしっ」

一般的に公認大会は出場年齢制限がないため、今廊下には着替えを終えて顔見知りと話す幅広い年代層の人たちがいて、その一部がこちらに視線を送っていた。

「ま、ええわ。それより、もう対戦表も出とる頃やろうし、こんなことしてられへん。三人とも、巴《ともえ》さんは下におるし行くで」

「はい。巴さんの袴姿も素敵だったので早くもう一回見たいです。行きましょう！」

「……三条先輩、大丈夫ですか？」

「ふえーん……痛かったよぉ」

両頰を抱えるようにする先輩を慰めながら、俺たちも階下へと向かう。

今日の大会は一階にある大広間を使って行われることもあり、既に関係者たちでホールは賑《にぎ》わっている状況だ。その中で一際注目を浴びる存在がいた。
「巴桃亜《ともえとあ》さん、久しぶりに公認大会に出られる今のお気持ちは!?」
「え？　うーん、特にないけど、久々にこういう場に来てみると、ボクって有名人ってい
うか、ハリウッドスター並の人気者なんだなって再認識しちゃうよね〜っ。フラッシュだ
ってすごい数だし。ま、有名だから仕方ないけど！　わーはっはっはーっっ♪」
複数のテレビカメラとアナウンサー、あと新聞記者と思《おぼ》しき人たちやカメラマンに囲ま
れる袴姿《はかますがた》の桃亜がおり、さらにその周りを多くのギャラリーが囲んでスマホで写真を撮り
まくっている状況が目に入る。
「わー巴さんすごいです……や、やっぱりすごい選手なんですね！」
「桃亜のやつ、完全に調子に乗ってるな……」
「桃亜ちゃんはかるた界の伝説的な存在で人気もすごくあるから、やっぱり復活するって
だけですごい盛り上がりようだね。メディアの人がこれだけ来るなんて驚きだよ〜」
三条《さんじょう》先輩が非日常的な光景を見て苦笑する中、大海原《わたのはら》先生が黒い微笑を浮かべる。
「うふふ……うちが事前に報道各社にファックス流しといたからなぁ。これくらいは集ま
ってもらわな困る。綺麗《きれい》な袴姿やからメディアウケもばっちりのはずやし、今回の復帰戦、
かるた界を盛り上げる大きな宣伝材料になるのは間違いない……。やっぱりあの子はプロ
デュースし甲斐《がい》のある金の卵やわ……ふふ、うふふふふ」

桃亜の袴は碧《あお》い地球を思わせる瑠璃色の生地をベースとし、その中に絢爛豪華《けんらんごうか》な花々がちりばめられている。それらは女らしく成長した親友をより女らしく彩っていた。

おかげで俺はドキリとするが、本人がべらべらしゃべるせいでその魅力は半減だ。

「……なるほど。なぜ袴なのか聞けてなかったですけど、全てはメディアウケを狙ってのことだったんですね。……ん？　でも大海原先生、それなら袴を着せるのは桃亜だけでよかったんじゃないですか？　こういうのって絶対高いでしょうし……」

俺の家は貧しいため袴など身に纏《まと》った経験もないので、汚したらまずいんじゃないかと考えるばかりで正直落ち着かない。

と、そこで三条先輩が何やら得心がいったように手を打ち鳴らす。

「あ、わかった～。きっと久閑《くみん》お姉ちゃんは、臣守《とみもり》くんもメディアの人が来るこの機会に売り込むつもりじゃないのかなぁ？　臣守くん強いし、スポーツ眼鏡かけてて目立つから、きっとそうだよ～。ね、だから袴を用意したんでしょう？」

「さて、どうやろな～？　それより、ようやく取材が終わったみたいやで」

桃亜の方を見ると取材陣の囲みに穴が空き、あいつがこちらに向かうところだった。

「桃亜ちゃーん復活待ってたぞー！　応援しとるからな！」

「斎木《さいき》師匠のことは残念だったけどがんばってね！　あなたは一人じゃないわよ！」

「とあちゃんがんばって――!!」

様々な年代の人たちに声をかけられ、桃亜《とあ》が足を止めて振り返る。

「みんな………。――………～～っ」

「……桃亜？」

かるた界から離れて久しいので、ここまで自分を応援してくれる人がいるとは思っていなかったのだろう。桃亜の肩が小刻みに震えたように見え、俺は心配するがその必要はないようだった。

「ありがとう!! 誰だかよくわかんない人たちー！ 今日はA級の試合で優勝する予定だから、応援よろしくなー!!」

そう言って嬉《うれ》しそうに手を振った後、とびきりの笑顔で俺たちの下へと駆けてくる。

（桃亜のやつ、これだけたくさんの人に愛されて応援してもらってるのか。全国にはもっとファンがいるに違いないし、本当にすごいやつなんだな）

俺はしみじみとそう思いながら、桃亜を迎え入れる。

「よかったな、みんなお前のこと待っててくれて」

「うんっ。ボクすっごい嬉しかった！ これは負けてらんねえよ！」

「お前が優勝すれば、きっとみんな大喜びに違いない。俺と一緒に絶対優勝しようぜ」

「ああ奏治《そうじ》、もちろんだっ」

「臣守《とみもり》さんは優勝せな退部やからなぁ？ 悔いが残らんようしっかりやるように。ほな二人揃《そろ》ったことやし、対戦表を見にいくで」

俺たちは大海原《わたのはら》先生と三条《さんじょう》先輩、鳴針《なるはり》の後ろについて歩き出す。

俺は袴姿《はかますがた》の親友を前にして少し体が強張《こわば》る感覚を覚えつつも言う。

「でも桃亜、前から心配してることだが、他のやつと試合するのは大丈夫そうか？」

合宿の時は地獄の練習をこなすのに必死であまり考えずに済んでいたのかもしれないが、今日は別だと思うので一応訊《たず》ねる。

「うーん、まったく気にならないって言えば嘘《うそ》になるけど……。でも、あんなにたくさんの人がボクを待ってくれてたと思うと、今はがんばんなきゃって思いの方が強いかな。だから大丈夫だと思う。それより奏治は自分のこと心配した方がいいんじゃね？」

「だな。でもこっちはこっちでやるから、俺を信じて桃亜は自分の試合に集中してくれ」

「こないだ奏治の覚悟は確認済みだから、別に心配してはいないけどね。奏治は普通にやれば強いんだし、ボクは信じてるぜ！」

「サンキュ。お前の期待を裏切らないよう、必ず勝ってみせるさ」

そして対戦カードが並べられている机の前まで来て相手を確認する。

「俺の相手は聖条館《せいじょうかん》のやつか」

「んあ？　そこって確か、こないだ合宿で一緒だった高校じゃねー？」

桃亜の言う通りで、先日俺と話をした三萩野《みはぎの》が所属する学校だ。

とそこで、俺たちの方を見て何やら囁《ささや》く声が聞こえる。

「お、合宿時の飯炊き係がいるぜ。しかしお前、一回戦の相手があいつでよかったな。練習にも参加させてもらえないレベルの弱小なんだし、不戦勝で勝ったも同然じゃん」

「ふっ、これも日頃の行いかな。やつを踏み台にして、勢いのままに優勝してみせるよ」

「その前にお前は俺と対戦しなきゃだけどな。せいぜい飯炊き係で体力温存しとけよ」

さらに別の方向からも陰口のような会話が耳に届く。

「あの男子、袴《はかま》なんか着てるよ。巴《ともえ》さんと一緒にいるから、多分龍国《りゅうこく》の生徒だよね？」

「そうじゃない？　でも龍国ってさ、他の部は全国最強レベルで強いけど、かるた部は毎年弱いじゃん。元クイーンの巴さんは強いだろうけど、あの男子は絶対弱いでしょ。なのに袴とか何勘違いしてんだろうね」

「本当ホント。大して強くもないのに気合い入れちゃって痛すぎでしょー。きっと初戦敗退するのに、あれじゃ袴が可哀想《かわいそう》だわ～」

袴で目立つせいもあって他にも俺を蔑むような発言が方々から聞こえてくる。

（――この状況、桃亜《とあ》と出会う前の頃を思い出すな）

顔から表情が抜け落ちていき冷たい心持ちとなるが、俺が心を乱すことはない。

だが、桃亜はというと拳《こぶし》を握って震えており、

「あいつらっ、何も分かってないくせに奏治《そうじ》のこと悪く言いやがって～」

「おい、落ち着けって。俺は別に気にしちゃいないから」

「でもさ奏治っ」

「結果で示せばいいだけだ。お前が試合前に心を乱すようなことじゃない。だろ？」

俺が桃亜をなだめている時だった。対戦表が提示されている机の前で陰口を言っていた女子たちに向かって、見覚えのある背の高い男子が話しかけていた。

「ちょっと君たち、空けてくれないかい？　それにこの辺にいる人たちも、ここは込み合う場所だからたむろするのは感心しないな」

「きゃっ、聖条《せいじょう》の三萩野《みはぎの》くん。……ご、ごめんなさい、すぐにどきますから！」

「ちっ……言われなくても分かってるよ」

聖条かるた部Tシャツに下はジャージ姿の三萩野が注意してくれたおかげで、陰口を囁いていた連中はそそくさと退散していた。

俺は一応、礼儀として礼を言う。

「三萩野、合宿の時だけじゃなくて今回も悪いな」

「別に礼を言われるまでもないよ。ここに溜《た》まられると僕や他の選手にとって迷惑だから注意したまでだ。決して君を助けるためじゃない」

三萩野は言いながら対戦表を確認した後、俺へと明らかな作り笑いを披露する。

「それに悪いけど、僕は君を助けたいと思うほど興味はないんだ。むしろ興味があるとすれば……巴《ともえ》さん、君の方かな？」

「はえ？」

「君は可愛《かわい》いからね。もし僕がC級の試合で優勝したら、ご飯でも行かないかい？」

この場を取り繕うためか、はたまた一緒にいる俺への当てつけか、三萩野《みはぎの》は桃亜《とあ》に向けて軽口をたたく。だが、桃亜の返事は三萩野もおっかなびっくりなものだった。

「なあ奏治《そうじ》、誰こいつ……？」

本気で分からないようで、桃亜は困惑顔で眉根を寄せていた。

おかげで俺も三萩野も思わずズッコケそうになる。

（桃亜のやつ、三萩野は合宿で目立つ存在だったのに覚えてないとは……さすがだな）

「は、ははは……かるた界の伝説とまで言われるだけはあるね。僕なんかの存在は、気にも留めていなかったとは……。まあ、別にいいよ。……とにかく――」

髪をかきあげた後、三萩野は真剣な面持ちで俺へと告げる。

「スポーツの素晴らしさを理解できず、かるたを取れればいいだけの君は、どうせ一回戦すら突破できない。早々に負けて帰るだろうから先にお別れを言っておくよ。お疲れ様」

ぽんっ。

俺の肩に手を置き、三萩野は会場の方へと去っていく。

その様子を見た桃亜は、さっき以上に腹を立てる。

「はあっ!?　何だよ、あいつも奏治のことバカにしてんのかよ！　あーもうムカツク～～～～！　おい奏治、今日は全試合で圧倒的な力を見せつけろよ！　ボクとの約束だからな!?」

「桃亜に言われなくても、退部を免れるかどうかなんだから手なんて抜かねえっつの。でも、俺のために怒ってくれてありがとな。――そんじゃ、会場に入ろうぜ」

「奏治、その前にいつもの。……んっ」

袴《はかま》から白い腕を覗《のぞ》かせ、桃亜が俺の方へと差し出してくる。

俺は何も言わず、同じように腕を差し出して互いの前腕部分を軽くぶつけあう。

そして、最後に拳《こぶし》もぶつけあった後、桃亜が気合いを入れる。

「ボクたちの戦いの始まりだ。気合い入れていくぞ、奏治！」

「ああ。お前はA級優勝、俺はC級優勝。必ず成し遂げてみせようぜっ」

「うん。あと、ボクはさっさと試合を終わらせて奏治の応援にかけつける。会場はお前の敵ばかりかもしれないけど、ボクは味方だからめげずにがんばれよ！」

（――……やっぱりこいつは、いつでも俺の味方でいてくれるんだな）

目を伏せて微笑《ほほえ》む俺だが、やはりゲーセンの後から続くおかしな現象は未《いま》だ治っておらず、桃亜を前にすると落ち着かない。由々《ゆゆ》しき事態だが、この件について考えるのは全てが終わってからだと言い聞かせ、桃亜と一緒に広間へと歩き出す。

俺たちにとって大事な公式戦が幕を開けようとしていた。

◆十三首目　春雷《しゅんらい》と共に顕《あらわ》れる

午前八時五十五分。大会が始まる五分前。

文京区にある文化センター会館玄関口へと乗り入れる一台のタクシーがあった。

「ありがとうございました」

支払いをクレジットで終えた扇橋要《おうぎばしかなめ》は、運転手に丁寧に礼を告げて下車した。

前夜に新幹線で上京し、都内のラグジュアリーホテルに泊まっていた彼は袴姿《はかますがた》に着替えており、会館を見据えて形のいい唇を引き結ぶ。

（今この会場に、あの巴桃亜《ともえとあ》がいる……。それに、彼女だけじゃなく……彼も――）

二人に敗北を喫して以来、彼等《ら》を追いかけるように努力を積み重ねてきた。

どれくらい実力が縮まったのか、今からこの目で確かめることができると思うと急く気《せ》持ちがある反面、臆する心もあるが、一瞬躊躇《ちゅうちょ》を覚えただけですぐに一歩を踏み出す。

（諸賀《もろが》先生は僕に期待してくれている。だから今日、迷わず東京行きを勧めてくれた。それに、父さんだって……。――今日は必ず、一つでも多くを吸収し糧にしてみせる！）

固い決意を抱く彼に普段の温厚さはなく、その姿はまるで飢えた獣のようだ。

広い玄関へと入ると、足の踏み場もないほど並んだ下足が目に入る。

規模の大きくない公認大会でこれだけの人が会場に足を運ぶ状況はかなり珍しい。

かるた界の伝説が再始動することが絡んでいるとしか思えなかった。

「――……素振りの音」

試合開始は午前九時からなので、恐らく暗記時間終了二分前になったに違いない。

要は巴桃亜ほどではないが、自身がかるた界でそこそこの知名度があることを心得ている。そのため、場が騒がしくならないようぎりぎりの時間での乗り込みを図っていた。

広間の方へと進み、選手たちの気を散らさないようゆっくりと襖《ふすま》を開ける。

どこに春雷と呼ばれる少女がいるかは一目で分かった。袴姿で目立っており容姿も以前と変わっていないので分かりやすかったというのもあるが、何より――

（す、すごい数の報道陣だ……。まるで、彼女を取り囲むように……）

年明けの名人戦を思い出すほどの光景を目の当たりにし、要は呆気《あっけ》にとられてしまう。似た環境を一度経験した要でさえ呑《の》まれるほどなので、桃亜の対戦相手やその近くにいる選手たちが今からガチガチに固くなっているのは無理もないように思われた。

「なにわづに　さくやこのはな　ふゆごもり――いまをはるべと　さくやこのはな――」

暗記時間が終わり、年配の女性読手《どくしゅ》が序歌を読み始める。

「がんばれーー！」「気持ちで負けるなよーー！」「一枚取っていこう！」

方々から各かるた会や部活動関係者の声援が響く中、要は音を立てていい今のうちに桃亜の試合が見える位置へと移動する。当然彼女の試合がよく見える場所には報道陣やギャラリーが密集してかなりごった返していたが何とかスペースを確保した。

「いまをはるべと　さくやこのはな――」

下の句の語尾が規定通り三秒かけて引き延ばされ、一首目までの間に一秒の間隔が置かれる。

「っ」

要《かなめ》にとってその一秒は長く感じられ、息を呑《の》んで見守った。

そして、読手《どくしゅ》の軽やかな歌声が静寂を打ち破る。

「おおけなく――」

勝負は一瞬。

恐らく桃亜《とあ》は、この会場で一番速く札を払ったに違いなかった。

反応したのは一文字目か二文字目の「お」が読まれた瞬間で、ギャラリーの全身が一瞬跳ねるほどの乾いた打突音をあげ、ビッと豪快に腕を振り抜いていた。

クイーン時代と変わらぬ突風を生み出すような一振りは、昔より幾分か速さと重さが増した印象を受ける。そのせいか振り抜かれた腕が放電しているような錯覚を抱いてしまう。

「よっしゃー！　ボクのとりー!!」

桃亜が慣れない袴姿《はかますがた》で立ち上がる際、一瞬よろけそうになりながらも弾《はじ》き飛《と》ばした札を喜んで取りに走る。

（……腕の振りだけで言えば、やはり速い。体の柔軟性や体幹の強さも抜群にいいから、札を最短最速で取りにいけている。動きに一切の無駄がないし、ほぼ完成形と言っていい。

でも——）

恐らく今のは巴《ともえ》のミスだ、と要は確信する。

というのも、「お」から始まる札は七枚札といい、その名の通り百首の中に計七枚ある。その内、「おおけ」のように「おお」から始まるものは他に「おおえ」「おおこ」の二枚があり、出だしの二文字目だけを聴いて取ることは不可能なのだ。

つまり、今のは試合中によくある勢いあまって手を出したフライングといえるもので、恐らく「おお」から始まるものは場に一枚しかなかったため山を張っており、つい手が出てしまったと思われた。要するに自分の取りとできたのは偶然に過ぎない。

（速さだけじゃなく正確さも兼ね備えていた昔の巴なら、まず考えられなかったミスだ。やはり現役を退いていたせいで、明らかに腕が……落ち……て………）

要がそう思っていた矢先、桃亜の対戦相手の様子が確認できて思考が鈍化する。

大学生くらいの男性は、俯《うつむ》いた状態で何やら戦慄《おのの》きながら呟《つぶや》く。

「な、何だ今の……ウソだろ……。ど……どうやって」

（っ……ま、まさか!!）

彼の反応を見てすぐに一つの可能性に思い至った要は、慌てて手持ちの鞄《かばん》から双眼鏡を取り出し、場に出ている札を確認する。

「――……なっ!?」

驚くあまり、思わず声が漏れてしまう。

やがて要《かなめ》は唖然《あぜん》としながら双眼鏡から目を離していた。その手は微《かす》かに震えている。

（バカか僕は……相手はあの、巴桃亜《ともえとあ》だぞ……。昔より腕が落ちてる？　違う……まるっきりその逆だっ）

場に出ていた「お」から始まる七枚札は一枚などではなく、今し方出たものも含めると全部で四枚もあった。

決まり字ごとに挙げると「おく」「おおえ」「おおけ」「おおこ」で紛《まぎ》らわしい三字決まりの友札は全部あったことになる。この中から出札の「おおけ」を偶然引ける確率は三分の一。それにそもそも「お」と「おお」の聞き分けは瞬時には難しく、その後にK音が続くこともあり「おく」と間違ってもおかしくない。そう考えれば確率は四分の一。フライングで偶然取ったとは考えにくい。

（巴はさっき、この状況で二文字目までしか聴かずに真《ま》っ直《す》ぐ札を取りにいった。お手つきになるリスクも考えれば、聴き分けができていたからこそ、あれほどの速さが出せたとしか思えない……）

常人が拾えない複雑な音の聴き分け。それに加えて正確で素早い取り。

正に巴桃亜の代名詞ともいえる二拍子が揃《そろ》っている上に、しかもその技術には昔以上に磨きがかかっている気がして要は愕然《がくぜん》とせざるを得ない。

（…………あ、ありえない……。やはり彼女は……怪物だっ）

恐らく同じ状況下であれば、要は桃亜より０・０５から０・１秒ほど遅れての反応になったことだろう。たった０・１秒程ではあるが、優秀な選手を相手にそれだけ遅れるというのは致命的だ。全国レベルの者たちはそのわずかな差がどれだけ重要かを分かっているからこそ、少しでも速く取れるように日々稽古する。だが、相手よりたった少しでも速く取る技術を習得するのは、そんなに容易なことじゃない。

要もそれを分かっていたからこそ長年努力をし続けてきた。

だがそれでもなお、彼女は自分より遥《はる》か高みにいる。要はその事実を実感し、神を前にしているような畏れにも似た感情を抱いており、悔しさすら感じない。

（今の僕では彼女の足元にすら及ばない……。いや、そもそも僕は追いつくことができるのか……？）

彼女の試合を見ていると自分の努力がバカらしく思えるほどの実力差を感じてしまう。

しかし、要は挫《くじ》けそうになる心を奮起させるように頭を振っていた。

（――いいや、今は無理でも必ずいつか追いついてみせる。僕は父さんのように立派な永世名人になるんだ。……そのためにも、まずはやるべきことをやっていく）

しばらく桃亜の試合を見ていた要だったが、やがてその場を離れる。

数年前、彼女と戦った時に感じたのは次元の違う人間離れした強さだった。だから試合を見る前から、数年努力した程度では及ばないであろうことは何となく分かっていた。

巴桃亜《ともえとあ》を倒すには、恐らくもっと長い年月が必要になるに違いない。

だからこそ今は、彼女に少しでも近づくためにクリアすべき課題をこなすべきだ。

(――どこだ？　どこにいる？)

春雷《しゅんらい》復活の影響もあり、A級が試合を行っている島には人が溢《あふ》れ返っている。

実力的に鑑みれば、彼がいるのはA級の島なはずだが探しても見当たらない。

ならばB級の方かと思って探す。出会ったのが小学生時代なのも考慮して容姿に注意しながら選手を見て回るものの、やはりそれらしき人物は見当たらない。

(まさか……彼が公式戦に出るという話は諸賀《もろが》先生の聞き間違い？　いや、そんなバカな……。でも、あの強さでC級以下の選手だったなんて可能性、あるわけが――)

と、C級の島に移動したところで読手《どくしゅ》が前の札の下の句を読み始めるので足を止める。

そこで偶然、視界に入ってくるものがあった。

(ん？　……袴《はかま》？)

今いる場所から真向いにあたる一番隅で、真紅の袴を身に着けた学生らしき少年が試合を行っていた。かるたの選手ではほとんど見たことがないスポーツ用眼鏡もつけているので一際目立つ存在だが、その周囲には誰も人がいない。

すぐさま双眼鏡を使って容姿を確認した後、要《かなめ》は息を呑《の》んで動きを止めていた。

（——……間違いない……彼だっ）

今日まで、一日たりとも忘れたことはない。

どこか冷めたような瞳と表情、世界を諦めているようにも思える刺々《とげとげ》しい雰囲気。

それらは昔とまったく同じでそのままだ。衝撃的な敗北と共に脳裏に焼きついた外見は

成長が見受けられるが、小学生時代の名残を色濃く残していた。

（ようやく見つけたぞ、臣守奏治《とみもりそうじ》！）

「あらしふく　みむろのやまの　もみじばは——」

第九首目の上の句が読まれ、会場がざわつくと同時に要は双眼鏡をしまって動き出す。

やがて広間の端を移動して奏治の傍《そば》で足を止める。

「……」

奏治はかなり集中していて近くに現れた要の存在には気づいておらず、右手を挙げて今

敵陣より取った札の送り札を考えている最中だった。

「ね、ねえ……ちょっと見てよ。あの白っぽい袴を着てる人、もしかして『かるた界の貴

公子』とか『令和の義経《よしつね》』って言われてる扇橋要《おうぎばし》くんじゃない？」

「本当だっ。かるた連盟の刊行誌で見たことあるけど、やっぱり実物も美少年じゃない。

春雷が復活するから来たのかな？」

「多分そうでしょ？　あ、でも待って。じゃあ何でC級の試合なんかを？」

「そんな細かいことどうでもいいじゃん。とにかく、後で握手してもらおっ♪」

少し離れたところで知り合いを応援しているらしい女性たちが要《かなめ》の存在に気づくが、本人は一切気に留めず真剣に奏治《そうじ》を見つめる。

（臣守《とみもり》……僕はこの五年間、全てを捨ててかるたに打ちこんできた。君との試合を何度も何度も思い出し、シミュレーションだって行ってきたんだ。全ては君に、勝つために……）

要は目を伏せ、親友の顔を思い出しながら拳《こぶし》を軽く握りしめる。

当時は「平成の牛若丸」などと呼ばれて胡坐《あぐら》をかいていた。

春雷《しゅんらい》と双璧をなし、将来のかるた界を背負っていく存在などともてはやされ、浮かれていたんだと思う。だが春雷に負け、とある少年と出会ったことで当時の自分がどれほど未熟かを思い知った。

それからは明確な目標ができたことで今まで以上に真剣にかるたに打ち込むようになり、余計に競技かるたが好きになった。

そして今、現在の自分を形作った宿敵を目の前にしている。

きっと彼を倒せば巴桃亜《ともえとあ》に近づいた証明となるだけでなく、さらに競技かるたを深く愛することとなり、より高みを目指す原動力となるはず。

（そのためにも臣守、まずは今ここで君の実力を見定め、僕がこの五年でどれだけ君に近

づいたかを見極めさせてもらう）

読手《どくしゅ》が下の句を繰り返し、次の札が読まれる。

瞬間、要の虹彩《こうさい》は獣を射止める狩人《かりゅうど》のように一気に細まり、奏治のわずかな動きも取《と》り零《こぼ》さないよう限界までピントを絞った。

「――！」

要が驚くのと歌が聴こえたのは、ほぼ同時だった。

しかし、奏治の動き出しはというと、それよりも、

（一音目が聴こえるよりも……速……かった？）

間違いなく読手の読みだしよりもほんのわずかに速かった。

半端な者では音の聴こえだしと同時に動いたように見えただろうが、要ほどの準名人クラスになると、その極微妙な時間差を知覚できてしまう。

しかし、今日の当たりにした光景は事実以上に要に重くのしかかる。

なぜなら、音が聴こえる前の段階で反応できるというのは、つまり、

（……と、巴と変わらない？　いや、実際は彼女には及ばないんだろうけど……近しい実力を兼ね備えてるのは間違いない）

怖気《おぞけ》からくる震えか、或《あ》いは武者震いか、要は全身を震わせながら額から汗を滴らせる。

（以前より、確実に成長している。……これほどの実力を常に出せるなら、まず間違いな

く今年の名人戦トーナメントでは上に……いや、もっと上まで来るに違いないっ)

自分だけが成長しているわけじゃないことは理解していたつもりだが、奏治《そうじ》の成長ぶりを目の当たりにした要《かなめ》はどうしても焦ってしまう。それほどに脅威を感じる取りだった。準名人である自分に危機感を抱かせるほどに。

奏治は特に何でもない様子で払った札を取りにいって席へと戻る。

要は桃亜《とあ》に匹敵するレベルの奏治を見て、未《いま》だに信じられないといった様子で歯噛《はが》みする。そして次の瞬間、ふいにかつて桃亜が口にしていた言葉を思い出していた。

『わはは。だから、奏治はボクから一枚取ったんだよ。強くて当然じゃん?』

時を経てなお、目に余る才能を発揮する宿敵を見て要は思う。

(……あの話は、やはり本当だったのか? 臣守《とみもり》は本当に……彼女から)

でも、もしそうだとしたらこの状況はおかしい。

本当にそれだけ強いなら、なぜ彼はC級にいる?

やっぱり巴《ともえ》から一枚取ったなんて話は嘘《うそ》だ。絶対にありえない。

だって……そうだろう?

今まで公式戦において、春雷《しゅんらい》から札を取れた者なんて――

（――誰一人として、いやしないんだから……）

桃亜が初めてクイーンに輝いた時の女王だって――その次の挑戦者や、さらに翌年の挑戦者だって、桃亜から取れた枚数は……ゼロ。全国の取り手の頂点ともいえる実力者たちがまるで赤子同然の扱いだったことを要は今でも覚えている。

だからこそ余計に、春雷から一枚取ったという話が信じられない。とはいえ目の前にいる少年が、怪物と呼ばれる少女と見間違えるほどの実力を持っているのは事実だ。

要が『虫出しの雷』という異名を思い出す中、頬《ほお》を伝った汗が静かに滴り落ちる。

（……春雷、お前は何を連れてきたんだ？）

そして臣守奏治。

君はいったい…………何者なんだ……？

得体のしれない末恐ろしい存在を前に、寒気にも似た感覚を覚える。

臣守奏治という少年が、やがてかるた界に影響を与える台風の目になることを要は予感せずにはいられなかった。

◆十四首目　奏治《そうじ》の弱点

競技かるたの大会は一試合が一時間半近くかかるので、会場の関係もあって七試合ほどを一気に行って優勝者を決める。そのため朝九時頃から始まっても、休憩などを挟めば夜の九時頃までかかってしまうのがざらだ。今回の大会もご多分に漏れず、一番出場者の少ないA級の試合でも決勝が終わったのは夜八時頃だった。

「ありがとうございました。——ありがとうございました」

試合を終えた桃亜《とあ》が、対戦者、審判員、読手《どくしゅ》の順で礼を述べる。

「ふぅー、終わった終わった。にしても袴《はかま》ってあっち〰〰……ん？」

「っ……ぁぁ……」

最後に対戦したのは、中学生くらいの女の子だ。

彼女は挨拶まではしっかりできたものの、以降は抜け殻のようになってしまっていた。

取れた札がゼロ枚なので無理もない。

同じA級でここまで大差をつけられて負ける経験なんて初めてに違いなかった。

「……」

桃亜は優勝しておきながらも暗い気持ちになりそうになるが、それを踏み止まらせたのは周りから聞こえだした拍手と声援だった。

「よくやった桃亜ちゃん！　春雷《しゅんらい》復活にふさわしい試合だったぞ！」

「昔以上に強くなってて驚いちゃった。これからもこの調子で頑張ってね！」

大勢の人に応援してもらえるおかげで圧倒的勝利を収めた罪悪感は多少薄まる。だがもちろん、完全に消えるわけではない。

「あのさ——」

桃亜は対戦相手の子を放ってはおけずに声をかける。

その時だった。

「よくがんばったわ雛《ひな》～！　あなたはかささぎ会の鑑《かがみ》よ！　あの春雷相手に最後まで逃げずに戦ったんだもの！　次がんばりましょ？　ね、あなたはもっと強くなれるから！」

「せ、先生……。う、うぅ……はい」

かるた会の先生だろうか。ふくよかな中年女性に抱き寄せられたその子は、腕の中で涙をこらえて頷《うなず》く。そして同じ会のメンバーらしき子たちも周囲に集まってきて次々に励ましの言葉をかけ始める。

桃亜はその様子を見て、少しほっとしていた。

（よかった、ちゃんと声をかけてくれる人たちがいて。ボクばっかり称《たた》えられてちゃ、さすがに可哀想《かわいそう》だもんな……）

そこまで考えて、桃亜は首をひねっていた。

「んぁ？　可哀想《かわいそう》？　そういえばボク、何か忘れてる気が――…………あああっ!?」

急に大声を出すので周囲が驚くが、桃亜《とあ》はかまいっこなしだ。

「そうだ奏治《そうじ》の応援！　あいつ応援してくれる人ほとんどいないし、ボクがいってあげなきゃじゃん！　ええとC級の試合は……あっちか、まだやってるな！」

ちょうど報道陣がこちらに向かってくるところだったが、桃亜は試合が中断している今が移動するチャンスだと思ってすぐさまダッシュする。

「あ、ちょっと巴《ともえ》さん！　ぜひ優勝インタビューを！」

「ごめーんあとでー！　今はそれどころじゃないんだ～！」

桃亜は報道陣の真横を俊敏に駆け抜けてC級の決勝をやっている島へと向かう。

試合を行っているのは真紅の袴《はかま》を着た奏治だ。

この時点で桃亜はだいぶ安心するが、決して気は抜けない。

「ちょっとごめん、どいて……！」

まだB級もD級も試合をやっているのに、なぜかC級決勝戦を観戦している人が多い。

桃亜は疑問に思いながらも人ごみをかきわけて最前列へと踊り出る。

「なんや巴さん、もう試合終わったん？　よっぽど札の出方がスムーズやったんやなぁ」

「あ、クーミン！　……ていうか、ボクの試合観てなかったのかよ？」

桃亜が口先をとんがらせて拗《す》ねた調子で言うと、久閑《くみん》はいつもの調子で微笑《ほほえ》む。

「巴さんはどうせ勝つやろ？　それより、見とかなあかんのはこっちや」

久関は奏治に期待していないっぽいのになぜそんな発言をするかは不明だが、今の桃亜にとって細かいことはどうでもよかった。

「それで、今試合どうなってんの⁉」

「大変だよ桃亜ちゃ～ん……！　臣守《とみもり》くん、十三枚差で負けちゃってるの～。どうしよう……このままじゃ臣守くん、退部になっちゃうよっ」

「そうなんですよ巴さん！　このままじゃ臣守さんが退部になって、二人の部室での絡みが見れなくなります。とてもまずいので一緒に応援してください……！」

傍《そば》にいた三条《さんじょう》先輩が今にも泣き出しそうな表情で泣きついてくる中、鳴針《なるはり》も必死な様子で桃亜に応援することを急《せ》いてくる。

「はあ⁉　奏治が十三枚差で負けてる⁉」

桃亜はすぐさま出札の確認をする。だが先輩の言ってることは間違いではなく、相手の札は残り十枚なのに対して、奏治の残り札は二十三枚で大差をつけられている状況だった。

「ウソだろ……二枚しか取れてないじゃん！　……まさか、奏治のやつっ」

考えるまでもなく、桃亜が苦い顔で一つの答えへと思い至る。

その時、すぐ真横から声がした。

「恐らく、この状況が彼を狂わせてるんだ」

「ん？　――……げっっっ!?」

桃亜《とあ》は声がする方を確認した後、お化けを見たような反応をしていた。

「扇橋要《おうぎばしかなめ》っ……！　何でお前がここにいんだよ!?」

最後に会った時と外見は変わっているが、かるた連盟の刊行誌では何度も写真を見かけている上に今年の名人戦でテレビで見ているので本人だとすぐに分かる。

一時期、対戦して欲しいと付きまとわれていた桃亜は要に苦手意識があるため動揺するが、要の方は落ち着いたもので真剣な面持ちで試合から一瞬たりとも目を離さない。

「僕は今日、君と彼の試合を見るために上京したんだ」

「……っ……ふーん、ボクたちの試合をね……」

訝《いぶか》るように横目で要を睨《ね》めつける桃亜だったが、ある事実に気づく。

「あ、てかC級の試合に人がたかってるのって、準名人のお前がいるからじゃないのかよ!?　こんにゃろぉ～、お前のせいで奏治《そうじ》が負けたらどうすんだ！　今すぐあっちいけー！」

「僕のせいという可能性は否定できない。でも、先日諸賀《もろが》先生から聞いたけど、彼は今年名人を目指すんだろう？　だったら、こういう注目される試合でも当然のように勝てないと挑戦者の権利すら得られない。違うかい？」

「ぐぬっ……それはそうだけど。とにかくお前がいると――っ」

今まで奏治の対戦相手が手を挙げて送り札を考えていたが、既に札を送り終えたようで下の句が読み始められる。

桃亜は咄嗟《とっさ》に口を噤《つぐ》んでおり、不安を胸に奏治を見守ることしかできない。

（——……とにかくがんばれ奏治。お前、このままだと退部なんだぞ！）

今すぐ大声で応援してやりたい衝動に駆られるも、親友を信じてぐっと堪える。

しかし、そんな想《おも》いとは裏腹に敵が華麗に札を取っていた。

「きゃあああっ！　やった、また三萩野《みはぎの》くんの取りよー！」

「三萩野先輩かっこいいー！　その調子で一気に倒しちゃってくださーい！」

「かっこよすぎいいいっ！　三萩野くーん、応援してるからがんばって〜〜!!」

「……くっ」

黄色い声援が飛ぶ中、奏治が俯《うつむ》いた状態で明らかに心を乱してる姿が目に入る。

（ダメだ奏治のやつ、完全に会場の雰囲気に呑《の》まれちゃってる！　こうなったら……ボクが流れを変えてやるしかない！）

桃亜は奏治がプレッシャーがかかる場面で力が発揮できなくなるのを知っている。それさえなければいい勝負ができるはずなので緊張を解いてやるべく大きく息を吸う。

「すぅ〜〜〜〜〜っ」

そして、声援を届けようとするのだが、

『三萩野くんファイト——ッ!!　ふれっふれっ三萩野♪　ふれっふれっ三萩野ーッ!!』

三萩野《みはぎの》応援団ともいえる女子たちが息を合わせてコールを飛ばす。会場を震わせるほどの大ボリュームの声援を受け、桃亜《とあ》は完全に出鼻を挫《くじ》かれて呆気《あっけ》にとられていた。

「な、何だよあいつらっ……。ん？　てか奏治《そうじ》の対戦相手、よく見たら大会が始まる前にボクたちに絡んできてたやつじゃん」

「聖条館《せいじょうかん》の三萩野くんだよねぇ……。あの人の応援でたくさんの人が集まってるみたいだから、臣守《とみもり》くん余計に緊張しちゃってるのかも～……」

心配げな三条《さんじょう》先輩が言う通り、人が多いのは扇橋《おうぎばし》だけが原因じゃないようだった。

そうこうしている間に、また奏治は攻め込まれてしまい、8－23と差が開いてしまう。

『きゃあああ～～～～～三萩野きゅうううううん！』

再び桃亜が声をかけようとしても、応援団の妨害で思うようにいかない。

（まずい、このままじゃ本当に奏治が負けちゃう……。もしこの試合に勝てなかったら、やっと再会できたのに一緒にかるたができなくなる。絶対、そんなのは嫌だっ！）

でも、どうすることもできない。今はただひたすらに奏治を信じるしかなかった。

◆◆◆

（やばい、やばい……やばいやばいやばいやばい……——やばい！）

奏治は10－23になった時点で激しい焦燥に駆られ、まともに頭が働いていない状態だった。なのに、その状況でも余計な音だけはしっかり拾えてしまうから最悪だ。

「お前が一回戦でボロ負けして騒いでたから観てるけど、飯炊き係のやつ二枚しか取れてねえじゃん。ははは、強かったっていうのは気のせいだろっ」

「そうそう。これだけ弱いんだから、決勝まで来れたのも何かの間違いだって」

「ねー相手弱すぎじゃない？　もう少し頑張ってくれないと三萩野くんの雄姿を満足に堪能できないじゃん！」

「ふふ、あんた知らないの？　あの人、他校と合同合宿やった際、弱すぎて練習にも参加させてもらえなかったらしいよ。どういう幸運が重なって決勝まで来たかしんないけど、そんな子に多くを求めるのは可哀想《かわいそう》だって～」

敵……敵…………敵、敵、敵。

周りには自分を悪く言う者しかおらず、ただでさえぎりぎりな精神に追い撃ちをかける。

昔の記憶が鮮明に思い出され、目の前が真っ暗になるような感覚を覚え始めていた。

（落ち着け……さっきまではちゃんとできてただろうっ）

大会の途中から自分の試合を観戦する者たちが徐々に増えているのは実感していたが、優勝できなければ退部なので集中力を高めて何とか決勝までは上がってこれた。しかし、決勝の相手は女子に人気な三萩野とあって観戦者の数が一試合前の倍以上に増えている。

おまけに三萩野《みはぎの》を応援する者たちは一人一人の声がでかいため、実際の人数よりも多くの敵がいるように思えて嫌でも息があがる。

でも、今はとにかくこの試合に勝つことが最優先事項。集中するしかなかった。

「――ももしきや」

「たちわかれ――」

しかし次も、その次も連取され、先程の試合のように上手《うま》く体が動かない。

8－23となり、さらに差が開く。

(はぁ……はぁ…………熱い……。…………苦しい)

袴《はかま》は襦袢《じゆばん》も中に着こむため熱がこもる。おまけに雑音対策で広間は閉め切られているので部室でかるたをやる時よりも体感温度が高くなり、汗の量も尋常じゃない。

帯をきつく結んでもらっているので呼吸もしづらく、息苦しくて堪《たま》らなかった。

(……何としても、勝つんだ。じゃないと、桃亜《とあ》と一緒にかるたをやれなくなる)

頭では分かっているが、肝心の体は緊張と疲れもあって言うことを聞いてくれない。

他の選手を待っている最中、ふいに三萩野がこちらを見ずに話しかけてくる。

「……臣守《とみもり》、なぜ君が決勝の舞台にいるかは分からないが、やはり君は弱すぎる。一方的にやられてばかりであまりに酷《ひど》い……。こんなのはスポーツであってスポーツじゃないよ」

「へえ……どうしてそう思うんだ？」

精一杯の虚勢を張り、ぎこちない笑顔で問いかけると、彼は札から目を離さずに言う。

「スポーツには流れが存在する。だからこそ人の目を惹《ひ》きつけるわけだが……この試合、力量差がありすぎるせいでこのまま僕が勝つのは明らかだ」

「……」

「競技かるたは雅《みやび》で美しい和歌が題材でありながら、中身は選手同士の殴り合いに等しい。そこに面白さがあり、見るものたちを他のスポーツにはない感動の渦へと巻き込む。なのに、君との試合は決勝にもかかわらずあんまりな内容だ。こんなのは競技かるたとはいえない。……君には悪いけど、さっさと終わらさせてもらうよ」

スポーツの大舞台で輝くことに重きを置く三萩野は、その感動が得られないと分かった今酷く冷めており既に俺など眼中にない様子だ。

直後、三萩野のギアが一段階上がる。

さっきよりもますます太刀打ちするのが難しくなり、焦りだけが募っていく。

（――き、切り替えろ……そうすればきっと勝てる！）

だが、そう思えば思うほどプレッシャーが重くのしかかり、思ったような動きができなくなる。もう自分でもどうしたらいいのかさえ分からない。

極度の緊張と焦り、プレッシャー、それらを受け止めるのはもう限界なようで、過呼吸にも似た症状が現れて上手く呼吸ができない。

5－23。そんな状況でさらに引き離され、敗北が現実味を帯びていく。

「三萩野《みはぎの》くんもう少しよー！　がんばってーっ!!」

「相手はもう諦めてるわ。さっさと終わらしちゃって〜♪」

『ふれっふれっ三萩野！　ふれっふれっ三萩野――っ！』

声援がやけに耳朶《じだ》に響き、誰も自分の勝利を望んでいないことを痛感して戦意が削られていく。三条《さんじよう》先輩たちは応援してくれてるんだろうが、三萩野への声援が絶え間なく続くせいで声が割って入る余地がない。一人だと思うと心が冷えていき、わずかに残っていた気力さえも泡のように溶けていくようだった。

（ダメだ……このままじゃ、本当にもう――）

読手《どくしゆ》が下の句を読み始める呼吸を察し、会場全体が一気に静かになる。

この後、再び自分を突き落とす結果と歓声が待っていると思うと、この静寂が恐ろしく感じられ畳に置く手が小刻みに震え出す。

そんなタイミングだった。

脅威を孕《はら》んだ静寂を打ち破るように、競技の一瞬の隙をついて少女の声が響き渡る。

「奏治《そうじ》ファイト――――――――――――――ッ!!」

「あっ」

耳をつんざくような叫びに反応して咄嗟《とっさ》に面を上げた俺は声主の方を向く。

桃亜《とあ》が両手をメガホン代わりにして叫んでいた。

さらにあいつは視線が集まるのも構わずに身振り手振りを交え、精一杯に応援する。

「ふれーっ、ふれーっ、奏治！　ふれっふれっ奏治！　ふれっふれっ奏治——!!」

「わ、わ……っ………っ！」

「ととと、臣守《とみもり》さん、二人の未来のためにも頑張ってください……！」

「ふふふ～」

桃亜の応援につられ、三条先輩も恥ずかしさを堪えるように目をつぶって見よう見真似《みまね》で両手を振り上げ、鳴針《なるはり》もそれに倣い、大海原《わたのはら》先生もやんわり拳《こぶし》を振ってみせる。

「桃亜……それに、三人も」

「負けんな奏治！　そんなやつよりお前の方が強いことはボクが一番よく分かってる！　だから踏ん張れ！　今後も二人で一緒にかるたやるんだろ!?」

「っ」

目を覚ますような檄《げき》が飛び、暗闇から掬《すく》い上《あ》げられるような感覚を抱く。

忘れていた呼吸の仕方を思い出し始めたおかげだろうか。

不思議と体が軽くなり、思考もクリアになって頭が正常に動き出す。

（……そうだ、俺は一人なんかじゃない）

いくら周りが敵だらけでも、必ず味方になってくれる頼もしい親友がいる。

虐げられるだけの昔と違って、今は一人じゃないんだ。

追い込まれて視野が狭くなるせいで大事なことさえ忘れていた俺だったが、桃亜《とあ》のおかげで自分を取り戻し、全身に熱いものが漲《みなぎ》っていく。

「——……失礼します！」

俺は対戦相手である三萩野《みはぎの》に一言詫《わ》びを入れ、咄嗟《とっさ》に立ち上がっていた。

そして、ゆっくり深呼吸を繰り返し、乱れていた心を落ち着かせる。

（桃亜の言う通りだ。……落ち着いてやれば、きっと勝てる！）

大差があるので何ともいえない状況ではあるが、今では強くそう思える。

それも全部、親友であるあいつのおかげだ。

（サンキュー桃亜。必ず何とかしてみせるから、しっかり見ててくれ）

俺は友人を安心させるべく微笑《ほほえ》んでみせていた。

「んっ！」

桃亜がぐっとサムズアップを決める姿を見届けた後、俺は頷《うなず》いて試合へと戻る。

「すみません、失礼しました」

俺が着席すると三萩野はやはりこちらを見ずに落ち着き払った冷たい声で言う。

「……無駄だよ。今さら流れは変わらない。このまま僕が逃げ切って終わりだ」

「そうかよ。でも勝負である以上、終わっていないのに油断してると足を掬《すく》われるぜ？」

俺の言葉に耳を傾ける価値すらないと思っているのか、三萩野からの反応はなかった。

兎《うさぎ》と亀の話でもあるように、勝負において油断すれば敗北へと繋《つな》がる。

しかもこと競技かるたにおいてはその傾向が強く、油断すると逆転を許しやすい。

なぜなら、大きくリードされている側は自《おの》ずと自陣に札が集まり、札に近くて比較的に取りやすくなるからだ。おまけに札の配置も好きに変えられるので、負けている側に圧倒的なアドバンテージがある。そのため、途中までかなり有利に試合を進めていたのに、終盤になって相手に十枚以上の連取を許してしまう展開はざらにあったりする。

つまり、差をつけられている今の俺にとって重要なのは、悪い流れを断ち切って如何《いか》に連取できる流れへと持ちこめるかだった。

（爺《じい》ちゃんがいつも言ってたけど、流れはちょっとしたことで変わる）

例えば今桃亜が見せた場の雰囲気を変える応援だったり、空札が何枚か続いたりだったり、立ち上がってブレイクを入れたりなど、本当に少しのきっかけで変化するものだ。

（桃亜のおかげで、意図的に流れを断ち切る行動はとれた。だからあとは、俺がしっかり気持ちを切り替えてやるだけだ）

先ほど出た札の下の句が読まれ始める。

──集中しろ──限界まで研ぎ澄ませ。

──流れを変える最初の一手を見せつけろ！

下の句が軽やかに読まれ、読手《どくしゅ》の手が読唱箱へと入れられる。俺と三萩野《みはぎの》はいつでも飛び出せる前傾となり、競技線を超えないギリギリのラインでその時を待った。そして、

「──あさぼらけ」

恐らくこの試合の大きなターニングポイントとなる場面。

読まれたのは六文字目まで聴かなければ分からないとされる『おおやま札』。

動き出しを制したのは、決まり字を待たずに飛び出した俺だった。

「!?」

自陣に「あさぼらけ　あ」、敵陣に「あさぼらけ　う」があったため、俺は素早い動作で敵陣の札を囲い手で覆う。三萩野は予想外な速さに虚を突かれ、何とか自陣の札を守ろうとするが遅すぎた。

結局読まれたのは自陣の「あさぼらけ　あ」だったので俺は素早く戻り手で払っていた。

「おっし、まずは一枚！」

俺が興奮気味に叫んで札を取に行く中、周囲が驚いた様子でざわめく。

「……なあ今の、速さだけでいったら今までの三萩野より上じゃね？　気のせいか？」

「あぁ、俺もそんな風に……ってないない。だって飯炊き係だぜ？　絶対まぐれだろ」

「今のはきっと偶然よねっ。三萩野先輩が油断してただけだわ」

「さすがに連取が続いてたら気が抜けちゃうよね。でも次は大丈夫っしょ」

周囲の者は気づいていないが、今何が起きてるかは見る者が見れば一目瞭然だ。

「……彼が、ようやく戻ってきた」

じっと厳《いか》めしい表情で見守っていた要《かなめ》がぽつりと言う。

「よっしゃーっ！　いいぞ奏治《そうじ》、その調子だー！　これならもう大丈夫そうだなっ」

桃亜《とあ》も桃亜で感じるものがあったらしく誰よりも喜んで明るく笑う。

しかし、三条歌葉《さんじょううたは》からすればその反応は理解しがたいものでしかなかったらしい。

「でも桃亜ちゃん、一枚取っても5－22で十七枚差だよ？　全然大丈夫じゃないよ～っ」

「そうですよ巴《ともえ》さん！　これのどこが大丈夫なんですか。変わらずピンチですってば～！」

「まあええから二人とも、大人しく観といたらええ。……しかしおもろくなってきたわ。名人目指すんなら、こっからは一枚もあげんと勝つくらいのことしてもらわんとなぁ」

久閔《くみん》も奏治に可能性らしきものを感じているらしく、落ち着いた様子で微笑《ほほえ》む。

「一枚もっ？　久閔お姉ちゃん、さすがにそれは臣守《とみもり》くんでも難しいんじゃないかなぁ？」

「いいやウータン、今の奏治なら大丈夫だ！　きっとこっからは本当に一枚も取らせずに勝っちゃうと思うぜ？　ボクはずっと奏治を見てきたから間違いないはずだ♪」

桃亜たち以外にも奏治の異変に気づく者がいた。

そう、他の誰でもない、対戦相手の三萩野《みはぎの》だ。

（な、なんだ今のは……まるで今までの臣守《とみもり》とは似ても似つかない速さだった）

青天《せいてん》の霹靂《へきれき》ともいえる出来事を前に三萩野は瞳を揺らして唖然《あぜん》とする。

急に牙を剥《む》き、体から重しを外したような身軽さで迫ってきた得体のしれない何か。

自分の存在が呑《の》まれるような畏れを抱いた三萩野は全くもって手が出なかった。

（他にも「あ」から始まる札は複数あったのに、ありえないスピードで迷うことなく僕の自陣を攻めてきた……。山を張っていたのか？　いや、だとしても音を聴いてからの動き出しが速過ぎる。まるであれじゃ、事前に出る札が分かっていたみたいじゃないか）

油断があったのは事実だが、仮に自分が山を張っていたとしても、あれほどの速さでは反応できなかったはず。それが何よりの問題で三萩野は肝が冷えるような感覚を覚える。

――もしかしたら、これが臣守奏治《そうじ》の本当の実力？

――だから決勝まで上がってこれた？

色々と思考を巡らせる三萩野だったが、全国で活躍してきた元バスケ選手なだけあって試合の中での切り替えは早かった。

（――ふぅー……一枚取られただけだ。変に気にして心を乱す方がよっぽどまずい。それに今のは恐らくまぐれ……とにかく忘れて次の一枚に集中しよう）

三萩野は手持ちのタオルで汗を拭い、すぐに冷静さを取り戻す。

緊張感のある試合じゃないのは残念だが、相変わらず自分に向けられる声援は心地よく、しばらく目を瞑《つぶ》って状況を愉《たの》しんだ後、札をあらためて確認する。

自陣にある五枚の内、一字決まりは二枚。そして既出による決まり字変化の関係で一文字目で取れる札は一枚プラスで実質三枚。今までの感じでいけば間違いなく全て取れるはず。彼は何の疑いもなくそう思っていたが、自分を取り戻した奏治は止まらない。

「ほととぎす――」

「つきみれば――」

「ひとはいさ――」

途中空札を挟みながらも立て続けに三萩野陣にあった決まり字変化を含む一字決まりを二枚抜き、直後自陣にあった三枚札である一枚も抜いてあっという間に三連手を決める。

おかげで三萩野は送り札を二枚送られ残り五枚から動かず、一方奏治は自陣を三枚減らして十九枚としていた。この結果を目の当たりにし、さすがに周囲も反撃の一手がまぐれじゃなかった可能性を疑い始める。

「おい、どうなってる……。相手はあの飯炊き係のはずだろ？　なのに、何であんなに速いんだよっ」

「三萩野はB級を倒しちまうレベルだぞ？　その三萩野より一字決まりを速く取るって、こんな偶然が続くなんてありえない。……あいつ、本当にC級……なんだよな？」

「待ってよ、どういうこと!? 私かるたとか詳しくないけど、相手の方が今までの三萩野《みはぎの》先輩よりも段違いに速いよね!? どうしようこのままじゃ……!」

「だ、大丈夫だから。たかがまだ四枚連取しただけじゃん? まだけっこう差もあるから先輩なら余裕だよ。相手はあの飯炊き係なんだし、どうせまぐれに決まってるって」

ギャラリーの多くは奏治《そうじ》の実力に気づき始めながらも、まだ半信半疑の者も多い。

けれど相対している三萩野は既に真実を理解していた。

本来なら受け入れ難《がた》いが、今しがた体験した事実が余計な思考を遮断する。

(まだ四連取だから余裕? ………違う。このレベルのまぐれが四連続で起こるなんてあるわけがないっ)

動揺を悟られないように俯《うつむ》き、三萩野の額を汗が滴る。

「札、移動します」

飛ばした札を取りに行っていた奏治が自席に戻り、手を挙げて自陣の札位置を変える。

三萩野は端整な顔を歪《ゆが》め、歯《は》嚙《が》みしながら再度札の場所を覚え直す。

(それに速さだけじゃない。今出たのは三枚札なのに、ほぼ読手《どくしゅ》の発音と同時に取りにいった……。もう終盤だぞ? 他の二枚が既に出たことを覚えてないと今みたいな取り方はできない。まさか臣守《とみもり》は……既出の札を全て覚えてるっていうのか?)

競技かるたは試合の中で札の位置を暗記しては忘れを幾度となく繰り返す。

その過程で読まれた札を全部覚えておくというのは至難の業だ。

恐らくそれを完璧にできるのはA級選手でも上位の実力を持つ者たちのみ。

本来C級選手ができる芸当ではないのだが、奏治はそれを証明するかのように次の札も、

「みよしのの――」

一文字目が聴こえた瞬間に自陣を払い手で吹き飛ばす。

（……あぁ）

勢いよく札が宙を舞う中、三萩野は確信する。

やはり臣守は、読まれた札を全て覚えていると。

今の札に関して言えば五枚札で二字決まり。一文字目で取りに行っていてはお手つきとなる可能性が高い。なのにこの速度で取りにいけるのは、既出の札を完璧に覚えている以外にありえない。

（僕はバカか……。臣守がかるたをやる理由を聞いただけで弱いと侮った。それが全ての間違いだ。彼は今日来るべくして決勝の舞台まで来た。決してまぐれなんかじゃない！）

必死に食らいついても止めることができない中、三萩野は自分に問う。

（でも、なぜだ？　なぜこれほどの実力を持つ君がC級で、雑用をやらされていた？）

今大会を見越し、敵を油断させるために実力を隠していた可能性は考えられるが、これだけの力があってC級の大会に出るのであれば策を弄さずとも十分に勝てるはず。

「——……っ……まさか」

三萩野《みはぎの》は記憶を辿《たど》りながら、一つの答えへと思い至る。

合宿の練習は地獄のようなきつさだったが、時折見る奏治《そうじ》は常に動きっぱなしの印象で明らかに選手たちよりもきつそうだった。たまに顧問から無駄に煽《あお》られてもおり、あれでは精神的にかなり辛《つら》いだろうと思って見ていたことを思い出す。

(体力強化が目的だった？　あるいはメンタル面を鍛える特訓だった可能性もある。……この場合、両方と考えた方がいいかもしれないね)

さっきまで実力を出せていなかった状況を鑑みると、連戦後の決勝戦で酷《ひど》くバテていた可能性と、ギャラリーによるプレッシャーで思うように振る舞えなかった可能性が考えられる。弱点は体力と精神面である確率が極めて高い気がした。

(もし僕の推論が当たっているのなら、まだこちらにもとれる策はあるっ)

三萩野は神妙な面持ちから一転、お得意の爽やかな笑顔を浮かべ、女性を中心とした自分の応援団がいる方を見て、安心させるように軽く手を振ってみせた。

『きゃあああああ！　三萩野きゅううううう〰〰ん！』

その瞬間、割れんばかりの声援が飛び交い、会場の雰囲気を塗り替える。

「そんなやつはやく倒しちゃって！　三萩野くんなら絶対できるから！」

「飯炊き係より先輩の方が強いに決まってます！　だってそんなにかっこいいんだもん！」

「あんた、三萩野くんに勝って悲しませたら絶対に許さないからなー！」

「――ぐっ……」

桃亜《とあ》の声援で持ち直した奏治だったが、さすがに自分への敵意剥《む》き出《だ》しの言葉を耳にすれば多少動揺を覚えるようだった。

（臣守《とみもり》には悪いが、僕は勝つためなら何だってする。……怪我《けが》をした今の僕には、もうかるたしかないんだ。何としても悪い流れを止めて勝ってみせる！）

三萩野は意気込むが、逞《たくま》しい応援団がいるのは何も彼だけではない。

「そんな顔だけの男に負けんな奏治ー！　ボクから見れば、お前の方が千億倍かっこいい！　外見しか見れない女どもの応援なんて気にせず、ボクの応援だけ聴いてろ――ッ!!」

「グハッ」

今度は三萩野が相手方の声援によってダメージを受ける番だった。

（か、顔だけの、男……）

心を乱すのは彼だけではない。応援団の彼女たちも思いがけない言葉を聞いて怯《ひる》む。

しかし、女性陣はすぐに持ち直して桃亜を睨んでいた。

――あっ!?　なんだこの！　ボクとやんのか!?　がううーっ!!

だが桃亜も一歩も引かず、こんな言葉を言ってそうな表情と態度で周囲を威嚇する。

「はっ……たくあいつは」

彼女の姿を見て奏治《そうじ》がふいに笑顔をこぼす。

三萩野《みはぎの》は首筋から汗が伝う感覚を覚えながら、微《かす》かに苦笑してみせる。

（……これは手強《てごわ》いな。もうさっきまでの臣守《とみもり》じゃない。僕と同じで一人でないだけじゃなく、周りを敵に回してでも一緒に戦ってくれる頼もしい仲間がいる）

そういう味方は百や千の応援にも勝ることを三萩野は長いバスケ生活で理解していた。

恐らくもう、自分の小細工などは通じないように思えた。

だけど、ここで負けるわけにはいかない。

（バスケ時代から応援してくれる子たちがいる。僕が再び全国で輝くのを信じてる子たちがいるんだ。彼女たちのためにも、何より自分のためにも……この試合、必ず勝ってみせる……！）

彼は連戦で痛みだした古傷を堪えて奮起する。

――流れを断ち切るんだ。

――悪い流れを切れさえすれば、必ず勝機は見えてくる！

――断ち切れ、断ち切れ。敵陣を攻め続けろ！

相手が格上なのは今や歴然なのもあり、がむしゃらに攻め続ける。

そこに理論や考えはなく、ただ勝ちたいという一心だけがあった。

大舞台で双方の声援が過熱して余計にアドレナリンが溢《あふ》れだす。

だが、そうなってしまえば終わりだ。

勝利における絶対条件は平常心。

こと競技かるたにおいてメンタルは重要な要素の一つだ。

熱くなって攻め気が顔に出れば敵は自陣をしっかり守って確実に札を取るし、守りが手薄となった敵陣を有効的に攻める算段も立てやすい。

三萩野が必死に一枚を取ろうとする度、逆に一枚、また一枚と取られていく。

そして、形成は逆転することになり。

ついにその時が訪れる。

「ま、待ってよ……あいつ…………………何？」

「意味、わかんない…………相手はあの、三萩野くんだよ？　なのに——」

「二十二枚連取ってどういうこと!?　何者なんだよ、あの飯炊き係って！」

スコアは５－１で、あと一枚取れば奏治の勝利となる状況。

二十三枚から怒涛《どとう》の二十二枚連取を成し遂げた奏治を見て、周囲は今やその実力を無視することなどできるわけもなく騒ぎ立てる。

「なあ……あいつ、名前なんて言ったっけ？」

「……さ、さあ。でも聞いたことない名前なのは確かだ……」

「三萩野って期待の新星って言われて最近有名なやつだろ？　C級なのにB級を倒すレベ

ルだし実質A級……。なのに、それを相手にこれだけの実力差って」

「あ、ああ……あの選手、階級はC級でも実力はA級レベル。……いや、試合中盤からの様子を見る限り、信じられないが名人戦を見ているような感覚だったし……多分、既にただのA級止まりの実力なんかじゃない……っ」

「ありえねえ……しゅ、春雷《しゅんらい》復活と共に、とんでもないやつが出てきやがった！」

虫出しの雷に絡めて言い含める者たちがいる中。

当の春雷はにっと笑い、重心を低くして拳《こぶし》を握って呟《つぶや》く。

「いけ……奏治《そうじ》」

——この世界に、お前の存在を見せつけてやれ！


（くっ……まだだ、まだ今からでも！）

三萩野《みはぎの》は古傷がある左足が痛んで痙攣《けいれん》するのを堪えながらも諦めない。

対して奏治は冷静なもので、相手の反応を窺《うかが》い試合を見通せるだけの余裕があり、勢いは止まらない。

親友との居場所を——約束を守るため、次の一枚に全てを注ぎ込んだ。

「せをはやみ」

何の因果か、読まれたのは桃亜《とあ》と再会を誓った大事な一首。

一音目が音になるより速く、体中を電気信号が駆け巡り、全細胞が速さだけを求めて燃え盛る。

両陣を駆け抜けるは音速を超えた雷光のような軌跡。

遅れて吹きつける疾風は三萩野の艶《つや》やかな髪を激しく揺らしていた。

「――……………ッ」

札直《ふだちょく》指先での一点払い。

突き手で飛ばされた札が背後で音を立てて転がり、三萩野は状況を悟って息を呑《の》む。

一瞬静寂に包まれる会場だったが、すぐにどっと悲喜交々《ひきこもごも》の歓声が湧き起こった。

「そんな……あの三萩野が負けたっっ!?」

「うそでしょう!?　三萩野くんが、三萩野くんが〰〰〰〰!」

三萩野陣営が悲痛な叫びを上げる中、桃亜が喜びを爆発させる。

「いよっっっしゃああああああああ〰〰〰〰〰!!　C級優勝、奏治のやつやりやがった!　ほらなウータン、うにうに、クーミン、ボクの言った通り、あれから一枚も取られずに勝っただろ!?　わははっ、やっぱ奏治は強いや～♪」

「ほ、本当……すごいねっ。臣守《とみもり》くん、まさかあそこから連取して勝っちゃうなんて……。あ、でもこれで退部しなくていいんだよね？　やった～♪」

「すごい……臣守さんすごすぎです～！　これで巴《ともえ》さんと部室で絡む姿がまた見れます！」

三条《さんじよう》先輩や鳴針《なるはり》が喜ぶ中、久関《くみん》が一人で薄笑いを浮かべる。

「……ふふ、危なかったけど、今後が色々楽しみやなぁ」

『………』

久関は会場が大逆転劇で大盛り上がりの中、奏治《そうじ》を真剣な眼差《まなざ》しで見つめる扇橋要《おうぎばしかなめ》と、先程から縁側より黒服たちと桃亜《とあ》を見つめ続ける袴《はかま》の少女に目をやる。

（しかもそれだけやない。今日この会場には春雷《しゆんらい》復活の報を聞いて有名な選手が何人も足を運んでる。各々いい刺激になったやろうし、きっと数年前のように再びかるた界が大きく動き出すのは間違いあらへん）

その中心に立って台風の目となるのは、もちろん春雷になるだろう。

だが、今回は昔と違って彼女だけではない。

——臣守奏治。

彼も春雷と双璧を成してかるた界を盛り上げる存在になるはず。

久関はそんな予感を抱き、既にプロデュースの算段をあれこれと考え始めていた。

◆終章　結びの句

『ありがとうございました』

俺は決勝戦を終え、三萩野《みはぎの》と一緒に礼を述べた後、清々《すがすが》しい表情で面を上げていた。

（一時は本気でやばかったけど、何とかC級優勝だっ。これでこれからも、桃亜とずっと一緒にかるたができる！）

早くこの喜びを親友と分かち合いたい俺は、立ち上がって早々に去ろうとする。

「臣守」

そこで三萩野が座ったまま声をかけてくるので、足を止めて振り返っていた。

三萩野は俯《うつむ》きがちに自嘲的な笑みを浮かべながら、

「君のことを完全に侮っていたよ。僕の数々の無礼な発言、どうか許して欲しい……」

「別に気にしてねえよ。俺は優勝できたんだし、何も恨んじゃいない」

「はは……そうか……。しかし、それほどの実力とは驚いた。少しは手加減してくれてもよかったんじゃないかい？」

冗談っぽい投げかけを受け、俺は背を向けて静かに言う。

「バカ言え。お前にそんなことできるわけない」

「え？　どうしてだい？」

「…………左足、悪いんだろ？」

「っ」

三萩野《みはぎの》が驚いて目を見開く中、俺は続ける。

「競技かるたは右利きなら左足に負担がかかる。もうかるたしかないと言ってるやつの選手生命、試合を長引かせて短くなんてできるかよ」

「臣守《とみもり》……君は――」

三萩野は思う。もちろん勝負なので、それだけが理由で一気に終わらせたわけじゃないだろうが、正直完敗だと……。

「ふっ……どうやら僕は試合に負けた上、人間としての勝負にも負けていたようだ」

あいつは自分にうんざりするように頭を振った後、俺へ作り笑いなどではない本当の笑顔をさらけ出す。

「臣守、君との勝負は立派にスポーツだった。最高に感動できる試合をありがとう。いつか君に追いつけた時は、また今日みたいな勝負をやろう」

「ああ。かるたは格闘技。最初は一方的だったけど、俺もしっかりお前と殴り合いができて楽しかった。いつかまたやろうぜ」

そこで「三萩野せんぱーい！」と女性陣が押し寄せるので俺は早々に退散する。

だが歩き出したところで、勢いよくこちらへ猛ダッシュしてくる存在が目に入ってぎょっとして足を止めてしまう。

「そ・う・じ――――☆」

「ぶはあああー!?」

桃亜《とあ》が顔面めがけてとびついてくるせいで、俺はいつものように呻《うめ》いていた。

「やったやった優勝じゃん！　これで奏治《そうじ》の退部はなくなったし、これまで通りボクと一緒にかるたできるな！」

「んっ、ンンンン〰〰ッ……ぷはっ！　お前、桃亜、嬉《うれ》しいのは分かるが試合後にやめんか！　ただでさえカロリー消費してくらくらなのに危ないだろうが！」

「ええ？　いいじゃんこれくらい。だってボク、これからも奏治と一緒にかるたやれると思うと嬉しいんだもんっ。あ、そうだ！　優勝祝いにチュウしてやろっか!?　今のボクはテンション高いしサービスしてやるよ！　ほらほら奏治、んちゅ〰〰♪」

「はあ!?　おいバカやめろ！　どれだけの人が見てると思ってるんだ。それに桃亜、報道陣だっているんだぞ。有名人のお前がアホなことしたら、一気に全国に広がって」

「臣守く〰〰ん」

顔に迫るしつこい桃亜を両手で押しのけていると、今度は三条《さんじょう》先輩がやってくる。

「優勝おめでと〜。私、途中はらはらしたけど、まさかの大逆転ですっごくかっこいいと思って……わわ!?　桃亜ちゃん、臣守くんに何でチュウしようとしてるのっ。……あ、やっぱり二人はそういう関係で——」

嬉《うれ》しそうに駆け寄ってきた先輩だったが桃亜《とあ》のせいで見事に誤解しているようだった。

「おお、さっそくいちゃついてるんですか！　これは目が離せませんね～！」

鳴針《なるはり》もやってきて賑《にぎ》やかになる中、桃亜は構わず俺に迫る。

「んちゅう～～っ」

「あーもう、本当にこいつはーっ！」

憧れの先輩の前でベタベタされて泣きたくなる俺は必死に桃亜を押し返す。

だが俺は嫌がりつつも、内心どこか本気になれずにいた。

恐らくそれは、今回勝ったことで親友と近くにいながらも離れ離れにならずに済んだからだろう。こうしてまた桃亜と一緒にいられると思うと、この面倒な時間も悪くない気がして大切に感じられる気がした。

と、二人が戯れていると報道関係者が一気に押し寄せて来る。

「見てください、あの巴《ともえ》桃亜さんが一人の少年にキスをしようとしています！　すみません巴さん、その少年とはどういう関係なんでしょうか!?」

「ほら桃亜、言わんこっちゃない！　早く離れろ！　全国の皆さんに勘違いされるだろ!?」

「はあ？　勘違いって何だよ？　いいじゃん別に減るもんじゃないしー。ん～～っ」

「減るわ！　だいたい報道陣の前でこんなことしてたら、お前を広告塔にしようとしてる大海原《わたのはら》先生の目論見《もくろみ》が台無しに――」

「ふふふ、二人ともええ加減にせなあかんよぉ～」

――ズビシッ！

『いでええっ!?』

大海原先生の冷ややかな声が背後からした途端、俺たちの頭にチョップが振り下ろされていた。さすがに効いたようで、桃亜が腕を離して俺と一緒に屈《かが》んで呻《うめ》く。

「あなたは確かコーチの大海原さん……。でもすみません、今は彼女に取材を」

「はいはい。この子らは今から閉会式に出なあきまへんし、後にしてやってください。その間、うちが答えられることは答えます。――ほら、あんたらこの後は閉会式や撮影控えとるんやし、お手洗いでもいって身だしなみちゃんと整えとき」

余計な発言や行動をさせないため、報道陣から遠ざけたい狙いがあるようだった。

「わ、わかりました。桃亜、お前も言うこと聞いとけ」

俺はちょうどトイレに行きたかったのもあり、頷《うなず》いてすぐにその場を後にする。

「ちぇっ。せっかくボクがご褒美あげようとしてたのに……。まっ、でも奏治《そうじ》が優勝したんだし、何でもいっか♪　――……ん？」

そこで桃亜は何人かの黒服を従えた見覚えのある少女が広間を出ていく姿を捉える。

「……ウータン、うにうに、ボクもちょっとトイレ行ってくる」

「あ、うん。あんまり時間ないから急いでね～」

桃亜《とあ》は二人の方を見ずにそう告げると、神妙な面持ちで駆け足で去っていった。

◇◇◇

（ふぅー。まだ合宿の疲れも残ってるのに連戦だったからな。さすがにカロリー不足もあってふらつく。桃亜のやつも俺と同じ状態だろうし、帰りは何か一緒に食って帰るか）

奏治《そうじ》は桃亜との帰り食いを楽しみにしながら廊下を小走りで進む。

「臣守《とみもり》っ」

背後から急に声がかかっていた。

振り返って見るものの一瞬誰か分からなかったが、古い記憶を辿《たど》ってようやく思い出す。

「お前って確か、あの時の……」

声をかけてきた少年は自分と一緒で袴姿《はかますがた》だが、向こうの方が馴染《なじ》んでいるせいか、威圧感にも似た風格が漂っている。おまけに自分を見つめる瞳は親の仇《かたき》を見据えるように鋭いものなので、わずかに体が強張《こわば》る感覚を覚えてしまう。

「小学生の時、君と一度戦った扇橋要《おうぎばしかなめ》だ。それより聞いたよ。君は今年の名人戦でタイトルを狙っているらしいね。でも悪いけどそうはさせない。次に名人位を取るのは他の誰でもない、この僕だ！　東西戦で当たることがあったとしても必ず君には勝ってみせる！」

奏治は今年に入り、桃亜から当時戦った少年が準名人になった話を聞いていたことを思い出す。同時に彼は今日自分が準名人をこれだけ本気にさせる試合をしたんだと自覚する。

何となく自分とトップレベル選手の力量差が知れて嬉《うれ》しい奏治は、目を伏せて微笑《ほほえ》んだ後、扇橋を見つめ返す。


一方、奏治と要が廊下で対面した頃、桃亜もある少女を呼び止めていた。

「クイーン！　ちょっと待て！」

「……？」

黒服たちを伴い、裏口を目指して歩いていた長髪の少女が足を止めて振り返る。

薄い紫色の袴を纏《まと》う少女は特徴的な長い銀髪をヘアバンドで束ねている。しかし何より視線がいくのは吸い込まれそうな古木《こぼく》の洞《うろ》を思わせる虚《うつ》ろな瞳だ。

人によってはその昏《くら》い瞳で見つめられただけで、死人を前にしているような恐怖を覚えて足が竦《すく》むに違いない。だが、桃亜に至ってはにっと笑顔を浮かべており、むしろ彼女と出会えたことを喜んでいるように思えた。

「……巴《ともえ》桃亜……。まさか、お前から私に……話しかけてくるなんて……。きっとお前は……今年のクイーン戦で、私と戦う。……でも、勝つのは私……。ちゃんと私がへし折ってみせる……必ず、そうするから」
奏治《そうじ》と桃亜《とあ》は似たような台詞《せりふ》を近い未来に戦うであろう敵へと告げる。
——悪いけど、そうはさせない——と。
さらに二人が続ける言葉は同じ内容のものだ。
目の前の者を倒さなければタイトルを取ることはできない。
その目標を達成できないのなら、二人の大事な居場所は失われてしまう。
何としても負けるわけにはいかなかった。だから告げる。
——俺が——ボクが——
——名人に——クイーンに——

『必ずなってみせるっ！』

こうして親友タッグ同士の争いの火ぶたが切って落とされる。
誰が玉座を手に入れるかはまだ分からない。
恐らくそれを知るのは、かるたの神様だけだろう。

◆◆◆

「奏治《そうじ》～、奏治～、奏治と牛丼～♪」

「はは。お前、俺と今から牛丼ってだけでテンション上がりすぎだろ。つか、恥ずかしいからおかしな歌を披露するのやめい」

大会後、三条《さんじょう》先輩たちと別れた俺と桃亜《とあ》は、帰る前に消費したカロリーを補うべく飯屋に行くことになり、駅前にある牛丼屋を目指して夜の明るい街中を歩いていた。

「にひひーっ。テンション高くなって当然じゃん！　奏治が無事に優勝して、周りのやつらの驚く顔も見れたことだし、もうボク今、さいっこうに気持ちいいんだ～！」

「そりゃよかったな。ま、でも俺も桃亜と同じ気分だ。本当に優勝できてよかったよ……。なんたってこれでまた、お前と部室で一緒にかるたができるんだからなっ」

一時はどうなることかと思ったが、今まで通り親友と大好きなかるたができると思うと、安堵《あんど》と嬉《うれ》しさが込み上げ、さっきから高揚感で胸がいっぱいだ。

俺が幸せを噛《か》みしめていると、桃亜が急に立ち止まって腕を掲げてくる。

「んっ」

「へいへい」

俺はいつものように前腕を合わせ、最後に拳《こぶし》を突き合わせる。

「奏治！　これからもたくさん、ボクと一緒にかるたやろうな！」

「言われなくても嫌というほど相手してやるよ。でも桃亜、覚悟だけはしとけ？　そのうちお前に必ず勝ってみせるから、せいぜい俺に抜かれないようにすることだな」

——……どさっ。

「ん？」

歩き出していた俺は後ろで鈍い音がしたのを聴いて振り返った。

「と、桃亜……!?　お前、大丈夫かよ!?」

「うへぁ〜〜〜……奏治、もうボクお腹《なか》減って動けないや……か、肩貸して〜〜〜……」

桃亜は死人のような表情で歩道に大の字でぶっ倒れており、俺はすぐさま駆け寄る。

「連戦の影響だな……。俺も貧血気味だし、そら肩つかまれ。急いで店いくぞ」

俺はすぐに桃亜を引き起こし、肩を貸して歩き出す。

「……うはぁぁ、し、死ぬー奏治……はやく肉……肉食わないとやべぇ〜……」

「もうすぐだから。ほれ見ろ、店が見えてきた。あと少しがんばれっ」

「う〜〜〜ん……」

桃亜にしがみつかれる中、俺はふと昔を思い出す。

（そういえば昔も、バカみたいに一緒にかるたをやりまくって、桃亜がぶっ倒れることがあったっけ。その度に俺がこうして看病してたよな……ははは、懐かしいな）

と、そこで俺はあることに気づく。

（あれ？　桃亜《とあ》と密着してるのに、ドキドキしない）

ゲーセンで風船割りをしてから桃亜に接しているとおかしな状態になる現象が続いていたが、嘘《うそ》のように何ともなくなっていた。

理由は分からないが、恐らく今日の大会を通して俺が桃亜をあらためて友人と思えたことが大きいように思えた。

（――こいつはいつでも俺の味方でいてくれる。本当に心から大切な存在だ）


一般的には異性間で友情は成立しないものらしい。

でも俺と桃亜においては違うようだ。

どこまでいっても友人であり親友。

その関係はこれからも変わらないことだろう。

だから俺はこう断言する。

男女の間で友情は成立する。

俺にとって桃亜は、唯一無二の最高の親友だ！

あとがき

こんにちは、作家の赤福大和《あかふくやまと》です。頁《ページ》数がないので謝辞に移らせていただきます。

担当O様、そしてイラストレーター・さばみぞれ先生、かなり待たせてしまい申し訳ございませんでした。ですが、おかげで全力のものが出来上がったと思います。あとは売れてくれれば……。本当にいい作品に仕上げていただき、ありがとうございます！

次に編集部の紹介や相談に乗ってくれた作家の皆さん、今度肉おごらせてください！

そして、本作を執筆するにあたり取材にご協力してくださった一般社団法人・全日本かるた協会様、本当にありがとうございました。細やかなご説明、大変助かりました。

最後に読者の皆様に最大限の感謝を。また二巻があればお会いしましょう。

赤福　大和

参考文献

楠木早紀『瞬間の記憶力　競技かるたクイーンのメンタル術』二〇一三年、PHP研究所（PHP新書）

渡辺令恵（監修）、一般社団法人全日本かるた協会（協力）『DVDでわかる百人一首競技かるた永世クイーンが教える必勝ポイント』二〇一九年、メイツ出版株式会社

MF文庫J

大親友が女の子だと思春期に困る
ようこそ1000分の1秒の世界へ!

2021年4月25日　初版発行

著者　赤福大和

発行者　青柳昌行

発行　株式会社 KADOKAWA
〒102-8177 東京都千代田区富士見2-13-3
0570-002-301（ナビダイヤル）

印刷　株式会社廣済堂

製本　株式会社廣済堂

Printed in Japan　ISBN 978-4-04-065935-0 C0193

【 ファンレター、作品のご感想をお待ちしています 】
〒102-0071 東京都千代田区富士見2-13-12
株式会社KADOKAWA　MF文庫J編集部気付「赤福大和先生」係「さばみぞれ先生」係